聚 会
The Gathering

[爱尔兰] 安·恩莱特 著　夏欣茁 译

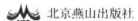

北京燕山出版社

目录

译　序 / 001

第一章 / 001
第二章 / 003
第三章 / 013
第四章 / 023
第五章 / 030
第六章 / 037
第七章 / 042
第八章 / 046
第九章 / 052
第十章 / 056
第十一章 / 067
第十二章 / 073
第十三章 / 084
第十四章 / 089
第十五章 / 098

第十六章 / 104

第十七章 / 110

第十八章 / 116

第十九章 / 124

第二十章 / 132

第二十一章 / 135

第二十二章 / 141

第二十三章 / 147

第二十四章 / 152

第二十五章 / 161

第二十六章 / 173

第二十七章 / 176

第二十八章 / 182

第二十九章 / 189

第 三 十 章 / 192

第三十一章 / 220

第三十二章 / 223

第三十三章 / 228

第三十四章 / 232

第三十五章 / 234

第三十六章 / 239

第三十七章 / 242

第三十八章 / 252

第三十九章 / 256

译　序

夏欣茁

作为当代英语小说界的最重要奖项，二〇〇七年的英国布克奖颁给了在当时还名不见经传的爱尔兰女作家安·恩莱特。

《聚会》是恩莱特的第四部小说，也是自二〇〇五年约翰·班维尔之后又一位获奖的爱尔兰作家。这部小说论主题并不新奇，因为悲惨的童年故事在文学世界里屡见不鲜；论情节也算不上起伏跌宕，绝不是那种会让你废寝忘食、手不释卷的类型。这样说来，恩莱特是凭借什么杰出的品质而成为二〇〇七年布克奖的黑马的呢？

我曾有幸翻译过被视为是当年最热门夺冠人选伊恩·麦克尤恩的作品，因此自认对他们这两位大家的不同略有一点发言权。麦克尤恩作品的故事性远高于恩莱特，显然会更容易获得公众的认可。好在布克奖不是依照受欢迎程度给作家颁奖，而是更看重作者的才华和独创性。布克奖评审委员会对《聚会》的评价是："有震撼力，让人不安甚至时而愤怒的一部作品……敢于用坚毅和惊人的文字来直视悲痛中的大家族。"全书的整体风格是萧索而压抑的，这也正是我在翻译这部作品的过程中由始至终的感觉。我感觉自己如同和女主人公薇罗妮卡成为了一体，感受着她痛彻心扉却又寂然无声的悲恸。每每在夜里翻译这部作品的时候，多少次想要和女主角一样嘶吼和呐喊。

这是一部跨越三代人的关于爱与失望的作品，故事本身并不是重点。任何想要从这本书中得到一个确定无疑的答案的人，都注定要失望，因为恩莱特就是要告诉世人，真实的人生就是那么的模糊不清，是非恩怨从来就不是黑白分明的。《聚会》绝不是要单单讲述一个关于爱尔兰大家族的故事，那样才真是落入俗套了；更不是要抨击什么性虐待的无耻罪行，因为这类犯罪早就算不上新闻了。恩莱特想要做的是用看似模棱两可的语言和在现实与往事之间的不断闪回，来探讨家庭关系对人生轨迹的命定。恩莱特的另一重光芒在于她对语言的精准把握。她不仅继承了爱尔兰文学的诗意之美，更开创了自己独特的风格。说到她的语言特色，在我脑海中首先闪过的一个词就是"锋利"。恩莱特用她的文笔把现实赤裸裸地罗列在读者面前，不加粉饰，不用婉语，如同一面反光镜，无比真实地重现真相。幽默，是她的另一种风情，有意隐藏但仍然留下了蛛丝马迹。照常理说，如此沉重的主题怎能容得下调侃，但是恩莱特却可以用偶尔诙谐的语言来展现人生不时会发生的荒诞。国外书评界对于《聚会》的看法有着比较两极化的分别，爱她的毫不吝惜溢美之词，无法理解她写作目的的那些批评家们则看不上这部作品。在译者看来，你可以不喜欢恩莱特的作品，但你无法否认她在塑造人物和作品深度方面的才华与能力。正如恩莱特自己在被采访时所说的："当读者拿起一本书时，可能想要读到轻松愉快的文字，那么他们就不应该拿起我的书来……我的书和好莱坞催泪大片没什么两样。"当你走进恩莱特的文字迷宫时，会有一种自觉脆弱的恐惧感，仿佛自己所有的感官神经都裸露在外，被故事中的人物每一种情绪的变化所牵动。初次阅读的时候，有些情节会让你感到突兀和困惑，但是当你读到最后一页的时候就会发现，一切都是那么的合情合理。

爱尔兰从来都是一个极为有故事的民族，这个文化中宗教和家庭所发挥的影响力是我们中国的读者一开始接触爱尔兰作品时所难以理解的。想要真正地明白《聚会》中那些因果关系，你需要耐心地看完整个故事，而不是用自己所惯用的道德标准去论断每个人物的一言一行。

初次翻译《聚会》之后，我曾经一度停止了文学作品的翻译。一方面是觉得沉浸在故事中难以走出来，另一方面也是感慨于恩莱特高超的语言能力，感到自己需要更多的充电提升翻译水平。时隔八年后，我再度重新翻译这部作品的时候已经旅居海外多年，生活的阅历让我对书中很多内容有了更多更深刻的理解，也愈发欣赏恩莱特对文字的掌控能力，即便是在阐述最黑暗的往事的时候，她依然保持着一定程度上的冷静和客观。《聚会》会让你有不舒服的感觉，也会令你有逃避的冲动，但家庭与人生的关系却是我们每一个人都摆脱不了的牵绊。无论情愿不情愿，家族的历史都在每一代人身上续写着。恩莱特绝不是一个只会勾勒悲剧情调的作者，故事的最后会让你有一种曾经沧海之后的云淡风轻。《聚会》的确是值得一读再读的上乘佳作。

二〇一六年八月于加拿大

第一章

我想要讲述的故事发生在我的外婆家，大概是在我八九岁那一年的夏天，不过我无法确定一切是否真的发生过。我必须为这件真假未定的事件来做见证，因为它——那件也许发生过的事件——总是在我内心不停地嘶喊。我甚至不知道该如何去定义那件事。且让我们称它为肉身犯下的罪恶吧！只是不知道那消亡已久的肉身，是否还有痛苦回荡在骸骨之间呢？

我哥哥黎安喜欢小鸟，像所有男孩子一样，他也喜欢动物的骨骼。我没有儿子，因此每逢见到任何小动物的骸骨，我都会联想起黎安来，想他是多么地喜欢骨头的那种精致，例如燕子那历经多次进化的翅骨从层层的羽毛中袒露出来的样子，如此的健美、轻盈而又干净。我们总爱用这样的字眼去形容骨骼——干净。

当然，我会告诫我的女儿们要远离树林里的死老鼠以及花园墙边上正在腐烂的燕雀。我不肯定这样做的理由。但如果我们偶尔在海滩上发现一副乌贼骨头的话，我就会忍不住收进口袋里，抚摸着它光滑的曲线会让我感受到平静。

当斯人已去，再论断已没了意义，能做的，唯有告慰亡灵。

所以我把眼前的这幅场景献给哥哥：在岩石密布的海滩上，我的两个女儿沿着窄窄的沙滩边缘奔跑着，外套在她们的背后飞舞着，天空中风云正在悄然变幻。但我又马上在脑海中删除了这幅画面。我闭上双眼，让我的心随着那轰鸣的涛声一起升起又跌落。当我再度睁开双眼的时候，已经是该招呼孩子们回家的时候了。"丽贝卡！爱米丽！"

或许我并不了解真相，又或许只是拙于叙述真相，但这都无关紧要。我仅有的不过是一些逸事、夜思和揣测之余骤然的领悟，又或许我仅有的不过都是臆想。我对自己说："他是她的儿子。她一定是爱他的！"如同那彻夜无眠之人，我期待着来自曙光的启示。趁着家人还在梦中的时候，我独自一人，一字一句地把那件往事，如同根根白骨一般，排成一行。

第二章

有时候，我会忘记母亲的相貌。即便是看过了照片，转头却还是没了印象。甚至每逢周日的午后，无论我和她如何地享受欢聚的时光，一旦分开之后，她竟又好像风吹过一般，没有在我心里留下任何的痕迹。

"再见，我亲爱的女儿……"话音还未落，她的面容就已经在我的记忆里模糊起来。接着，她会向我仰起苍老而柔软的脸颊，等待接受我的亲吻。每每想起母亲，我都会感到一种愤怒，恨她趁我不注意的时候从我记忆里消失，无论我多么努力地回想，也只能记起一个背影。如果不是她总穿着同一件外套的话，我哪怕和她在街上相遇，也不会认出她来。纵使有一天她犯下了什么罪行，也绝不会有目击者存在，因为她就是遗忘。

"我的钱包呢？"记得小时候她总是在找钱包——要不就是她的钥匙，或者是眼镜。"有人见到我的钱包了吗？"她从走廊找到客厅，进了厨房再折回来，在这一刻，她几乎是真实的。我们即便是盯着别处不去看她，她的忙乱也如芒刺在背，勾起我们心中一种集体的愧疚，因为只要我们的视线环顾一下四周，总能发现她钱包的所在，那个棕色的鼓鼓的东西，在一个醒目得不能再醒目的位置上。

为她找到钱包的人总是碧雅，好在还有这个视而能见的孩子——一向寡言少语的碧雅——出来替她解围。妈妈会对她说："谢谢你，亲爱的。"公平地说，像母亲这样模糊的一个人，也许她连自己究竟是什么样子的也不清楚。倘若要她从一张有众多女孩子的老照片当中找到自己，恐怕也会分辨不出来吧！况且，在几个女儿当中，我长得最像她的母亲——我的外婆艾达。这一定让妈妈更加分不清楚谁是谁吧？

在我获知黎安死讯的那一天，她在开门看到我的时候对我说："哦，你好。"

"你好，亲爱的。"如果看到的不是我而是只猫，她多半也会这样问候。

"进来，快进来。"可是她又挡在门口，丝毫没有让路的意思。

她当然知道我是谁，只不过一时间忘记了我的名字。看着她左顾右盼的眼神，我就知道她正在用排除法检索熟人的名单。"妈妈，你好。"我给了她一个提示，然后从她的身边挤了进去。

这房子都比她懂得识人。它还是那么小，小得永远不够用；四面的墙壁似乎比记忆中的又缩进了不少，更加复杂了。这房子从来就不够大。母亲从我身后伸手推开了客厅的门。

"想喝点什么吗？来杯茶怎么样？"

我并不想进客厅去，因为我不是这里的客人。这也是我的家。我曾经住在这里，目睹了它的蜕变：当厨房被改成饭厅的时候，我在这里；当后院被厨房侵占的时候，我也在这里。这个家是我时常在午夜梦回的地方。

当然,我再也不会搬回来住了。这称不上是一栋真正的房子,只不过是一个不断扩建而形成的产物。就连厨房门边上的那个小储藏间也通向另一个房间,但你必须先从一堆衣服和吸尘器上跨过去,才能去到楼下的厕所。有时候我在想,这栋房子已经不可能卖出去了,除非你把它夷为平地来出售,下一任主人才好重建。

厨房里还是那股气味——直冲我的大脑;纵使墙壁刚刚漆成了浅黄色,却依旧看起来幽暗而又肮脏;壁橱里堆满了旧被单;热水管外面包裹的绝热套散发着一种烤熟了的灰尘的味道;还有父亲生前常坐的那把椅子,冰冷的扶手在经过了多年汗液的浸淫之后,早已被磨得发亮。我刚有点被呛到,却又立即什么都闻不到了。因为我也是这里的一分子,而这就是我们自己的味道。

我走到桌子的另一边拿起电水壶,想要灌水,可袖口不小心钩住了水龙头,水一下子灌进了袖子里去。在一顿甩手和抖胳膊之后,我才把水壶接上了电源。我脱下外套,把湿了的袖子翻转过来拍打。

母亲好奇地注视着这一切,仿佛联想起了什么。突然,她朝着不远处一个盛放着药片的碟子走去。她一颗一颗地把药片放进嘴里,舌头机械般地无意识地运动着,然后一仰头把它们全都干咽下去。在一旁的我抹着湿漉漉的袖子,再用湿湿的手去梳理头发。

终于,她把最后一粒绿色的胶囊也放入口中,停下来,吞咽着。在向窗外望了一会儿之后,她转过身来漫不经心地看着我。

"亲爱的,你最近好吗?"

"薇罗妮卡!"我真想冲她大喊,"我的名字叫薇罗妮卡!"

如果她能不再那么虚无缥缈该有多好，我想，好让我能够抓住她，然后强迫她来面对现实，让她知道自己酿成的那些恶果。然而，她始终还是那么漫不经心、那么遥不可及、那么娇生惯养。

我来是要告诉她黎安已经被找到了。

"你还好吗？"

"哦，妈妈。"

我最后一次在这间厨房里流泪还是十七岁那年，按说那般年纪还掉眼泪似乎幼稚了点儿，但是，这在我们家里并不奇怪，因为我们这一家子人谁都没有年龄，我们什么年龄都像。我在黄松木的饭桌上蹭着湿漉漉的手臂，触摸着它厚重的、硬如塑料的表面。我转过头来看着母亲，正打算把噩耗以约定俗成的方式向她宣布（我意识到，自己似乎有点儿幸灾乐祸）。然而，还没开口就被她打断了，"薇罗妮卡！"她大喊一声之后突然走开了——几乎是飞奔地——奔向电水壶。水正在怒沸。她抓起胶木把手，还没拔掉电源，就急着倒水去烫茶壶。

黎安其实和妈妈并不亲。

门边的墙上有一个豁口，是当年黎安朝妈妈掷出的飞刀留下的。那一刻，在场的人无不在笑，无不在叫。墙上的各种伤痕多得是，但要数这一处最是难忘——这是专属于黎安的遗迹，发生在母亲避开之后，发生在其他人的笑闹之前。

她究竟对他说了些什么？她有什么本事能刺激得到他——像她这么一个随和的女人？接下来不是恩奈斯特就是莫西，总之是她的一个打手，把黎安扭送出了后门，按倒在草地上踢打。我们仍旧在笑。我永远失去了的哥哥黎安，他也在笑——他是恶作剧的发起者，现在沦为了受罚之人，却也一同跟着在笑。黎安扯住哥哥的脚腕将他也拖倒在地。而我——我也笑了，如果没记错的话。看到这般光景，就连母亲也咯咯地笑了两声，然后就又忙别的事情去了。姐姐米芝拾起那把刀，作势要向打作一团的兄弟俩扔过去，不过最后还是抛进了堆满了脏碗碟的水槽里。我们这一家人纵然乏善可陈，但至少也曾经有过一些欢乐。

母亲扣上茶壶盖，然后把目光转向了我。

我感到自己从胯骨到膝盖都瘫软无力。一种煎熬的炙热，让我的五脏六腑都在翻滚，很想要把拳头插到两腿中间去。那种感觉难以分辨——介于腹泻和情欲之间——痛苦、冲动如情欲。

我最后一次在这里落泪大概是为了某个爱慕的男孩吧。寻常的哭声在这间厨房里没人会留意，不过是背景噪音的一部分而已。在当年的我看来，世上唯一重要的事情就是男朋友的电话，打与没打就是天堂地狱的区别。那次就是某个这样的世界末日，那种五瓶苹果酒下肚之后捶墙痛哭的桥段——我被人甩了。那一次，我蜷着身子，尽情地大哭。他甚至没来电话向我要回他的围巾。我的蓝眼睛恋人。

你多半已经猜到了，我们海格迪家的人个个都是情种，那种四目一对就疯狂做爱，而且从来都不懂得放下的狂野类型。家里只有少数人不懂得怎样去爱别人，但从某种意义上来说，我们其实也都不懂。

但也有例外。

"黎安出事了。"我告诉妈妈。

"黎安？"她问"黎安是谁？"

我妈妈一共生育了十二个子女——记得有次伤心的时候，她对我说——这还不包括七次流产在内，所以也不难怪她健忘。即便如此，我还是一直都不能原谅她。就是不能。

　　为了四十三岁时死于胰腺癌的姐姐玛格丽特——我们的米芝——我无法原谅母亲；为了我美丽却糊涂的姐姐碧雅，我无法原谅母亲；为了去秘鲁做神父结果反在那里放弃了信仰的哥哥恩奈斯特，我无法原谅母亲；为了年幼时就进了天堂的哥哥斯蒂威，我无法原谅母亲；为了我一长串的兄弟姐妹——米芝、碧雅、恩奈斯特、斯蒂威、伊达、莫西、黎安、我自己、凯蒂、爱丽丝与双胞胎杰姆和埃佛——我永远都不能原谅母亲。

　　母亲给我们每一个孩子起的名字都是那么的不同凡响——完全不像其他父母那样，给孩子起名叫什么乔、杰米或者米克之类的。就连她那些流产的孩子或许也有年号来代表，例如"一九六二""一九六四"，没准暗地里她也给他们都起过名字（例如塞丽娜、艾福瑞克、毛格什么的）。为了这些逝去的生命，我也不能原谅母亲。对于哪个孩子在什么时候、什么地方注射过什么疫苗，母亲从不做任何记录。我有理由怀疑自己是爱尔兰唯一一个没有打过小儿麻痹疫苗的人。谁知道呢？为了没完没了地捡哥哥姐姐的旧衣服穿，为了少得可怜的玩具，为了米芝奉命实施的体罚，因为母亲自己太虚弱、太忙碌、太慵懒或者又怀了孕，为了这一切的一切，我都不能原谅她。

　　我那可人一般的母亲，一个永远长不大的女人。

　　说到底，我最不能原谅的还是她的性生活。频繁到了愚蠢的程度，随意而又盲目。后果，妈妈，你考虑过后果吗？

　　"我说的是黎安。"我加重语气。厨房里的气氛安静下来，我必须完成这次来的任务——宣布死讯，同时附上关于这一噩耗的少数但却重要的细节。

"妈妈，他死了。"

"呃。"如此简单的回答，如我所料。我早就知道她会有这种反应。

"在哪里？"她问我。

"在英格兰，妈妈，他住的地方。他们是在布莱顿找到他的。"

"你说什么？什么布莱顿？"

"英格兰的布莱顿，妈妈，那是英国南部的一座城市，在伦敦附近。"

接下来，她就打了我。

妈妈似乎从未打过我。事后我曾努力地回想过，在我的记忆中她从来都是把打人的活儿指派给别人去做：通常都是米芝充当打手。她老是在不停地擦这儿擦那儿，手里的抹布正好方便打人，趁着从人身边经过的机会，不是抽一下你的脸和脖子，就是从后面打你的腿。我始终认为，那抹布的臭味远比疼痛更让人难受。有时候动手的是莫西那个疯子。还有恩奈斯特，他倒是个相对体贴爱用手掌打人的家伙。排行越小，你打人的权威就越小甚至于没有，尽管我自己也短暂地教训过爱丽丝与双胞胎埃佛和杰姆。

这一次母亲是一只手按在桌上，另一只手从侧面挥过来打在了我的头上。打得并不疼，一点儿也不疼。接着她扭过身去紧紧地扶着靠墙的桌台，借此支撑着身体站在那儿，背对着饭桌。她垂下头将脸夹在分开的双臂之间。她沉默了有好一会儿，然后突然间发出一种吓人的声音。很微小，仿佛是从她的后背穿透出来的。她抬起头转过身来，让我终于看清了她的面庞，那神情永远地和过去不一样了。

不要告诉妈妈。这是我们童年奉行的准则，至少是诸多准则之一。不要告诉妈妈，年长的孩子总是这样警告我们这些弟妹们，尤其是米芝。要是什么东西碎了或是洒了，或者碧雅夜不归宿，或者莫西跑到阁楼里去睡了，或者黎安戒毒了，或者爱丽丝和谁上床了，或者凯蒂的新校服染上了大片的血迹，或者任何有关迟到、堵车或者没钱付公交车票和出租车的事情，甚至有一次黎安闯了大祸而不幸蹲了一夜的班房，所有这些消息都不可以告诉母亲，我们只会在走廊里低声议论。不要告诉妈妈，否则——会怎么样呢？妈妈会气晕过去吗？当然不会，但妈妈会担心。我倒觉得让她知道理所应当，毕竟，一切都是她自作自受，谁让她生了这么多孩子。我们一个接一个地不幸地被她痛苦地带到这个世界上来。父亲尤其不想让母亲知道，他总是用一种平静而又呵护的语气告诫我们说：没必要现在告诉你们的母亲。仿佛这个女人唯一的任务就是在床上为他生儿育女。

　　这是母亲平生第一次亲手打我，她七十岁，而我三十九岁，一股怒气在我的心中燃起，即将爆发，太不公平了！这种不公平足以杀死我，然后作为死因记录在我的死亡证明上。首先，凭什么应该由我来执行通知的任务？难道就因为我是最细心的一个，因为我有车子，并且负担得起高额的电话费，而且我的女儿们也大到早上上学前不会再为谁穿了谁的内裤而争执不休？难道就因为这些理由我就应该长途跋涉地来到妈妈家，按下门铃，然后再乖乖地站在母亲伸手就可以打着的地方？丈夫、女儿、车子、电话费，这些又不是天上掉下来的馅饼。为此我生所有兄弟姐妹的气，包括那早已不在人世的斯蒂威，还有最近才离开人世的米芝，我也生黎安的气，因为他在我最需要他的时候离开了我。总而言之，我已经愤怒得失控了。我的怒气仿佛灵魂出窍飘浮在空中，居高临下地俯视着厨房里的一切：我看到挽起袖子的自己，对面是我的母亲，头深深地垂着，露出她娇小的白色的脖颈。

黎安应该就是这样在注视着我们吧！我可以确定地感受到他的存在。这就是他所看到的，赤裸着手臂的我，以及在桌台和餐桌之间移动的母亲。

"妈妈。"

她不断地发出各种声音。我抬起胳膊。

"妈妈。"

我们在接到来自英格兰的电话之后的六天里代替她做了多少事情，她都一无所知。我们让她免受了多少折磨：凯蒂奔波于伦敦，而我则在都柏林忙于确定黎安的牙医记录、身高、头发的颜色以及他右肩的刺青。今天早上，当一个善良的女警官敲开我家的门跟我核对死者的各项信息的时候，母亲她都不用听到那一切，只因为我才是最爱黎安的亲人。我真替那位警官感到难过，她的工作就是走家串户、处理妓女、陪人喝茶谈心。

母亲的嘴角流下一条口水，断断续续地，滴下来。她努力想要闭上自己的嘴，但双唇却拒绝合作，她只能发出啊啊的声音。

我应该过去安慰她。我应该搂住她的肩膀把她搀扶到一边去。我应该帮她把胳膊放下来然后领她坐下，再给她的茶里面加点糖，虽然她喝茶从不放糖。我之所以这么做都是出于对她这种生理反应式的、愚蠢的、没完没了的悲痛的尊重。

如果换作是其他儿女死了，例如埃佛，她也会同样伤心的，但如果死的是莫西的话，她倒不会那么难过，如果是恩奈斯特她会更加悲痛，如果是杰姆，她则会和我们所有人一样心碎。无论死的是哪一个儿子她都会为他们流泪。我突然意识到我们都搞错了一件事情，其实我才是承受了无法弥补之痛的那个人，而她的子女还有很多个。

我和黎安的年纪相差仅十一个月。我们几乎是脚前脚后从她的肚子里跑出来的，像接力赛一样的紧凑，像群体性爱一样的迅速，像出轨一样的短暂。有时我甚至觉得我们或许是同时孕育在她的体内的，只不过黎安先出世了，在外面等着我罢了。

"妈妈，你没事吧？要不要喝杯茶？"她看着我，宽大的椅子把她衬托得那么娇小。她愤愤地瞪了我一眼就把头扭开了。那眼神好像一个诅咒降临在我头上。因为我竟敢去招惹、玩弄和蔑视一个母亲的爱。

薇罗妮卡·海格迪就是我，当年那个穿着校服站在水槽边上的十五六岁的小女孩，因为失去了男朋友而哭泣，而当年安慰过我的人如今却怎么都想不起我的名字了。我是薇罗妮卡·海格迪，今年三十九岁，正在为刚刚获知了噩耗的都柏林最可爱的女人往茶里加糖。

"我去给克拉尼太太打电话。"

"给她打电话？你要打电话？"她质问着，因为克拉尼太太就住在隔壁。

"是的，妈妈。"她这才想起来原来是因为自己的儿子死了。她想确认这是否是真的，我虚伪地点了点头。难怪她不相信我，连我自己都觉得难以置信。

第三章

哥哥的死早在多年以前就已经埋下了根源。始作俑者早已不在人世——至少我这样认为。所以如果要讲述关于黎安的故事，我就必须追溯到他出生之前。事实上，我非常乐于将这段故事记录下来：因为往事是如此浪漫的字眼，如黑白的老电影般别有一番风韵。但愿从此以后回忆能够平静下来，可以慢慢沉淀。如果能就此让回忆停止在我脑海中游荡的话，那我情愿把一切从头说起。

就从这里开始吧！

兰伯特·纽津和我外婆艾达·梅丽曼初次相遇在一九二五年，在一间酒店的大堂里。我为他们选定的时间是晚上七点钟，那一年，她十九岁，他二十三岁。

她步入大堂，没有环顾四周而是直接选择了门边上一把椭圆靠背的椅子坐了下来。兰伯特·纽津透过鱼贯而入的宾客和嘈杂的人声注视着她的一举一动。她先是脱下了左手的手套，然后再摘掉另外一只。接着她从袖口下面拽出一条小巧的手链，拿着手套的那只手也随之放在了大腿上。

她的美丽毋庸置疑。

至于二十三岁的兰伯特·纽津当年是怎样一副模样却很难说了。因为他入土已是经年，尘归尘，土归土，是美是丑早就无从考究了。

那么她眼中的他又是怎样的呢？

我不得不凭借臆想将他的遗骨重新拼接起来，我甚至能够听到骨节接合时所发出的噼啪之声，再看着肌肉重新附着在骨骼之上，再被脂肪包裹起来，外面被皮肤覆盖，最后再为他穿上海军蓝或者是棕色的西装——那领口的剪裁似乎有些蹩脚，也许是线条太过锋利了一些，他的手上还带着淡淡的防腐剂的气味。当年的他就已经萌生了一个平凡男子的矜持和自恋，尽管努力地想要伪装得不动声色，但其实想什么早就昭然若揭了。那天的他并没有刻意地装扮。兰伯特·纽津只是观察着周围的动向。尽管在看却没有走心——没有让这个你欠我我欠你的世界搅扰到他的心境。

我的外婆在走进来的那一刹那就闯入了他的视线。艾达·梅丽曼走进了他婴儿般的双眼和他黑色的眼眸之中并且坐了下来。在我的幻想中她穿着蓝色的裙子。她那蓝色的身影在他的脑海中烙下了永恒的印记，终生难忘。

七点过五分。大堂里的话题是糟糕的雨天，以及出租车的问题，还有要不要一边享用茶点一边等待。打这一刻起，人流开始不断地涌入，身为随从的两个人都不得不继续等候下去。她坐在椅子上，他则靠着前台站着，一只胳膊肘撑在桌面上，仿佛吧台边上等候的寻常男子。

两个人就以这样的姿势待了三个半小时。

他们都不是什么上流人士，早就习惯了等待。

起初，艾达没有装作已经注意到了他的存在。也许这才是符合礼貌的做法，而且我想他大概也希望以这样的方式开始，维持那种似有还无的微妙。一九二五年的他所拥有的还只是常人的激情和年轻的梦想，这些还尚未演变成他后半生的愤怒。如果说当年的兰伯特·纽津受过什么打击的话，那都要拜体面所赐。他曾经是个体面的人。不是那种出没于酒店旅馆的类型。他也不习惯看到女人如此考究地摆弄自己的手套。过往的经历让他对于艾达·梅丽曼这样的女人毫无准备，然而他却惊讶地发现，自己仿佛早就准备好了和她邂逅。

前台后面矮小的看门人把一串钥匙挂在墙上，紧接着随着叫铃的响起转身离去。再回来的时候他写了一张字条，然后又走了。一个女佣从后面的厨房里走了出来，手中的托盘上放着一杯茶。她向楼上走去，拐个弯就看不到了。只剩下了他和她。

那是怎样的矜持啊！都柏林城里多得是骄傲的女人和体面的男人。有人在异性面前可以如鱼得水，但也有人就如眼前的这对男女那样，用沉默去淡然处之。在无声的关注中，他们都感受到了来自对方的吸引，谁都不愿意率先离去。

上天赐予我们的值得爱的人实在少得可怜。我真想对我的女儿们这样说，让她们知道每一次恋爱都是宝贵的，即使是在十九岁的时候。事实上，十九岁的恋情尤其珍贵。如果你在十九岁的时候用五个手指就可以数完自己所爱的人的话，等到四十岁的时候再看，会发现还是连十个手指都用不到。我们爱过的人既然如此屈指可数，当然个个都该是刻骨铭心。

早在七点一刻的钟声尚未响起之前，纽津已经对艾达·梅丽曼埋下了情愫，而她似乎对他也是如此——只是她自己还没有意识到而已,要不然就是她太善于掩饰了。与此同时,室内的光线渐渐地变暗了,什么事情都没有发生。那个一去不复返的女佣再次从大堂里走过,手里依旧端着一个托盘,又一次消失在了黑暗的走廊里。前台后面的房间里传来开门的声响,有人在找一位姓哈凯特的小姐。艾达·梅丽曼的目光转向两人距离的中点,纽津不相信她没有注意到自己。

两人之间的气氛稀薄得不足以孕育情愫。都柏林的氛围只容得下戏谑的开场白。

嗨,小姐,我们好像在哪里见过。

但是他们已经不需要再伪装了。感情已然萌生。一切从她走进门,却漠视周围的那一刻就开始了。她一直完美地保持着存在却又不引人注目的状态。除此之外的事情都在折磨着他:首先她应该对他的关注做出回应(她的确这样做了——她注意到了他的安静);其次她还应该对他抱以同等的爱慕,感觉一样的突如其来和翻天覆地,强烈到超越了他们的社会地位所能允许的范围。

艾达在用眼角的余光偷看着他,她面颊上的绒毛为她探明了一切她想要知道的关于这个站在房间另一端的年轻人的信息。这本该为她的面容平添一丝红晕,但是艾达并不是普通的女孩。她只是低头欣赏着自己的手链:它是用纤细的玫瑰金打造的,带着像手表那样的T形的链扣。她用手指拨弄着这个别扭的小东西——男人的样式却戴在了女人的手上——她能透过自己的后背感觉到纽津诧异的目光。她突然轻轻地扬起头,仿佛在说:"你想怎样?"

大有挑战的意味。

他多半在因此而恨着她,只是纽津还太年轻,只有二十三岁,年轻到不知道此时席卷过他内心的那种情绪原来就叫作愤怒，但气氛由此发生了改变，有些事情被挑明了。好像有阵风从身边经过，是什么？

是渴望。

七点十三分，渴望已经从纽津的双唇之间呼之欲出了——停！他忌惮于彼此的靠近。采取行动的念头在他的体内冲击着，但是他却丝毫没有动。他依旧坚守着自己的位置，而在房间的另一边，艾达用她的岿然不动则稳居上风。如果他有足够的耐心，她也许早晚会注意到他。如果他有足够的谦卑，她也许会开出接受他的条件。

但也有可能她不会接受他。两人都没有说话，都是一动不动。也许一切都只不过是纽津的幻想而已——要不就是我的假想。也许当年的纽津只是个不起眼的毛头小伙子：傻傻地戴着格呢帽子，喉结上下翻滚；也许艾达压根就没有注意到他的存在。

但那毕竟是一九二五年一个男人和一个女人的相遇。她一定很清楚他们之间可能发生的故事。因为她清楚自己的美貌，经验告诉了她可能的结局，她当然知道，因为她是我的外婆。每当她用手抚摸我面颊的时候，我都会在享受安慰的同时感觉到死亡的逼近。没有什么比一个垂暮的女人的抚摸更让人觉得捉摸不定的了，带来爱的同时也带给人恐惧。

艾达是个不同凡响的女人。我想不出更合适的词语来形容她。我也无法描述她肩膀的曲线，以及当她走在街上的时候让挎着的手提袋拍打自己胯骨的姿态。她手里总是拎着个包，里面装的大概是些要叠的、要洗的、要擦的或者是要拿走的，总之你永远无法知道。你从来注意不到她吃东西，因为她仿佛总在认真地听你说话，或者是和你交谈，不知不觉间她的食物就没了，好像并没有真的进了她鼻子下面的那个洞。她的气质是完美的，或者说是不可抗拒的，就连八岁的我都能够感知到她的魅力。

然而纽津又是怎样被她吸引的呢？她甚至还未曾开口和他说话。我只能猜测那并不重要，他对她的迷恋历经了几个阶段和层次（在七点一刻尚未到来之前，他正在恨着她），他对她的情感在后来的岁月里不断地轮回，从当初的几分钟一变延长到了数年乃至数十年循环一次——他对她的心先是从爱慕变为嘲讽，再被怒气所吞噬，然后被渴望穿透，最后止于自卑，直至又重回到爱的原点，由此周而复始。每一个轮回都增加了他对于她的——也许还有对于自己的了解——但是无论他知道多少都改变不了任何东西。当七点十四分来临之际，他们又回到了爱的原点。

可是爱将会怎样继续？纽津终于动了，突然之间。他垂下额头用手指梳理发梢。她可能会爱上他吗？他们能否回到她最初进来的那个阶段，抛开所有之前的无声的交流和错过吗？

啊，是的，艾达用她忧郁的面颊做出了肯定的回答。爱情短暂地浮现在她的脑海之中。

纽津感到一种发自小腹深处的悸动；是未来，或者说是未来的起点。这一刻，无人会来打扰他们。也许有人在楼上的房间里勒死了那个女佣；前台那个木偶般的接待生也被人放倒在了椅子上。两人之间隔着十四英尺长的地毯。酒店的钟声发出咔的一声，然后缓缓地拖出沉闷的一刻钟的报时；此时此刻纽津在想着自己从皮肉中探出来的龟头，而艾达想的却是爱情。

嘀嘀嘀嘀铛！

铛铛嘀嘀铛！

仿佛是被这钟声唤醒和传召了似的,那个瘦小的接待生带着一只高脚凳回到了幽暗的大堂,他把凳子放在墙上的一盏壁灯下面,然后又走开了。再回来的时候手里高举着一卷点着的纸,火苗被落日的余晖对比得暗淡。他踩上凳子,摘下灯罩,按下煤气开关,笨拙地抢在火种熄灭之前点燃了灯火。火苗发出空洞的咝咝声,蓝色的光芒在折射板的映衬下转为黄绿色的柔光。大堂里的光线先是更暗了一些,但紧接着亮光照射到了屋里的每一个角落。大堂里弥漫着煤气的味道,还有纸屑燃尽后的温暖气味,片片的黑灰从接待生快速摇动的手中飞散开来。他安上灯罩,接着把凳子移到下一盏灯下,然后再度走开。

在他离去的这段时间里,大堂里变得越来越暗。

终于,他回来了。纽津和艾达一同注视着他登高点灯的重复仪式,一次次的上场再退场;看他如何自恃重要的模样,直到他来到第四盏也是最后一盏灯下,它恰好位于艾达的头上。他把凳子搬到她的身边,弓着身好像行礼一般地退去。过了很久他才回来,他本可以从燃烧的壁炉中取得火种,但他没有这样做,也许是因为他不想在艾达面前弯腰,但是他并不觉得让艾达起立有什么不妥。他立在她面前,翻转着纸卷,呵护着蹿动的火苗。他与她四目相对。等待着。

艾达的裙子在她起身的那一刹那从膝盖上滑落,好像要一落到地似的。倘若这衣料是用水织就的,那么定会融化在地面上,化作一摊五彩的颜料,让她赤裸裸地站在众人面前。纽津毫不掩饰地盯着她挡在胸前的双手,并接着往下看。起初他很是怜悯她的境遇,但马上又改变了想法。他终于把靠在前台上的身体换了个姿势,来自衣服下面的自己身体的气味给他带来一种满足感。

感谢上帝,刚才发生的一切和他无关。

那天早上他去过大教堂,赶了最早的一场弥撒。他和其他男人一起排队去领圣餐。众人脸上的神情都像等待施粥的穷人一样饥不可耐。轮到他的时候,他像个体面人那样慢慢地起身,仿佛承载着自己生命的重负和对所爱之人的怜悯。勇敢的表现。

因为正值四旬斋①,所以纽津暂时戒掉了熏肉、香肠和动物的内脏,连同烈酒。他的身体借着灵魂的刻苦而得到了净化——从衬衫下面传来的体味仿佛也带着初春的气息,还含有一丝早上用过的香皂的芬芳。他上衣的布料虽然旧但不失体面,衬衫的衣领也白得得体,象征着体面的中年生活。

唯有一个小小的不和谐——就是他那婴儿般的双眼中正放射出并不体面的目光,直指坐在贝尔维黛尔酒店大堂里的艾达·梅丽曼。

她的目光终于回应了他。她站在那里——仿佛赤身裸体——双臂掩护着胸前,她抬起头,与他四目相对。

他不由得一震,被完全呈现在他面前的艾达·梅丽曼惊到了。她睁大双眸将他完全纳入眼中;她突如其来的关注让纽津庆幸自己有前台可以倚靠。

接着她的眼睛笑了。艾达笑了。好像大堂里刚发生了什么可笑的事情,让她想要和他分享。

纽津看着她,他很想知道她觉得自己身体的哪一部分最有意思,是她的胸脯,还是她的脖颈?要么就是她还没有意识到自己

---

① 四旬斋,指逾越节(复活节)前的四十天准备期,在此时期内,基督徒特别祈祷、刻苦做补赎,尤其守斋,故此旧名称又叫"封斋期"。

正赤身裸体（毕竟，她衣着完好），要么就是她并不在乎。也许她在暗地里笑那个点灯的小伙子，更也许她笑的其实是他——傻站在那里，裤裆鼓鼓的。纽津的眼睛因为这种不公而充血，充满爱情被拒绝的怒气。

然而——连那个矮小的接待生都可以证明——她没有拒绝他的任何要求。她根本无从拒绝。跳动着的煤气火焰发出了微弱的响声，接待生带着他的凳子开始准备退场，他冲着两人的方向若有若无地弯了弯腰，透着讽刺般的恭敬，仿佛他已经看透了，一场男欢女爱（卿卿我我）、金钱和谎言的好戏即将上演。如果此情此景能写成一首歌，也许有人会把它唱出来，那将是一首耳熟能详的曲调，在一九二五年的都柏林。

当然，这些都不过是我浪漫的幻想。每个外婆看起来都是美丽的——也许是因为老照片的色调和她们头上佩戴的香橙花，也许还源于她们眼中流露出的传统的坚定。和现今的婚姻不同，在从前做新娘是需要勇气的。结婚照上的艾达披着二十年代样式的头纱，丝质的婚纱上手工的缝线隐约可见。她是那么的纯洁而又羞涩。艾达·梅丽曼，我端庄而又热情的外婆，一九二五年时的她美好得足以出诗入画。

她的脚长得像我，其实该说我的脚长得像她：我们都有长长的棱角分明的脚趾、粗大的关节和笔直的长腿，这些都曾让童年的我在同学中有鹤立鸡群的感觉，直到一九七九年我才意识到了它们的价值，原来自己居然长了一副值钱的身材。不过和性无关，只不过律师们都想要我为他们生儿育女，建筑师则想要我坐上他们设计的椅子。虽然我的胸脯算不上丰满，但我却拥有傲人的身高和长腿。于是我精心地打扮自己，不过无论如何我都拒绝穿上超短裙，因为我不想让人看到我男人般的脚踝和丑陋瘦削的脚趾。

艾达那穿着缎面鞋子的双脚看起来有些令人遗憾，但她终于出嫁了，所以我猜想她是幸福的。我一边想着一边把她的照片放回到鞋盒里去，连同她留下的其他遗物一并收藏起来。

她嫁的人并不是纽津，你也许很高兴听到这个结局。她嫁给了他的朋友查理·斯碧蓝，但绝不是因为他拥有一辆汽车的缘故。

然而纽津从未离开过她的生活。我的外婆是他一生最精彩的幻想。我也许会一直继续憎恨他，但是他的诚实——他的忠实——在我看来，却是一个男人身上难能可贵的品质。

第四章

用母亲客厅里的电话我拨通了布莱顿霍夫地区的丧葬中介。他们给了我一个殡仪馆负责人的电话,后者很体贴地记下了我准备好的信用卡信息。棺材当然是要考虑的一个问题,不知为何我早已知道自己一定会选择莱姆色橡木的——这理应由我来定夺,毕竟我才是最爱黎安的人。这些大概要花多少钱呢?我一边放下电话一边在想。

隔壁的克拉尼太太来了,见了我一言不发。她穿过大厅进了厨房并随手掩上了房门。过了一会儿,我听见母亲的声音再度响起,很低。

我没有耐心继续再用老式的拨盘电话,于是拿出我的手机边走边打,一个人一个人地通知,从都柏林的克隆塔夫区和菲博斯波洛区,到美国亚利桑那州的图森市,反复说着同样的信息:"有个坏消息,是关于黎安的。是的是的,都是真的。我在妈妈家里。她很震惊,非常震惊。"关于噩耗的讨论通过无形的电波继续着。然后,杰姆会通知埃佛,埃佛会致电莫西的妻子,伊达会设法联络到正在秘鲁的阿雷基帕北部某个地方的恩奈斯特神父。然后他

023

们会相继回电话给我,或者他们的妻子会这么做——询问死亡的时间、原因和其他残忍的细节连同航班的事宜。

我走进我们童年住过的昏暗房间,但没有去碰里面的任何东西。

所有的床都是铺好的。女孩子住楼上,男孩子住楼下(看到了吧,我们家还是有规矩的)。这里就如同迷宫一般。在大门左边的一间小屋里摆着双胞胎的二层床——年幼的斯蒂威就死在那里。这间房间的另一扇门可以通向车库扩建出来的部分,里面还放有三张单人床,而那间屋子又连着通向花园的走廊,地上放着恩奈斯特睡过的床垫,在恩奈斯特离开之后,莫西继承了这个铺位,最后轮到黎安。

走廊的斜顶是用透明的波浪塑胶板做成的。床垫依旧还在,紧挨着黄色的花园门,门上的窗户是磨砂玻璃做的。黎安贴的马克·博兰[①]的海报已经不见了,只剩下透明的胶条还残留在焦砟石的墙壁上。

这里是我第一次抽烟的地方。

床垫上罩了一条蓝色的粗毯,我坐下来,拨通了最后一个电话,打给我最小的弟弟。

"嗨,杰姆。没什么事,我一切都好。但有一个不幸的消息,是关于黎安的。"杰姆,所有子女当中最年幼的、最好脾气的也最讨人喜欢的一个,对我说:"至少一切有了结果。"

我再一次尝试打给凯蒂,仿佛能听到电话铃声在她伦敦的空旷公寓里回响。我躺下来仰望着波浪塑胶板的屋顶,心想该如何

---

① 马克·博兰,华丽摇滚的先驱。

拆除这些四处延伸的部分,好让整个房子恢复到最初的状态。这房子还有可能拆了重来么?

碧雅到了,我为她开的门,我拉住她的双臂,在昏暗的大厅里转了个圈,然后她从我身边走了过去。我跟着她进了沐浴在黄色灯光下的厨房,看到我们的母亲在过去这一段时间里已经衰老了五岁,也许是十岁,只不过几个电话的工夫。

"晚上好,妈妈。要不要吃点什么?需不需要叫医生来,让他给你开点有助睡眠的药?"

"不,不用了,谢谢。"

"我得过去一趟,安排一下。"我说。

"去英格兰吗?"她问,"现在?"

"我会打电话回来的,好吗?"

当我吻她的时候,发现她的面颊软得吓人。我的目光掠过碧雅,后者丢给我一个阴暗的眼神,充满了责备。

不要告诉妈妈。

好像一切都是我的错。

父亲当年常常坐在厨房的椅子上看电视直到十一点钟,任凭报纸散落在膝盖上。新闻一结束他就立刻折起报纸,站起身来,关掉电视(无论有谁还在看),然后朝卧室走去。他会顺便把牛奶瓶子洗过之后放到门外的台阶上去。有时候他还会把双胞胎中的一个放到尿壶上然后再送回床上去。接着走进属于他和母亲的卧室。通常她在九点半就上了床,然后看书或者是叹气。接着他们会小声地交谈一会儿,然后传来他从衣兜里掏出钥匙和硬币的声音,再下来就听到他解开皮带扣,最后一只鞋落在地板上。

接着一片静寂。

我读书的时候也有些同学的家里生养众多,但也只限于五六个子女。偶尔有七八个孩子的——这通常已被视为是颇为活跃的家庭了——像我们家这样则属于不可救药的类型,拥有毫无自控能力的父母,生孩子就像拉屎一样频繁。

在离开母亲家之后,我本应左转,却右转开上了通往机场的道路。我没有想过自己要去哪里,心里只想着外面的雨,提醒自己要打转向灯,盯着雨刷擦着车窗。我什么都没想——没有什么可想的。我想喝点什么,不用什么复杂的东西,一杯高度的威士忌或者杜松子酒就行。我驾驶着我的萨博9.3向酒精驶去——心里越是渴望,口里就感觉更渴。

每次我离开那幢房子都会有想要喝酒的冲动——或许是因为那里存在的不公正。但我不会真的去喝酒,至少不是现在。刚才凯蒂在电话里是如此的激动,以至于我根本听不清她在讲什么,电话线的另一端只传来她傻傻的哭号声。

"呜,啊。"她对我说,"他……门……警……告……听。"她指望我从这些只字片语中推测出一位女警官也敲开了她的门告知了她这个不幸的消息。的确,等待消息的感觉很折磨人,但至少没让我们等太久。我想告诉电话另一端的她,秘诀就是不要在得知消息之前就喝醉,至少要等到之后。两者之间的差异很微妙,但是凯蒂,这很重要。因为在真实的世界里,事实与臆想,死去与活着,醉酒与清醒之间有很大的不同。我所说的真实世界指的是海格迪家以外的世界,在那里,人们认为以上这些状态不是一回事。

当然这些话我并没有说出来，我只能对她说："是的，是的，是的。"

她又接着说："唔嘎啊嘻吱。"

我也接着回答："嗯，嗯，嗯。"

我们就这样继续着直到一个男人接过电话说道："是凯蒂的姐姐吗？"一口标准的伦敦南部口音。我必须待之以礼，所以我抱歉地说我们的哥哥在这周四死了，不好意思打搅了他的正常生活。突然间，我意识到我走的不是回家的路，于是利用红绿灯的间隙我在路边停了下来给我的丈夫汤姆打电话，告诉他今晚我不回去了，我不想女儿们看见我的模样或者担心我，等我处理完一切再说。

他安慰我说一切会好的，不用担心。一切都会好的。他那略微颤抖着的声音让我意识到如果我不马上结束对话的话，他接下来就要告诉我他很爱我，这正是他的下一句话。

"好了好了，"我说，"再见了，拜拜。"我挂掉电话继续往机场开去。

死亡有时也能带来益处，例如它让一切都停顿下来，之前你总是自以为不可或缺，现在看来其实你根本可有可无。你发现没有你，爸爸一样能喂饱孩子，一样会用新的烤炉，一样能在冰箱里找到香肠。从前不能脱身的那些会议原来是可以不去的，而且根本就不重要。女儿上学由爸爸接送也是一样的。你的大女儿会记得带她治哮喘的吸入器，你的小女儿也不会忘记带健身要用的东西。你由此醒悟，原来你平日里做的大多数事情都毫无意义，甚至是愚蠢的，你不过是在唠叨、发牢骚以及为懒得做事甚至懒得爱你的那些人忙前忙后，更不用说连就在他们床下放着的鞋子他们都懒得去找，他们只会使唤你指责你——间或还对你尖叫——当他们找不到另外一只鞋的时候。

我发现自己流泪了,在通向机场的路上。我趴在我的萨博9.3的方向盘上号啕大哭,因为我发现原来我丈夫的所谓重要的会议其实根本不重要(我从前怎么会傻到相信它们是重要的?),还有在眼下这半个小时里或者接下来的这半个星期里他都会全心全意地来爱我,因为我的哥哥刚刚过世。

我或许应该停车,但是我没有。我哭了一路。在柯林斯大道上,对面一个被夹在拥挤车流中的男人注意到了我,看我坐在豪华的铁皮匣子里一把鼻涕一把眼泪在哽咽。我们相距不过两英尺。在开走之前,他就那样看着我,带着一种彻头彻尾的怜悯。有谁活过却没痛过呢?

行驶在高速公路上的我不由得叹息,明明知道迟早会失去所爱之人,但人类还是选择去爱,这一点实在令我费解。在我看来爱一个人似乎是一种巨大的精力浪费——但人们还是选择这样做,所有这些正在公路上堵车、并道和超车的人都不例外。我们总是对某些人付出爱,尽管知道他们终有一天会死去。这种爱即使在他们告别人世之后也并不停止。我实在找不出这么做的意义和逻辑。

在机场的停车场里,我来回地兜着圈子,一层一层地往上开,一直开到露天的顶层。从前黎安总是取笑我这种古怪的做法。很多人都因此而笑过我,因为我总是把车停在离飞机最近的位置:宁愿在天棚上去经受日晒雨淋。

我关上了引擎,注视着大雨把前方的视线完全遮蔽。

上一次我送黎安来机场的时候,我还巴不得他赶紧离开。

是啊,上次我们到了这里之后,我还在车里多坐了一会,举目远眺。等我回头想要和坐在身边的哥哥说话时,却被他的模样给惊到了:一个巨大的黑色身影,穿着没洗的脏衬衫,看上去真是个讨厌的老家伙。我说了句:"时间还早得很。"

我陪着他一直走到登机门,目送他进去的时候,我突然萌生了一个念头,在想他进去了会不会再折回来。我想即便进去了再想走出来应该也不违反法律的,哪怕已经在座位上坐下了也照样还可以改变主意,从原路返回,留在爱尔兰,那样就可以再多折磨别人一段时间了。

通常,兄弟姐妹们一旦长大了,彼此间慢慢就冷淡了。但是黎安决心不让这样的事情发生,他要别人惦记他一辈子。

一架飞机从我头上低低地呼啸而过,我紧紧抓着方向盘,张着嘴。我和车仿佛凝固在了一起,无法分离。许久之后,我才再度坐直,打开了车门。

我感到黎安正在笑我——笑我坐在跑车里,在机场的停车场里淋雨,一边无声地在嘶吼。至少是他的幻影在笑我。就在那边,某个地方——一个你看不到的位置——他就在那里,存在又不存在。我看得出来,死后的他并不难过。然而,我透过后背所感受到的那种温暖不单单是他的情绪,还有他业已消逝的、死亡的真我。他的心,他的灵,都已经不在了,或者说正在离去。

再见了,薇!

别了!

别了!

我推开车门,跨入雨中。

第五章

查理·斯碧蓝，我的外公，正开着车行驶在欧康纳大街上，赶去邂逅正坐在贝尔维黛尔酒店里的他未来的妻子。

那是一个星期二的晚上十点半。正逢四旬斋。只有几对堕落的情侣从格雷根酒店和萨沃艾牛排店里走出来，正打算坐电车或者步行回家，除此之外这座城市一片寂静。查理驾驶的是一辆深灰色的车子，只有从街灯下驶过时才显露出蓝色的真皮座椅。收起的天篷，闪亮的不止是车身上的金属，还有查理的头发。这辆迷人的车子——严格地讲并不属于查理，但是他已经开了这么久了，我们可以推断真正的主人已经不会再回来索要了。

自打我记事以来，这辆车就一直停在艾达的仓库里，是一辆矛瑞斯旗下的"牛鼻系列"车，已经裂缝的天篷看上去颇像一个巨型的婴儿车遮阳篷。当年我见到那辆车的时候，它就已经不剩什么了，连车门都不见了。我小时候常坐在前座上，在夏日午后的寂静里听着发动机里的老鼠在乱窜。

"突突……"坐在我身边的黎安模仿着发动机的声音。

不过在一九二五年的时候，那辆车还算是个尤物。查理总爱大力地换挡再加速——纽津觉得查理不该再开这车，因为他驾驶的手法对车的伤害实在太大了。车的制动鼓已经被撕裂脱落，此时正躺在纽津家里的桌子上，还漏出一摊油——这车也不是纽津的，尽管他非常喜欢它。当晚在贝尔维黛尔酒店的大堂里等待的纽津，潜意识里虽然听到了那车引擎的声音，却无暇思考。查理正开着仅有后刹车可用的车，游走于都柏林的街头，要去见个人谈和一只狗有关的事情。

查理是个变化无常的人。他不喜欢结局这类东西。他甚至也讨厌开始。唯有在即将失去一段感情的时候他才可能付出真心。换句话说，他正是在艾达要离他而去的时候才挽留了她。

然而到那一刻为止，艾达和查理还尚未相遇。在贝尔维黛尔酒店的大堂里，艾达·梅丽曼正注视着兰姆·纽津[①]，而窗外，查理·斯碧蓝正拐上丹麦大街，去结识他未来的妻子。可是，就在他快要停在酒店门口的时候，芬德雷特教堂的尖顶突然令他联想起了什么，于是他又掉头驶向了菲博斯波洛区的哈勃酒吧，去和某人谈一只狗的事情。

纽津竖起了耳朵跟踪着驶离的车子。引擎的噪音渐渐远去，寂静在被短暂地打断之后，又重新在贝尔维黛尔的大堂里继续漫延开来。远处街道的喧嚣已从白日转为黑夜。夜色渐浓，有人开始推杯换盏——但不是在这里。留在家里的女人们正哄着孩子，男人们则从靴子中将双脚解放出来，工作了一晚的姑娘们在远处的房间里梳洗一番之后，对着小镜子照了照，准备再出去工作。

---

① 兰姆·纽津，兰伯特·纽津的昵称。

在大堂的另一边，艾达轻浅温柔的呼吸让她犹如化身洋娃娃的天使一般。诗人也许会把她的粉颈比作是圣殿的支柱，雕刻家则会把她的双唇勾画成紧闭的线条。

一块燃尽了的碳在壁炉里跌落，发出"啪"的一声轻响。

亡灵们降临了。

她们都蹲在墙边慢慢地向最后一点余热靠近，她们是纽津的母亲和妹妹丽琪，这两个人都不喜欢死后的感觉。纽津的亲人们小声地交谈着，声音虽然温柔却带着欲望得不到满足的愤懑，为什么不见艾达的亲人呢？

为什么？

这不奇怪，因为她是个孤儿。

一张面孔出现在酒店门口的玻璃窗上，接着那人推门而入。那是一张长着大胡子的狭长的小脸。他四处看了看就又出去了。亡灵们一瞬间被他惊散了，但没过多久，她们又去而复返，艾达仿佛再也不能忍受下去了，她快速地站起身来，走到前台，按下了呼叫的铃。

叮叮！

终于，他们并肩站在一处了——艾达和纽津一同站在前台，这让她感到很有趣。她的自在和放松无异于是对他的羞辱和挑战——可怜的纽津，他比以往任何一个时刻都更清楚地感受到两人之间那十八英寸的间距。他身体的某个部位很想进入她身体的某个部位，以获得解脱。他想把手探进她的腹中，感受那里的热度和她光滑的内脏。

你不许取笑我！

他很想对她说："我是那么的爱你，那么爱你啊！"

"嗨，你好。"

接待生从后面的黑屋子漂移了出来。

她先是对接待生说："你们这里有没有热的朗姆酒可以给出租车司机喝？我想给外面的那个人。"然后她扭头对纽津说："我不知道我为什么要这么做，每次你想找他们的时候都找不到。不过既然找到了我就不想让他再溜走。"

她正要打算回到自己在门边上的座位去。她只不过十九岁而已，他也只有二十三岁。

"我的朋友有车。"他冷不丁对她说了句。

"是吗？"她停下脚步，很感兴趣的样子。

"他马上就来了，其实他早就应该到了。"

"我喜欢坐车兜风，我会兴奋得发狂。"艾达说。

她转身回到自己的位置坐下。

他真希望她脚下系着一根绳索可供他拉扯，那样他就可以在她跌倒的一刹那跑过去将她揽在怀中。他们可以像黑白电影中那样拥吻。然而画面中的她却扭头说了声："停！！"

不只是斋戒的关系，更是因为恰逢春季。他还能怎样？艾达·梅丽曼是这般的迷人，但纽津却是如此的平凡，我们只需要知道这些就够了——当她迈入那扇门，以一种安静而又优雅的姿态，在那把椭圆形靠背的椅子上坐下来的时候，她就让他看到了一种命运，其中的人各得其所，互不相欠。

·

一辆车停在了门外。纽津在听见引擎咆哮的那一刹那，他看艾达的眼神就立即蒙上了一层伤痛和离别的意味——好像他们之间的关系出于某种原因已经没有了可能。但也不是绝对没有可能，两人之间萌生的戒备也未尝不是一种愉悦。

只是,他们已经没有了独处的机会,错过了就是错过了。

当查理·斯碧蓝走进来的时候,两人同时转过身去看他,酒精让他举止风流,兴奋让他把违背的诺言和错过的约定抛到脑后。他的视线先是掠过倚靠前台站着的纽津,接着环顾四周,直到一个蓝色的身影跃入他的眼帘,就是坐在门边靠墙位置上的她。

"嗨,小姐。"他一边问候着她一边伴装摘下他(并不存在)的礼帽。"但愿这个家伙没有让你觉得闷。"

艾达笑了。

就这么简单,查理不过是挥了挥手就从此改写了故事的结局——注定了他的未来和我的过去。

两人一同告别了艾达·梅丽曼。

查理对他的朋友指了指酒店的大门然后先行走了出去。他坐进那辆"牛鼻"车,戴上了驾驶手套。接着他用手抹了抹脸,如同一个哭了很久的人刚刚止住。纽津也随后上了车。查理打了几次火,费了不少力气,才终于发动了车子。

康维斯酒吧已经黑灯了。他们绕着卢顿达区转了一圈然后又回到了帕奈尔街上,在那里他们发现蓝狮酒吧在关门之后还在里屋偷偷卖酒——那不是个体面的地方。空气里有种刚刚打过架的味道;院里的厕所里也好像有什么东西刚刚燃烧过。

"来瓶酒和一瓶柠檬汽水。"查理说。

两人一边喝着一边小心地打量着蓝狮酒吧里那些凶神恶煞的顾客。查理有点担心停在门外的车,而纽津却在凝视着桌面上木头的纹路和吧台下面铜制的垫脚。

回家的路上，纽津从座位上站了起来，把头略微探出挡风玻璃之外，让夜风拂过他的脸颊。在途经圣斯蒂芬公园的时候，纽津扫了一眼那些正在街上拉客的女孩，尽管适逢斋戒期，她们也仍然等待着有钱人从谢尔本酒店里出来；每逢有马达声传来，那一张张白皙的面孔就会像被吹动的树叶一般同时转向声音的源头。

等车子缓缓地停稳之后，纽津才又重重地坐下，车停的位置离他的家门口还有一段距离。

"别忘了替我看看哈！"查理指的是车子撕裂的制动鼓，此刻正躺在纽津的桌子上。

"我会的。"他一边说一边在门口向查理挥手告别。

进门之后，纽津先环顾了一下自己的小房间；狭窄的床，悬挂在窗户两侧的窗帘看上去仿佛一张方形的面孔梳了中分的发型。小桌上放着的矛瑞斯"牛鼻"车那坏了的制动鼓，美丽得一如素描画中沐浴在月光下的苹果。伫立在黑暗之中，他开始解开衬衫的纽扣，一颗接一颗地解着，暴露出部分的胸脯，他的手慢慢地向下移动。纽津跪了下去，把衬衫扯下来，用它一次次地拍打自己的后背，准备做睡前的祷告。

这时，她来了。

是丽琪。

他死去的妹妹。在他们共同住过的这间屋子里曾一度充斥了她艰难的呼吸声；还有痰卡在喉咙里的可怕声音以及红得吓人的鲜血。纽津忘不了在她床边所做的那些睡前祈祷，他和她保持着安全到残忍的距离，她惨白的指节在被单上摸索着想要寻找玫瑰念珠，还有她望着他的漆黑的眼眸仿佛能够穿透他的身体。当她那娇小的胸脯在睡衣下面渐渐萌发的时候,他的青春期反被人遗忘了——连他自己都差点忽略了。她在以相同的速度同时向死亡和成熟靠近,她的乳头仿佛两点小小的瘀伤,在病入膏肓的胸脯上生长着,停滞着,直到死去。

跪下祈祷的时候仅仅想着这些究竟够不够呢?

当他在夜里握着自己阴茎的时候,感觉就像在摸着她的肌肤;即便没有汗水但还是潮湿。旧时的家庭常常以颇为恶心的方式混住着。

第六章

自从黎安死后我的生活就发生了改变。我整夜不眠地写作。如果什么都不写，我就会在家里四处走动。

在这栋房子里什么都静不下来，连尘埃也不能落定。

八年前，也就是一九九〇年我们置下了这房子，一栋崭新的有五间卧室的独楼。建筑风格是仿造都铎式样的红砖结构，其中还混杂了安妮女王时代的特色，好在外面没有柱廊，屋里我采用的是麦黄、乳白、沙黄和暗蓝几种色调。这是一栋仰赖阳光照明的房子，所以入了夜我就必须一个房间一个房间地点亮所有的灯并把灯光调到最亮。这些房间是那么和谐地连贯为一体。我很孤独。女儿们不过是被遗留下来的产物，就像忘在电脑里的光碟，或者电话旁边随手丢下的口红；而汤姆，我的丈夫，那个事业有成的男人，此刻正在企业金融的梦境里奋勇搏击着，但这一切都与我无关。

麦黄、乳白、沙黄和暗蓝。

刚搬进来的时候我原打算从窗帘盒开始装饰，甚至还想要配上三角帘。我还想在院子里种下最大的花朵来装点我前厅的飘窗——你能想象我当时的热情吗？但等我把这些东西都找齐了的时候，却决定改用最简单的罗马百叶窗，如今花园里面也郁郁葱葱了，但我却发现自己全然丧失了欲望。我就是这样，花了很多时间去找寻，找到了却又希望没有，更恨不得一切都消失。

这就是我的生活。

我整夜不睡。如果汤姆在家的话，每到十一点半，他都会推开小书房的门，探头进来对我说："不要熬通宵！"仿佛还没有意识到我不会再和他同床共枕了，至少短期内不会，也可能永远都不会了——或许麻烦就是从睡觉开始的。从黎安死后一个月左右开始，我就拒绝再躺在我丈夫的身边，但是除了我们分享的那张床以外，我在别的床上又睡不着，我尤其不能让女儿们看到我睡在客房里。

我还能怎么样呢？我们承受不起离婚。况且我也不想离开他。我只是不能和他同床，仅此而已。我丈夫在等待我重新回到床上来，而我却在等待别的东西。我在等待事态的明朗。

于是，我们都选择顺其自然。我们开始平分每天的时间。至少我是如此。我利用汤姆剩余给我的时间——足够我用的——我活在他入睡之后。当早上七点钟他的闹钟一响，我就爬上床去，听他翻过身来抱怨我身体的冰冷。然后他会问我："你是不是又一夜没睡？"

"对不起。"

我们佯装这就是问题的症结。骗自己说要不是因为我冰凉的屁股和我们永不可能重合的地狱般的作息时间的话，我们就会做爱。

接下来，他会叫醒女儿，然后带她们去上学，而我则一直睡到下午三点，逼自己起来去接孩子们放学，随后再送她们去学芭蕾舞、爱尔兰舞或者骑马，有时也直接回家放任她们在晚饭前自由地看一会儿电视。我限制她们看电视——声称是为了她们好，但其实是出于自私的理由，因为我想她们和我说话。如果我们之间没有交流的话我想我会活不下去——也许你会觉得两者之间没有联系——但我怕我会慢慢地消失。

所以我会把她们中的一个按在沙发上强迫她和我更亲近一些：丽贝卡是个单纯而又善良的孩子，但爱米丽，这个猫一样的小女孩，却是爸爸的心肝宝贝，带着点不驯，还有些冷漠，但最让我心痛的还是她那传承自海格迪家族的蓝色眼睛。我和女儿们抱在一起，时而打闹时而聊天，有时我会因为作业的事情或者没吃光的食物或者是上床的时间而和她们争吵，等到九点半，所有的争执和打闹都因为她们的入睡而画上句号，我却开始了游荡。

我想，她们其实并不真的需要我。她们不过是暂时容忍着我。

从起居室到客厅到饭厅再到厨房，正好绕着楼梯走完一圈；除了走廊尽头的小书房之外，整个一楼都是开放式的格局。如果汤姆在家的话我就会躲到书房里去。个别晚上我会上网，但大多数的时候，我都在写有关艾达和纽津在贝尔维黛尔酒店里发生的故事，没完没了地，一写再写。

十一点半，汤姆照常探进头来告诉我："不要熬夜！"等他走远了，我的世界又恢复了清静。

如此失常的世界！

我常常有大段的时间里不知道自己究竟在做什么，或是做过什么——纵然没做任何有意义的事情，但是偶尔能知道的话也是好的。有时我会一时兴起在凌晨四点钟打扫屋子。我蹑手蹑脚地像个贼一样，大气都不敢出地擦洗，小心地窃取墙上的灰尘。我尽量不在早上五点半之前喝酒,却总是忍不住——慢慢地将一整瓶葡萄酒喝个底朝天。这是我唯一知道的结束一天的方式。

夜深人静之时,我会听到一种时断时续的声响——好像另一个房间里的收音机,开了又关,关了又开。播放的内容虽不连贯,倒也还算轻松愉快。在墙壁之间回荡的有零散的故事、有生活的片段、有门锁转动的轻响、有屋顶小鸟的低鸣,甚至偶尔还会有儿童玩具发出的声响。有一次,我听到黎安的声音对我说:"现在,就是现在。"

我刚想听个分明,他的声音却又消失了。

我打开冰箱,时而清醒时而糊涂,恰似入睡之前的那种游离之境。我有种预感,未来正从我的大脑中溜走,再去看的时候发现什么都没了。有如一个半挂在口袋外面的东西。一条我无法够到的绳索。

我全部的遗憾都发生在倒酒和举杯之间的那段时间。

有时候,我会上楼去察看我的床,看到我的空位。汤姆通常仰面睡觉,并不打鼾。偶尔在做噩梦的时候,他会侧过身去,把双手压在脸旁。我睡梦中的丈夫,身体会轻轻地抽动。

汤姆的工作是以电子的方式周转金钱。每一笔交易都会让他获益一点点。每一天,每一小时,每一分钟。长此以往,数目可观。

至于我的哥哥黎安,他生前的工作主要是在汉普斯戴德皇家自由医院里做勤杂工。他负责推病床,把死于癌症的病人装进袋子,或是把肢解完了的遗体送到焚化炉里去,他告诉我,他喜欢做这些事情。他们能给他做伴。

我曾当过记者。我的工作是报道购物(总得有人去做)。现在我成了教养孩子的全职妈妈——这种职业叫什么来着?

汤姆和我在守灵那晚做了爱——黎安的死似乎把覆盖在我们婚姻上的蜘蛛网都扯下去了:没完没了的琐事,子女的累赘,重要的不得了的事业,以及多少个不安宁的独守空床的夜晚。他拿出了最俗套的那些老生常谈:说他爱我,说黎安纵然不在了也依然活在我们心里。然后,他要行使他的权利。我爱我的丈夫,可是当我躺在床上,用我的双腿环绕他牛仔一样的结实臀部,看着他不停地移动的时候,我生不如死。我觉得自己就像一只等待被分割的鸡。

第七章

不过，且不说这个，让可怜的鸡先等等。此刻我正坐在开往布莱顿的火车上，去见我深爱之人的遗体，我不确定我该用什么词汇来定义我要去做的事情，认领？验收？问候？告别吗？至少是去致哀。秋日和煦，我眺望窗外，惊讶地发现真有一个地方名叫下面。我一直觉得英格兰是个有些稚气的国家，拥有护院石楠、飞龙之地、议员山、厚垫这样如此傻气又可爱的地名，让人怀疑它们都是杜撰的。我没想到名字听起来惊世骇俗的地方，竟然是一脉青山绿水，并非虚构出来的。各式各样的景致在我眼前以不同的速度掠过，有快有慢。近处的乡村翩翩而过，而远处的山峦却只是微微退去，连成一道线条。正当我想要辨别不同景致的分割线的时候，突然意识到我的旅程充满了矛盾，奔向逝者的步伐还能算作是前进吗？

正想着这些，碧雅打来了电话。

"喂？"

"你的手机漫游了吗？"

"我不知道。"

"如果你已经进入英格兰境内了，就开始漫游了。"

"那我是在漫游。"

"好吧,我不会费你太多电话费的。"她开始讲起来。

显然母亲的脑子里有某条古老的神经告诉她应该在下葬之前先把黎安的棺材带回家来,好让大家能在她那间可怖的客厅里瞻仰他的遗容。说到这里,我倒确实觉得母亲家客厅里的地毯无比适合停放死尸,因为上面有棕黄色的长方形图案。我也是这么告诉碧雅的。

"那不过是一块地毯而已。"她对我说。

我说:"得了吧。"

"让你怎么办就怎么办。"她说。

"你凭什么命令我?"我反问,意思是,他妈的不都是我付钱吗?

"爸爸如果在的话肯定也希望这样。"她接着说,意思是唯有她才是继承了海格迪家衣钵的人。这让我气到都不知道自己在说什么了,更没有听到她接下来说的话,只能盯着窗外的风景快慢不同地从我眼前掠过,我们就这样一直吵到终点。

当然,她说得没错。爸爸是爱尔兰西部的人——精明得很。他外表彬彬有礼,但如果你问我的话,我会说他所谓的礼貌不过就是对任何人都只说虚话。对谁都是那套"嗨,你好?""再见,保重。"人与人的关系在他看来不过就是走个过场。"我对你的遭遇深表遗憾。""快把钱收起来。""这块火腿真不错。""我相信你的决定。"无聊得让我想吐——虚伪得彻头彻尾。发疯般地繁殖后代早就让他威严扫地了。一九八六年,老爸死于心脏病。

葬礼那天,有人站在教堂的台阶上讥笑他,说他做得太多了,把自己生生给累死了。一个邻居对我们说:"他在天之灵看到你们一定会非常骄傲的,非常骄傲,看你们整整齐齐地坐成一排,像楼梯磴似的一个比一个高。"我当时什么也没说,但心里却不认同——至少是不以为然。我想不出我们有什么理由让他特别地骄傲。

爸爸倒是颇有文采。对他而言,语言即是浪漫,这是我喜欢他的地方,直到今日。

他不算是最差劲的父亲。他在本地一个师范学校教书,工作时间短,但假期却很长,因此常有时间管理我们、分配任务、维持秩序,例如指挥我们从早市买回一箱箱的冬季蔬菜,仿佛不是在喂养一个家庭而是一个军营的人。不过这种状况没能持续几年就终止了——大概从我上初中的时候开始,就变成了打发最小的双胞胎去拐角的商店买火腿来喂饱大家;有时恩奈斯特或者莫西会掂量自己兜里的硬币,看够不够叫份外卖的。海格迪家的人倒是没一个吝啬的。即便是我,家里最无情的那一个,也不是铁公鸡。这不止是教养的问题,而是近乎于宗教的禁忌;吝啬的人总是让我浑身起鸡皮疙瘩,如果不巧碰上我都会绕道走。

我为什么说起这些?

因为这就是为什么我要他妈的出钱的原因。

我是家族里的异种,这就是我。

在我沉思的时候,火车正咣当咣当地穿越在英格兰的大地上,电话里碧雅还在叽里呱啦地说个不停,仿佛还是当年那个头上系着可爱蝴蝶结的乖乖女,理直气壮地坐在早已不在了的爸爸的膝上。我望着群山,很想长大,很想放下和爸爸有关的往事,也很想让碧雅赶紧步入她的青春期(更年期我就不指望了),然而这些愿望都不可能变为现实。统统都不可能。远处有一样东西不仅拒绝退后,甚至朝相反的方向移动,我紧紧地盯住它。

"祝你在布莱顿一切顺利。"碧雅最后说,我的神志被她的声音抛进了外面疾驰而过的灌木丛。

"谢谢,好好照顾妈妈。"我合上电话,回想自己刚才有没有喊出类似于"尸体""棺材"和"死尸"这样的字眼,以至于搅扰到了车厢里的英式宁静,我想我宁愿去吃屎也不愿意道貌岸然地和邻居们一起待在客厅里围着我哥哥的尸体转。

他妈的那块地毯。

不只是邻居让我讨厌,还有我们这群副产品:米芝、碧雅、恩奈斯特、斯蒂威、伊达、莫西、黎安、薇罗妮卡、凯蒂、爱丽丝与双胞胎埃佛和杰姆。我们这帮人归天的归天,信教的信教,还有做办公室主任的(余下的有家庭妇女、前记者、落魄的女演员、麻醉师、园艺师、IT、不同类别的IT)。每次清点人数我们都会发现,怎么少了一个,怎么又少了一个。我们的下一代在屋子里四处乱跑,尖叫声刺耳得仿佛能刮掉墙上的壁纸;我的丽贝卡和她的表亲玩在一处,而后者其实是我的外甥孙女——所以别来那一套,跟我讲什么"遗体迁移"的问题。

人们会说,可怜的黎安,他一定是彻底绝望了才会这么做。他过得一塌糊涂。他一直就麻烦不断,无论如何振作不起来了。但是他的心肠倒是不坏。他总是乐于助人。他是个顶好的朋友。只可惜就是脑筋有问题,总是稀里糊涂的,这一点毫无疑问!他还很敏感。黎安的问题就出在过于敏感,让你有要照顾他的冲动。他不适合这个世界,真的不适合。

"说得没错,他确实活得一团糟。"我会说。

或许我对黎安最早的记忆,至少是我最深刻的记忆,就是他透过铁丝网朝外面的湖里撒尿的画面。

"哗哗哗——"

尿在铁丝网上飞溅,只在我穿着溜冰鞋经过的时候才暂停。溜冰鞋!现在回想起来,当年艾达对我们也算是疼爱有加了。

045

第八章

在我刚刚八岁,而黎安还没到九岁的时候,我们连同小妹凯蒂一起被送到了宽石区的外婆家暂住。那里其实距离我们自己的家只有几英里——但是当年的我们哪里会知道这些,对于我们这些孩子来说不亚于被送到通布图①去。我们仿佛到了另外一个世界,那栋靠近都柏林市中心的定制的木屋,好像乐高积木搭成的似的。

我们被送去的时候凯蒂可能还只是个婴儿。那段时间里母亲暂停了生育,我将这一阶段称为死婴期,正是这一段时期的经历让她完全变了一个人。

我不知道那种特殊的时期有没有什么专有的名词。放在现代未婚女性的身上,应该会叫作"精神崩溃",但在当年对于已婚的女人来说如果碰上了只有两种办法:要么疯狂地生孩子,要么暂停生孩子。妈妈在一九六七年重整旗鼓,接着生下了爱丽丝(倘若没生下她的话我们的家不知会变成怎样!)。在她之后又添加了埃佛和杰姆这对双胞胎。我猜想这对男孩的诞生构成了压倒她

---

① 通布图,西非马里共和国的一个城市,位于撒哈拉沙漠南缘,尼日尔河北岸。

"神经"屋顶的最后两根稻草。这些年来她那药碟子里除了布洛芬①和华法林②之外肯定少不了混有镇静剂,在我的记忆里,她很容易发抖,莫名其妙地爆发或者突如其来地哭泣。

有时候我很想知道她在我们离开之前是怎么一种状态,或者说在我们每次离开的期间她都发生了哪些变化——例如那个曾经会搂着扫帚跳舞或者亲吻婴儿肚皮的母亲是怎么变成了如今这具坐在房间里的行尸走肉的。

艾达的家很安静。安静得让你不得不忍受自己呼吸的声音——吸入、呼出——除非你想让自己窒息。这栋听不到孩童喧嚣的房子里充斥着各种东西。壁炉上、桌子上到处都放着各类小摆设,但都不许我们碰。抽屉里也是满满地装着多年不曾用过或者一年只用一次的东西。所有的物品都分门别类地摆放,这对我们来说很新奇,因为在我们自己的家里总是什么都堆在一起。

艾达的生活方式也和母亲有天壤之别。她会在厨房里和查理打闹甚至是调情。我的父母从来不会这样,他们似乎不具备这种能力。

"把电视声音调大些,让爸爸能听到新闻。"他们总是通过子女的口吻来交流,就像我认识的其他人家的爸妈一样。如果说他们不曾对彼此甜言蜜语的话,他们也同样没有恶言相向过——尽管我偶尔能从他们的口气中觉察出一丝丝的火药味,暗示着私下的冷战或者相互的厌恶,但我无法确定。

也许是我误解了。也许他们经常沟通,只不过他们之间的亲密已经到了一种潜移默化的地步,旁人既听不出来也体会不

---

① 布洛芬,消炎镇痛药。

② 华法林,抗凝血药。

到——就像你很难描述至亲之人的笑声一样。

但是艾达和查理之间就不一样了,两个人常常调情——这一点我印象深刻:艾达会跳着舞从炉台边飞到饭桌前,边唱着歌儿边把查理的晚饭摆上。她的很多东西我都记得——楼梯平台上的那张屉柜里面放满了布样子和碎布头;还有一本一本的布料样册,翻起来像空白的柔软的书页,只不过里面记载的不是故事而是各式各样的花样。艾达卧室里的壁炉上摆着一只磨花玻璃花瓶,里面插满了羽毛;我甚至记得她那些草帽所发出的吱吱的声音,和她保存在衣橱下层的羊毛帽子的气味。八九岁的我正处在羞怯的小女生阶段,对一切被抚平折叠并收藏起来的东西都兴趣浓厚。但我唯独不爱帽子里面的气味,那味道我从三岁一直记到今天。

我们待在室内的时间很少,大多数时间都在外面的街上玩耍,或是在一条名叫盆湖的人工湖周围嬉戏,那湖里的水从前曾被用作酿造爱尔兰威士忌。正是因为这个缘故黎安才故意要往湖里撒尿,我的脑海中时常浮现出一个小男孩的影子,身子向前拱起,好让尿在空中划出一个高高的弧线,时而飞溅在铁丝网上时而从空隙中穿过。

我们还喜欢把宽石区的公交车库假想成被围困的堡垒,黑漆漆的围墙仿佛山顶的悬崖一般,上面立有一座圣女玛利亚的雕像。我们常在车库的墙外游荡,终于有一天,抓到了一个机会偷偷混了进去。一排排的双层巴士整齐地停靠在那里,我们沿着长长的车身闪躲潜行着,直到有人,一定是黎安——绝不可能是我,在车门旁边的半圆形凹槽内发现了车门的把手。

咔嚓一声,门开了。

扑鼻而来的是皮座椅和乘客所遗留下来的气味。想那车上的人来人往，日复一日，年复一年，你方站起我坐下，多么平凡的人的生活。虽然我们既没划破那些座椅也没有在车厢内涂鸦，但当我们在空无一人的车厢里跑来跑去的时候，刹那间全都意识到了自己闯下了不小的祸，不过负责看管我们的外婆根本不可怕，接着又想起我们的父母——那两个人也似乎非常遥远。忽然，黎安啪的一下拉开了驾驶室的小门，我有种越发强烈的预感，接下来他很可能会把车开走，带着我们沿着宪法山一路奔驰而下，再顺着菲博斯波洛上行，先去那个把我们扔给别人不管的家，然后再去个更远的地方。

可是接下来，我们就被逮住了。我在车的上层，所以没听见任何动静，但从车的后视镜里看到黎安和凯蒂穿着凉鞋的脚正在飞奔逃离，跑在后面的黎安正扭头冲我呼喊，但叫我名字的声音却是从车外传来的，同时从车内传来的是另外一个人走上楼梯的声音，我看见他扶着铬合金栏杆的手，一步一步地向我逼近。终于他整个身体从旋梯上走了出来，巨大得如同一只不断膨胀的气球。他在楼梯口停下来，紧盯着我，头戴一顶尖顶帽，身上穿着标准的蓝色制服衬衫，硕大突出的肚子在纽扣的紧绷之下呼之欲出，必须借助腰带才能兜住，就像胸罩的作用一样。他的肚子离我越来越近，我不断地后退直到整个人跌坐在了后座上。接着他就压在了我身上——尽管我想这种情况可能并没真正发生，但我确实记得他身上的脂肪激荡着挤压我的可怕重量，还有最突出的那颗白纽扣扎着我脸的感觉。终于我从他的身子下面摆脱出来，从他粗短的两腿和华达呢的裤腿中间钻了出去，跑下了楼梯。

"滚！滚！"他冲着我的背影叫嚣。

在一群司机注视下，我飞奔出大门，一直跑到远处。

我只有一条路可走，那就是沿着宪法山一直不停地跑下去，直到喘不过气来才停下，我本以为会在那里看到凯蒂和黎安，却不见他们的踪影，最后我在教堂里找到了他们：当年的黎安，就知道该去哪里寻找庇护——像教堂这种地方就算是穿了制服的巴士售票员也不敢对你怎么样。

我们进去祷告——在我的记忆中那天还发生了如下的事情——在后有追兵的威胁下，我们在神坛前跪下，心跳渐渐平缓下来，我们相互对视，起初还有想笑的冲动，但很快就进入了更高尚的属灵状态。带着一种虔诚的激动，我们感谢神坛上的圣费力克斯①对我们的拯救，并为此每人点燃一支蜡烛，当我们发现这不需要花钱的时候，就又多点了两三支，直到被一位神父逮到了我们的行为。他一边狠狠地掐着凯蒂的胳膊，以至于后来还留下了一圈瘀伤，一面怒不可遏地斥责我们的犯罪。至于他都说了什么我现在一个字也想不起来了，也忘了过后艾达对凯蒂的胳膊有何反应，但我很清楚地记得当时神父那铁青的脸色，浓得像浓缩的果汁。尽管理智告诉我这两件事情不可能发生在同一天，但我却固执己见。多年以后，有一次我走在威尼斯的大街上，一个男人跟上了我，手里握着他的勃起。我一头钻进教堂，想要看看接下来会不会像当年那样发生更糟的事情——结果，没有如我所料：那个教堂里空空如也，发霉的墙壁，一幅脏兮兮的油画下面夹了张字条，上面用圆珠笔写着"丁托列托②之作"。教堂的侧翼是一个黑暗的神堂，天棚上有关于天堂的壁画。想要看得更清楚

---

① 圣费力克斯，九世纪时罗马天主教隐士，在葡萄牙被尊为圣人。
② 丁托列托，十六世纪意大利威尼斯画派著名画家。

的话你必须先投入一百里拉的硬币把灯点着。除此之外一切都是那么破旧和死寂。看来我等不到更坏的事情了。我背对着敞开的长方形大门和外面耀眼的阳光，但街上那个意大利人并没有跟进来。我也没有看到有什么小孩从忏悔室里面走出来，手心里捧着精液，以及任何有辱圣所的行径发生。我垂下头像五十年代电影里的女人那样祈祷。我祈祷不要让这样的命运临到我的头上，想到我可能会这样死去，我快要窒息了，回想起当年那个巴士售票员的华达呢制服贴在我脸上的感觉，记不清是蓝色还是黑色的了，我不要让那个陌生男子的阴茎插进我的喉咙，我不要，我不要。

有东西在搅动着我的胃。像把刀，又不可能是把刀。

一切皆由心生。

突然传来哗啦的一声响。神堂内的灯亮了起来，带来很大的噪音，紧接着又听到钱币滚动的声响。我跪着注视着几个德国人和英国人慢慢弄懂了那个投币箱的用法，天棚上的天堂被他们照亮了。不知道门口那个手握勃起的意大利人还在不在门口，也许他已经走了。（他到底拿着它要做什么呢？）看来，他终究是没迈进这门槛。待我这个无神论者结束了在走投无路之际所做的祷告之后回过头来，那个人已经消失得无影无踪了。这个结果本来是好的，只不过从那天开始，我每次走在街上，都会觉得他无处不在。

我们都不是坏孩子，至少大多数的时候不是。我觉得当年暂住在宽石区的时候，我们还算是好孩子，可能有点沉默，有点忧郁。黎安虽然喜怒无常，但发作的时候与其说惹人讨厌倒不如说更让人啼笑皆非。凯蒂虽然烦人些，但终究不过是些孩子气的行为。我们都没有坏心眼，我相信没有——怎么可能会有呢？

第九章

火车上,坐在我旁边的男人在座位上抬了抬臀部。时强时弱的阳光让正在打瞌睡的他燃起了性的欲望,车厢的摇晃更是挑逗着他的心神。我仿佛能看到血液正在他的两腿中间汇集,他硕大的性器在裤裆里面蠢蠢欲动。

那玩意又动了一下。

接着又是一下,这其实没什么大不了的——不过就是邻座的年轻人当着你的面勃起了——而你碰巧刚刚经历了丧亲之痛。此时心境下的我越发地觉得这其中的生理学原理匪夷所思。平日里那么弱小的东西却可以在转眼间变得如此巨大。这让我不禁猜想如果黎安是个女人的话他还会自杀吗?正想着他,他就出现在了我的眼前。他推着一辆贩卖饮料零食的小车,头上裹着迪克·艾默里[①]样式的头巾并戴着魔术胸罩。

"看!我还活着!"

"需要什么吗?"

---

① 迪克·艾默里,英国已故喜剧演员。

"不要什么，谢谢。"我谢绝了这位体面的女士的推销。我旁边的男人伸手拿了一份报纸来盖住自己的裤裆。

别紧张，没事的，没事的。

我合上双眼。

我生下丽贝卡的那天晚上黎安曾来医院看过我。他出人意料地出现在我面前，手里捧着从楼下商店买来的粉色花束。汤姆已经回家睡觉去了，通知亲友的电话也都打过了，探视的人群也散了，只剩下我独自休息，但我还处在极度兴奋的状态下，激动地向护士和清洁工们炫耀着我的孩子，纳闷是不是今晚有精彩的足球比赛还是发生了惨重的恐怖袭击，导致我宝贝女儿的仰慕者都被堵在了路上。

突然，我看到黎安站在门口——我甚至不知道他回爱尔兰了。我靠在一堆竖起的枕头上，大汗淋漓的，而我的宝贝——正不解世事地——睡在旁边的塑料摇篮里。

他走过来看孩子。弯着腰望着新生命的他看上去是那么的孤独，他像看着自己的财产那样检查着她的眼睛、手指、脚趾和鼻子上毛孔里的黄色物质，我已经开始担心她要长黑头了。

"你怎么样？"他好像这样问过我。

我们那天应该没有亲吻过彼此。我们海格迪家的人直到八十年代末期才养成相互亲吻的习惯，但也只限于在圣诞节期间。

"我还好。"我应该是这么回答的。

他在访客的座位上坐下来审视我和孩子：一副标准的母子图。

"过程还顺利吗？"他好像这样问我了，而我好像回答说："顺不顺利也都完事了。"

病房的墙壁是浅黄色的，只因为孩子的降生连阳光都仿佛比平时更加和煦和圣洁。

在我看来他是那么的英俊；我想象着他如果穿梭在陌生的人海中会多么的迷人——我略微有些发福的哥哥。看着孩子的他仿佛时光倒流回到了童年，又变回了我记忆中的最熟悉的那个小小的黎安。

生完孩子的我终于恢复了嗅觉，之前怀孕的时候不知怎么地我的感官完全被搅乱了。我捧起一杯香槟酒，虽然没打算喝，但整个下午都忍不住把鼻子凑近了去尽情地汲取那酒的芬芳。我能感觉到随着时间的推移，酒的味道一点一点地被空气破坏掉。置身于香槟所散发的香气之中，我开始觉得黎安穿的衣服有点刺眼。

我告诉他妈妈打过电话来，而且她还哭了。

"哭？"他反问。

"她还以为我们都是不孕不育呢。"我这样说着，心里有种背叛了母亲的愧疚感，因为我其实是很高兴接到她的电话的。

我们又谈了一会儿母亲。

他的眼神不停投向床头柜上的玻璃酒杯，我告诉他那只是飞机上发的廉价的小香槟，但他还是在离去之前替我把它消灭了，尽管酒的芳香早就被我的毛孔给吸收了，只剩下一杯温暾暾的毫无气泡的劣质液体。我并不介意，我感谢他让我不用再闻那酒味儿了。

在去布莱顿的火车上，我试图回顾哥哥酗酒的发展史。他的问题并不是酒，只是时间长了酒才变成了他的问题，不过这倒是了却了大家的烦恼。因为起初还有人在意他说些什么，自打他开始酗酒之后，大家就只需要简单地说："他酗酒的毛病有点让人担心。"再也不用注意他的其他方面了。

没错儿，他是没药可救了。酒精确实毁了他，但我更想知道的是问题开始的时间——究竟是从什么时候开始我不再关心他的痛苦而单单在乎他的酗酒。也许就是从我的第一个孩子睁开双眼的那一刻开始的。也许那一刻就是开端，就在当时。

人一旦成了酒鬼就不再是他本人了。无论说什么话都是酒精在操控着。偶尔会有片刻恢复原本的自我。例如此刻靠着淡黄色的墙壁坐着的这个男人，正注视着他最心爱的妹妹，刚有一个婴儿从她的身体里蹦出来。除了还有一抹眼神依稀是当年的感觉之外，其余的他都不在了。

嗅觉告诉我他在来医院之前刚刚喝过酒，我还能闻到他中午喝过的葡萄酒以及昨夜喝的啤酒的气味。他的新陈代谢似乎也有所变化，血液和呼吸之中有种甜香是以前没有的。在生命中的最后几年，他已经很少吃东西了，身体几乎仰赖酒精来运转。如今这会儿想起来，我怀疑他是不是得了糖尿病，或许那才是导致他异常的原因。也许我们该让他去验个血，那样我们就知道该怎么帮助他了，没准酗酒并不是根本问题。

紧接着我才想起来他人已经死了。

他之所以酗酒是为了证明自己的存在，我怎么竟然忘记了这一点？这和新陈代谢出现异常没有任何关系，这种理由站不住脚。

他是醉着死去的吗？有可能。此刻他血管里流淌的是哪种液体？血液？海水？威士忌？他对威士忌近乎疯狂。他八成以为自己正游向法国。

在暖阳的照射下我闭上了双眼，和我身旁的人一样在开往布莱顿的列车上睡着了。

第十章

艾达和查理相识一年之后的一天,两人一起躺在床上。查理肚子有点鼓,通体圆润得好像一只海豹;粉红色的生殖器萎靡在肥胖且雪白的双腿之间。那是一个星期六的早上,每一缕微风和每一次睡在旁边的艾达的挪动都在挑逗着他,直到他硬到了一定的角度——五十度就够了——他认为这是一个结实且又合适的角度。他颇有兴味地研究了一会儿——四十度是个很尴尬的角度,如果再低的话就要归为无能或者羞涩了——他感到需要和人分享一下他的角度。他钻回到被子里去贴近艾达瘦削的大腿,她被逗笑了,随即抬起了膝盖。在过去的几个小时里他们已经这样重复了好几次,以至于两人都已经分不清体内和体外、被单之下和被单之上、衣服和双手的区别了。任何东西好像都能挑起他们的欲望。两人就如同一簇暴露在外的神经末梢一般,彼此消耗着对方的精力。他们都讶异于私密部位的敏感,感叹肌肤相亲的深度,仿佛连血脉都已经接在了一起,以至于当他置身于她体内的时候所带来的激越会被误认为只是一种错觉——把对方的心跳当作了自己的心跳。

当然，三十三岁的查理很清楚不该过度地放纵自己进入艾达的频率（尽管，有些时候，他的确情难自禁）。于是他终于抬起身体，像几乎溺水的人一样翻过身来，在岸上留下一摊水印。初沐爱河的兴奋和查理在订婚之后送给她的法国手袋里装的香水，都令艾达感到通体炙热，如此张扬而又矫情的礼物。他们尚未结为夫妇。即便已有婚姻之约也依旧是恋人般的感觉。他们都不谈生儿育女的事情，也从不在黑暗之中做爱。恋爱的过程充满了暴风骤雨般的激情，订婚只不过是延长这种甜蜜的借口。等到他们终于取得合法同床的资格的时候，两人早已经耗尽了热情，新婚之夜在他们眼中等同于是浪漫的完结。那一夜，艾达站在床边像即将跳进浴缸一样地脱掉衣服，查理则在灯下眯着眼睛给表上劲。接下来是一段突然而又蹩脚的做爱，艾达瞪大的双眼目光呆滞——这才发现夫妇的生活里等待他们学习的东西还多得很。

"不要担心，"查理自两人相识以来好像没有说过除此之外的话，"不要担心，我会让你幸福的。"

艾达不知道为什么会相信他，但她就是相信。她没有信错人。这一点就已足以令她自豪。体态瘦削为人现实的艾达，这个长着一双饱经风霜的眼睛的女人，她对他的信任在相遇的那一瞬间就已经萌生，而且一直延续了一辈子，即使是在警察找上门来的时候也没有动摇过。此时，在这个周六的早晨，她拉起他的手放在自己运动过度的小腹上，借他手的温度和重量来使自己平静下来。身体各处都有一点疼。他们还没太掌握这其中的要领，还只是对未来的演练而已。

床是桃花心木制成的，床头是两条开满小花的花枝相接的样式。床垫很柔软——纵容着爱人的放纵，只在两人振荡得太猛烈的时候才会触到地面。然而不用再早起对于艾达来说已经是奢侈的享受,更何况她如今拥有了自己的房子:睡的是自己的床,床头柜里装着属于她的胭脂水粉,和其他属于她的东西。她已嫁作人妇。这张床是她的,她甚至可以在床上吃东西,在床上看书,任何时候她想躺下来就可以躺下来。

如果说床是她的宫殿,那么查理就是她胖胖的贵宾。裹着玫瑰红的鸭绒被的他,身上的毛发是那么的光亮,它们沿着他身体的曲线一直蔓延到他小腿,短暂消失在他的脚踝附近,接着又像逃窜的火苗一般再度燃烧在他的十个脚趾上。从胸前一直到小腹的毛发,像缕缕的短须似的向左右两边延伸,最终消失在腋下。艾达总爱取笑查理的毛发,因为他身上如同波涛一般地长了一层又一层,可是头顶上却仿佛退潮后的沙滩——被冲刷得一片光滑。查理秃顶得十分彻底。

通常处于他这种状况的男人都会经常戴着礼帽,但是查理却对自己的头顶很自信——小时候他常常把我抱到他的膝上,让我摸他的光头——他经常露出光头,让它享受微风的凉爽。他倒是很喜欢系围巾,而且爱不时地大声地清嗓子和拍打自己的胸脯,爱反复地把围巾解开再重系,或是将骆驼毛外套的领子翻来翻去。查理走到哪里都少不了他的外套。只要是查理出现的地方都会让人感到拥挤,这一点乍听起来是自相矛盾的,因为他并不高大,两腿粗短而且还秃顶,但圆滚滚的身材却让他看起来身形庞大。或许是担心别人发现自己臃肿,他很少会在哪里长时间逗留。他总是一走一过,连杯茶都不留下来喝,每次到来都像是为了宣布重大消息一般,可等他走了之后,你又常常想不起他究竟说了些什么。他的嗓音总是低沉之中带着紧迫,甚是悦耳。听他说话让人虽感到温馨却又有隐隐的不安,担心他意图行窃——检查之后又发现什么东西都没少,也明明知道没什么可偷的。这自然成为查理不受欢迎的原因之一。查理的风度总是让人感觉莫名其妙。更何况,谁也猜不出来他究竟是哪里人。

斯碧蓝是凯里地区的一个姓氏,可听他的口音却又是英格兰的,还稍带点儿克莱尔地区的味道,但每个吐字又都被都柏林化了。查理如此刻意地掩盖自己的乡音,显然是希望能够更好地融入这里的环境——又或者这正是他标新立异的一种方式。总而言之,没人相信他说的任何话。连我小的时候都不相信他,而我不过才八岁。

查理爱讲马的故事(他的每个故事里都有马),还有伦斯特公爵的故事,以及永远没有结局的谢尔本酒店的系列故事,一九一六年的起义[①]他偶尔也会间接地提到,但从没直截了当地讲出来过。"是啊,斯碧蓝先生,您可是赶上了重要的时代啊!"记得有一次在商店里店员一边朝我挤眼睛一边这样对查理说。

一顿狂侃之后查理究竟给我买了什么?仅仅是水果硬糖而已。我的皮肤对他的记忆最为深刻。每当他弯腰和我说悄悄话的时候,他格子衫上的油渍和他唇边扎人的胡须都让我感到莫名的兴奋。他总爱骗你以为他的手里或者口袋里藏着什么东西——其实什么都没有。查理玩的是没有宝藏的寻宝游戏,他享受的是吊人胃口的感觉,看人失望之后再得意地离开。

可怜的查理。他是我见过的第一个死人——那个躺在艾达的玫瑰色床单上的巨大的僵硬的尸体。我将他们的洞房之夜幻想在同

---

① 一九一六年四月二十四日,复活节后的星期一,爆发了爱尔兰共和派反对英国的起义。

一张床上发生或许是对死者的亵渎——但这正是我的用意所在。

我很想记起他死亡的过程——究竟是在一番折腾之后在半夜里咽气的,还是在静悄悄地在某个下午死亡的。我想他一定是在我们住在外婆家的期间死的。可能正是因为他的死我们才被送回家去了。或许是因为这类细节对于小孩子来说太过恐怖了,导致我的大脑将它们都排除在了记忆之外———点痕迹都没留下。我只记得再后来发生的事情,例如在被领上楼去看他的时候拼了命才忍住不笑。

那应该是发生在一九六八年的二月。我八岁,黎安九岁。有人带我们上楼去和查理"告别"。纵然我当年只有八岁也很清楚地知道,和死人说多少次再见都没用,因为他们是绝不会回答你的。黎安不得不硬拽着我上楼去,从正在诵经的邻居身边经过。在我的脑海中她们个个都披着黑色的头纱;一袭黑衣的艾达走在我们前面。然而现实告诉我那是一九六八年,所以她们应该都包着格子头巾,穿着带着湿气的大纽扣外套。艾达很可能穿的是镶着白边的海军蓝的克林普纶裙子,这是一个适合所有场合的装扮,外面套着海军蓝的无扣短上衣,头上戴着一顶看起来像毡子做的球似的帽子,帽子的一边凹陷下去。

邻居们都跪在楼梯上,脚悬空在踏步之外。裹着丝袜的腿搭起了一座人肉的楼梯,横七竖八地挡在我们必须经过的楼梯上。

一个大嗓门的女人正在楼梯的拐弯处祷告。瞧见我和黎安在咯咯地偷笑,她翻了一个哀伤的白眼,好像我们已经坏到无可救药的地步似的。我清楚地记得当时明知道不对却无力改正。这些感觉有如慢动作般地在我的脑海里播放着。那一刻,我意识到,我不愿意走进外公的房间。完全不愿意。

楼梯的上半段也跪满了人,透过开着的房门,我可以看见卧室的床尾和查理那僵硬且形状又不规则的双脚。随着门被一点点地推开,他笔直的大腿和突起得吓人的膝盖也露了出来,还有被鸭绒被盖着的那隆起的肚子。他的双手握在胸前,被玫瑰念珠捆在一起。

那念珠系得实在太紧,几乎要陷进他的皮肉里去。人都死了还要遵守这样严苛的仪式,似乎是在惩罚他,责怪他不该离世。

艾达回头确定我们还在身后,然后移到一边好让我们看得更清楚。但我真的不想看。

查理惯会告别。

每次听他说"再见!再见!"的时候,你都不知道他要去哪里。他的回答永远让人觉得一团雾水。看来艾达没说错——他确实是顶讨厌的一个人。这一点你可以从她的动作中感觉出来,她朝他伸出手好像是想从他的衣领上掸下头屑似的,那里确实有点东西——一只苍蝇正在他的脖子上爬。我猜想多半是从他衣领里飞出来的,一想到里面可能藏着蝇卵,我不由得浑身难受。我再也笑不出来了,仿佛艾达想打的目标是我,而不是苍蝇。

她眼看着苍蝇从查理的身上飞到了百叶窗上,在上面扑了一次,又一次,接着又飞了回来。站在艾达背后的我能感觉到她心中正酝酿着的怒火;看那苍蝇来来回回地逡巡,直到最后再次落在查理僵硬的脖子上。着了陆的苍蝇在查理的皮褶中漫步,在他仅存的几根毛发中穿行。艾达终于忍无可忍了,可是正当她打算行动的时候,那苍蝇又飞了起来,重复着刚才的逃亡路线,直奔百叶窗。这一次被它找到一个缝隙钻了进去停在了窗棂上,开始在里面不停地拍打和嗡鸣。我们都静静地听着:屋外诵经的声音和屋内苍蝇的嗡嗡声交织在一起。艾达被惊呆了。她望着尸首，无法移动。突然间，她似乎醒了过来，这里是她的卧室，无论是活着还是已经死了，床上躺的都是她的丈夫。于是她绕过床去，来到窗前举起手一掌拍在百叶窗上，嗡鸣就此停止。艾达正式成为了一个百叶窗上有污点的家庭主妇。现在我们可以不被打扰地瞻仰查理那光溜溜的尸体了。

你可能会以为人死了应该会变轻些——因为活着的时候是那么的沉重——然而查理的头在枕头上所压出的凹陷却和生前一样的深。

我还记得他躺在凤凰公墓时的样子，他的头在草地上看起来很像一块岩石。有一次我还把手放进他的嘴里——整只拳头——他含着我的手大笑着。那时的我一定很年幼，小到整只手可以消失在他的嘴里，不知去向——我能感觉到他湿湿的舌头在翻动，还有凹凸不平的牙齿。

我在观察查理头顶的时候想到，其实头盖骨是最接近空气的骨骼；这部分的皮肤毫无血色，近乎透明，阳光晒出来的棕色仅停留在表面上，并发出淡淡的一层光泽。艾达从窗边走回来，敦促我们再走近一些去细看、去确认，甚至于去抚摸这具暂时变得神圣的肉体。我觉得这种瞻仰的仪式实在诡异。人虽然已死，却未完全消失，你无法确定眼前看到的究竟是何种存在。

于是我认真地看了看他——或者称之为它更合适。他的一切都很平淡无奇，除了胡须之外。查理生前蓄着很好看的小白胡子，散发着柠檬的幽香，胡须的边缘还微微上扬。

外公是我认识的唯一脸上挂着玩具的人。他的胡子会抽动，其实是嘴唇在操纵一切，不过煞是有趣。然而此时此刻，他的胡子再也动不了了,他没法再用它们来掩饰任何表情了。

再也看不到戏法了。

想到这我才难过起来——指望着还能看到查理的胡子再动起来,却发现再也不可能了。演出落幕了。艾达在我们的耳边小声说道:"该说再见了。"黎安,只比我年长一岁的他,只向前迈了一步便停了下来,因为他不知道接下来该做什么。

"嘘,别哭了。"艾达对我说。

我在想他们是不是把他的血都抽走了?我是说,在他被摆到这里之前是否做过防腐处理,不知道当时流不流行那样做?如果血液还在的话,是不是正堆积在他的肩膀和臀部,以及他的后脑勺,被地球引力牵引着,急不可耐想要渗到床垫里去;会不会是因为血液都在背后淤积和凝固,才让他的正面越来越苍白。我们都站在那里,看着他离去:那些血液,沉重、黏稠而又可怕的血液——是否还在他体内,我很想知道,因为我的身体里流淌着和他相同的或者至少有四分之一相同的血液。如果我此刻切开自己,我立刻就会见到它们流淌出来。

说来也怪,但我从未想过我和查理是有血缘关系的,因为他和我们不是一类人,即便他是我的外公。他是会和艾达在厨房里翩翩起舞的那种人。他没有一份你叫得出名字的职业。他也不常在家。

海格迪家的儿女没一个继承了他那深棕色的眼睛,或是他美好英挺的鼻梁——倒有一个特点被时间逐渐印证,那就是所有男性后代都先后谢顶。当黎安站在外公的床前茫然不知所措的时候,他应该不会预见到自己有一天也会如此。他无法预知自己死去的时候头也会秃得像和尚一样。当黎安俯身去触摸查理的手时,我和查理都预感到他会英年早逝。

063

他正在向死亡慢慢靠近。

如果你问我他死后的样貌，我可以告诉你他看起来像曼坦那①画中的耶稣，只不过多穿了件睡衣而已。也许死人看起来都是这般光景，换作任何人脚对着门地躺在高高的停尸台上，应该都是一个样。当我终于在布莱顿见到黎安时，要不是他也像那样躺在高高的停尸台上的话，我还不敢确定他真的死了。那桌面太冰冷也太坚硬了，但死人已经不会感到不舒服了——无论我们接下来怎样折腾他。我好像没有去注意他的头，也没想起谢顶的事情，我其实什么都没有想。我很庆幸自己在这方面已经有过经验了——瞻仰死人——即便我也爱过查理，但是那种爱就如同孩童单纯而又热烈的嗜好那样，随时准备更换迷恋的对象。

然而，无论是在哥哥生前还是死后，我都不该盯着他看个没完，更不能对他的体形、部位和肌肤过度地关注。因此我无法回忆起黎安的太多细节来。我唯一知道的就是死后的黎安好像变了个人，而死了的查理却一如生前。看着黎安身上那件蹩脚的二手睡衣，我才意识到艾达当年为什么非要强迫我们爬上楼去和查理见最后一面——原来她早就知道会有这么一天。她一直都是先知先觉。她要我提早做好准备。

或许是她的悲伤太过，非叫身边的所有人包括我们这些孩子都和她一起痛苦。也许她想要全世界都来旁观都来惊惶。

我并没有感到恐惧，只是觉得孤单。但不是因为查理的离去——我才不在乎查理，我恨他，我巴不得他衣服包裹之下的身体爬满蝇卵。真正的原因是我不想待在那间屋子里，却没人理睬我的愿望。我的感受没人在乎——我不仅对眼前的情景没有感觉，

---

① 曼坦那，意大利文艺复兴初期巴杜亚画派著名画家。

甚至对生死都很麻木。

楼梯上继续传来玫瑰念珠的声音，黎安退了下来可我还站在那里不肯上前去。黎安拉了拉我的胳膊，身后的艾达用耳语催促我再靠近一些。

我还是没动。

外婆终于失去了耐心。她代表我走上前去抚摸外公的遗体：先是查理的手腕上，接着——几乎是在某种冲动之下——又伸向他的下巴。最后她的一只手停留在了他一侧的脸颊上。

过了好一会儿我们才意识到她已经失控了。又过了一会儿才有人从身后把她的手从查理冰冷的面庞上拉开，那个人一边这样做一边回头对我们说："够了，够了。"

好像这都是我们的错——面对死尸的尴尬和艾达那失去了对象的徘徊不去的爱情。

"够了。"

说这话的人正是纽津先生。

我想起来了，当时他也在场，他始终就没离开过那间屋子，一直坐在壁橱旁边，因此当那只苍蝇从查理身上离开之后肯定曾经从他身边飞过，然后才掉头扑向百叶窗的。我们刚进来的时候，他正把胳膊肘挂在膝盖上弓身坐着，手里的玫瑰念珠一直垂到地板上。身后的桃花心木床看起来和他的西服一般黑。

我从来不信任祈祷的男人，因为他们不像女人别无选择——男人跪着的时候都在想些什么呢？祈祷不是他们的天性，因为男人骨子里都太骄傲。

我们几个进来的时候纽津正伴随着《万福玛利亚》的歌声祷告。我本应充当我们三个人当中的领导者，黎安穿着灰色的校服有点流里流气的样子，年幼的凯蒂跟在末尾。我忘了在一开始叙述的时候就把我的小妹妹凯蒂也加进来，她是和我们一起上的楼梯，我竟然忘记了她也一直在场。凯蒂此时的举止和领圣餐时没什么两样——时而垂下头，时而虔诚地仰起小脸。她有没有在查理的胸前放上一朵雏菊，或是别一枚金凤花在枕套上呢？在我的记忆中，她没有这么做，她只是走上前去说了声："拜拜。"然后就转身离开了房间。那一年她六岁。她喜欢在众人面前表演，这一点我早就知道，每天晚上她都要我把她的头发卷起来好确保第二天的波浪发型。

纽津从头到尾见证了那天我们每一个人的表现：黎安的坚强，凯蒂的矫揉造作和我那泛滥成灾的自私，后者让我确信自己还活着。

记忆是如此奇怪的东西。我清楚地记得凯蒂的发卷，但我却怎么都想不起来她六岁时的模样，记忆中只有她的背影。我永远忘不了黎安抚摸查理的那只手，但我却完全不记得黎安当时的表情——他冻得发青的身体和查理苍白的肤色形成了鲜明的对比，死人感知不到屋里的冰冷，当时已经入冬了。当然我们可以对比彼此的照片，镜子里的我有着和黎安相似的笑容，有时候我们两个连语气都很像。我们对其他家庭成员反倒没什么印象，我们只是共同生活的一群人而已。

我的幻想是我唯一能肯定的东西——我脑海里那些大不敬的画面——例如艾达和查理在床上的情景，她的耻骨在他的大手之下有如营养不良的小鸡胸脯，以及她不得不把手伸到他鼓鼓的肚皮之下去寻找他可怜的器官，好让他更深入一些。以及那一刻阳光穿过花帘的情景。

所谓幸福。

第十一章

黎安还在的时候，有一天，我在为两个女儿打开车门的一刹那，看到了车窗上自己的影像，但只是一闪而过，留下我呆望着没有了孩子们的空车。接着我从车里的地毯上拾起一些粉红色的塑料垃圾，就在我把车门关上的一瞬间，我的影子又回来了，那么突然。阳光穿透了厚重的云朵，映照在车窗上的天空是一片美丽的深蓝色，我原本黯淡的脸上平添了一抹淡淡的微笑。我自言自语道："原来我是幸福的。"

我很幸福。

长女丽贝卡今年九岁了，长得像我。爱米丽六岁，拥有一头黑发和一双属于大西洋沿岸人种的冰蓝色眼眸——来自海格迪家的遗传，而且还更加纯正——等爱米丽矫正了她的牙齿，丽贝卡学会更加自信不再那么傻傻的，那么她们有一天会变得非常可爱。

两位大小姐每次出门都有人护送，更不知道和别人分睡一张床是什么滋味。她们和我生来就属于不同的阶级。她们是如夏花般绚烂的生物，以朝露为食，而非我这种血肉凡胎。

不幸的是，我们这些父母反倒成了她们的烦恼。上一次全家去度假的时候，我和汤姆在路线的问题上发生了争执，在争吵的间隙，我从后视镜里发现丽贝卡正直直地盯着远方，小嘴抿得紧紧的，我有种不祥的预感，这样下去她的容貌迟早会走样，不等她长大成人，如今的可爱就会消失殆尽。

我想，我必须让她快乐。为了她的快乐我要继续和她的父亲相亲相爱，否则我的预感就会变成现实，她会变成你时常在街上撞见的那些可怜人。

"你和爸爸是怎么认识的？"我的对头爱米丽问道，"你们是怎么遇见的？"

"我们是在舞会上相遇的。"

"那你当时穿的什么衣服？"爱米丽的姐姐问，这孩子总是站在我这边。

"我穿的是……"事情已经过去太久了，我早已经记不得了，只能杜撰说："一条蓝色的裙子。"

这很可能是一句谎话，却足以让她们感到满意。我倒确实记得那天汤姆穿了一件非常笔挺的西装，我对着他微笑，那个在苏吉街度过的夜晚——我的笑容里自始至终带着伤感，直到汤姆终于停止了交谈而向我走来。

"你怎么知道他就是你要找的人呢？"爱米丽问。

"你说什么？"

"你怎么知道爸爸就是你要嫁的人？"

"我就是知道。"我说，"我就是知道。"

这的确是事实——只不过不是她们所幻想的那样。我当然不能告诉她们汤姆当时正在和另外一个女人同居，我更不能说我打从看到他们在一起的第一眼就看清了两件事，首先是她不适合他，其次就是他更适合我。

因为我能带给他幸福。我就是知道，该怎么能让他幸福。

"我知道他就是我未来女儿们的爸爸，因为他长得那么高。"这是事实，也是让她们满意的回答。我喜欢的还有他上唇的曲线，以及当他弯腰和我讲话时上衣敞开的样子，还有他结实的胸膛，他的风度是傲慢和殷勤的混合。

高个子的男人通常都很僵硬。他们在倒向你的时候仿佛是折页脱落的门一样，失去控制地塌下来。

不过，在十年之后的今天，你不能把这些事实告诉你的女儿们；更不能让她们知道父母一不小心发生了关系，甚至在一开始的几个星期里，爸爸妈妈性急到了连衣服都等不及脱的程度。还有妈妈被爸爸强烈的负罪感给吓住了——不过后来也麻木了。我们爱得太过翻天覆地，以至于过了好一段时间我们才谈起爸爸当时的女朋友，而那已是妈妈遇到爸爸六个月以后的事情了，那个女人早就离开了。从那时起，我们的做爱才变得理直气壮并温柔体贴。

然后呢？

然后我们就买了房子。不过之前的序幕非常重要。前任女友也必须提到。是有一点点残忍。如同狼群中交配权的竞争，血淋淋的。我们彼此都知道已经遇到了和自己最般配的另一半，我们有着相同的野心，或者说遭遇过类似的伤痛——称之为什么都随便——总而言之，我们都清楚终有一天我们将会彼此慰藉：建立一个美丽的家庭，再生养一对美丽的女儿，后者毫无疑问地会继承我们的身高还有智慧。等她们长大以后会去就读早就为她们选定的私立学校，她们各自的人生都将得到规划，有人会为她们做精心的安排，她们永远不会缺乏父母的关爱。

至少,这是我们的计划。

"然后发生了什么?"

"然后我们就结婚了。"

"再然后呢?"

"再然后你们就出生了。"

"太好了!"

顺便说一句,当初你们的爸爸第一眼看到你们就被吓跑了。(这显然不是真的。看!他不是还在这里。)

汤姆是耶稣会[①]会士教育的产物——用他自己的话说,这种教育注定了他的人生。他对世界有着清醒的认识,但对自我却常常抱有怀疑。他对自己要求甚高而且几乎从不满意。换句话说,尽管他是彻头彻尾的自私,却是自私得高贵。他在我眼中就是一个高大而又性感的悲情动物,会把表情隐藏在一杯无名的威士忌背后,盯着杯中的液体历数自己人生的不尽如人意之处,比比皆是失败。

当他看着自己的孩子的时候,我不知道他心里在想些什么。他固然是爱她们的,但是她们却妨碍到了他。无论他是否真的爱我,我也一样妨碍到了他。其实他想错了,我并没有妨碍到他,我从来就不曾来过。

如果说这是我们之间的战争,那么事情是这样的:当汤姆开始创业的时候,我也刚刚生下第一个孩子,为了支付房子的贷款,我把孩子交人代管而自己日夜工作。等到他又开始赚钱了,我的薪水就变得微不足道了,他的工作高于一切,因此我不该指望他去做接送孩子或者采购日用品这类鸡毛蒜皮的小事。最后的结果

---

① 耶稣会,天主教会内主要的修道团体之一,成员分布于全球各地。

是我彻底放弃了工作，好让我和孩子们都不至于妨碍到他。

尽管我刚刚提到的都是事实，但又不尽然。例如，我并不怀念工作的日子。一点儿都不留恋。即使是现在，我仍然无法相信我浪费了那么多的生命去撰写有关会加热的毛巾架。费了那么多的笔墨去比较桑皮和鞣料之间的差异，去谈什么麦色、乳白、沙黄和暗蓝。

让我回顾一下我们过去的生活。

在办公室里痛苦地挣扎了一天之后的我迈进家门，亲吻一下我的丈夫，他也因为工作和看孩子而累得筋疲力尽。我从他手中接过丽贝卡，给她换了尿片，再为她涂上治尿疹的药膏，接着我为着各种琐事和他争吵，例如空无一物的冰箱，或者堆积如山的碗碟。好不容易熬到九点半左右宝宝上床睡了，我才能下楼来，给自己倒上一大杯葡萄酒，顺便大骂我的老板，接着收拾收拾，然后再喝点酒，时间就已经很晚了。十一点半左右汤姆会从厨房的餐桌上把他的工作收起然后对我说："不要熬夜。"再过一会儿，洗完碗的我把抹布晾在厨房的水龙头上，然后上床去。我知道他不开心。我的丈夫显然是不开心的，但同时他也为着新的事业而兴奋不已，他告诉自己一时的忙乱总会过去。别的男人不也一样娶妻生子，只不过他们不会像他这样觉得不能养家糊口或者做家庭主夫有失男人的尊严，也许他感到在家里无处可以施展他的才华与能力。

我应该给予他施展才华和能力的空间。我走过去把脸贴在他的背上，然后伸出手去握住他的要害，在过多的酒精的驱使下，我觉得他没准在恨我，一切的不顺都要怪我。

他有时会理睬我的挑逗有时则不会。

在两种情况的交替中我突然觉得他有了外遇。

不，应该是说在两种可能之间我意识到他是多么的渴望和别人做爱，而那个别人正是我。

在黎安葬礼之后的一周，有一天夜里我观察着我丈夫的身体，看他怎样熟睡和呼吸。我想将他从头到脚都看遍。那是一个温暖的夜晚，于是我迅速地掀开他身上的被单，他挪动了几下就又恢复了熟睡。

睡梦中的他似乎正在经历痛苦。双手压在脸颊之下，两腿十分的修长和健壮，它们弯曲的角度是如此的怪异以至于会让人误以为他双膝已经折断。胸前的线条从高耸的肋骨下降到相对平坦的小腹，阴囊被夹在两条大腿中间。他肤色非常苍白。

我还记得和这个身体做爱的感觉：如果我从上面俯视他的话就能看到他胯下浓密的体毛，但如果我从下面仰望他则会看到他的腋窝，那里空旷得像没有教堂的广场。不过那已经是很久以前的事情了，还是在我们对彼此都欲求不满的时候，那时的他会数着我身上呈棒棒糖形分布的痣把我翻来翻去，直到我彻底地瘫软，从床上滑落到地板上。

我记得他衬衫下面锁骨的大小和线条，在那个很久很久以前的一个雨夜，那次做爱仿佛如生死搏斗一般的激烈。

此刻他正躺在我们的床上，活着。空气被他吸入又呼出。他的脚趾甲有些长了，他的发间偷偷爬上了灰色。

我最后一次和他亲密是为黎安守灵的那一晚。我不知道自从那以后我究竟出了什么问题，但我就是再也不信任我丈夫的身体了。

第十二章

由于手续上的问题，黎安那可怜的尸身至少还要等上十天才能供大家瓜分，这对于碧雅和我母亲以及所有蜂拥到格丽菲斯道四号来参加守灵的秃鹰们来说是个坏消息。

一个看上去只有十九岁的殡葬员把这个消息告诉了我。他拉着我的胳膊把我从布莱顿霍夫太平间的走廊里带走了，我们坐的是不是出租车我已经忘记了——我究竟是坐在前排座位还是后排也没有印象了。但有些东西我却记得很清楚，例如殡仪馆的展厅，室内的陈设朴实而又素淡：只有一张桌子，两边各有一把椅子，在一个螺旋形的展示架上放着塑封过的各式各样的棺材图片。为了转移注意力我甚至询问了环保的纸壳制成的棺材，那是这里唯一没有的种类。

"他很看重环境保护吗？"身穿黑衣的男孩问我。

"也不太看重，稍微有一点儿。"

其实我很清楚我想要的样式，我早就挑好了，但是让人看出我一副什么都预先筹划好了的样子实在不合适，所以我假装挑选，翻看着那些荒唐的真丝内衬，并且居然还有褶饰和粗纱的样式，睡在这种棺材里的死人仿佛像被埋在了剧院里似的，只差没把放映灯点亮，再开始奏响前奏。我把心里想的这些话的部分说出了声，而我的殡葬员则似听非听地容我慢慢地挑选。

他的嘴唇是饱满的紫红色，衬着他白皙的皮肤。趁他陪我这个伤心人说话的工夫，我注意到他耳垂上有一个小小的湿湿的洞，应该是以前戴过耳环的地方。

"你慢慢选。"他说。

我喜欢这个殡葬员。他的身上有种青春的气息，只有在我之后的青年一代才具备的特质。他不会矫揉造作，也不指指点点，他用一种"无所谓"的语气品评着各种棺材，仿佛我是在购物而已——真正的隐情没有被触及。

"这个不错。"当我用手指着一个简单的莱姆色橡木质地的棺材时他这样对我说。我想也许有一天我的女儿会嫁给像他这样的男子，能够和女性泰然自若地相处。

"我不能和他一起坐飞机。"我说，"那样太……"

他模仿办理登机手续的小姐的声音说："有需要协助的乘客请到队列的最前面来。"

我笑了，尽管我并不了解他的意思。

"放心，他在这里保存不会有事的。"他对我说。

他并不英俊。他的嘴型太过狭长而嘴唇又过于饱满；体格太单薄肌肉也缺乏锻炼。不过除此之外他还可以。至少他的双手不会让我感到恶心，在比较抛光钢和铬合金之间的优劣时他闭了闭眼睛，我看到他的上眼皮略微地发抖，以及他眼睛周围蜘蛛网一般密布的血管。他的衣着非常舒适合体，即便你剥去他的全部装束，里面装的依然是真实的他。

我一定得再问一次他的名字。(他是死亡的天使。)

当我愣在黎安的遗体旁的时候,是他拽着我的胳膊把我拖走了。他是在人目睹了最悲惨的画面之后,前来解救你的那个人。他给了我喘息的机会。

在抵达了布莱顿火车站之后,我先是游荡了一会儿,心想我应该按照事件发生的顺序再重演一遍——我应当把黎安走入大海的地方作为起点——因为这种事情总是必须遵循一定的次序。于是在午餐的时间,我沿着码头漫步,黎安还是固执地萦绕在我周围,我想象着这里在夜间的景象,黑色的咸咸的海水拍打在我的腰间的感觉。黎安的灵魂漂浮在半空中,用他的眼神在每个路过的行人身上涂鸦:他们暴露在外的任何一个细节都逃不过他的眼睛。看,那个超重到胸脯隆起的孩子——好像还是个男孩。那个鼻子下面有条疤的老头。那个身上的刺青已经走了形的女人。那个穿着裤裆敞开着的污迹斑斑的裤子的男人和一个肩膀上露出包括胸罩在内的各种吊带的女人。同样都是人类际遇却是千奇百怪。黎安一向都很擅长探查别人的秘密,看谁在做着怎样不堪的事情。

黎安就像一股越来越浓的气味,重新占据我的大脑——那里此时正空无一物,正好方便他透过我的眼睛去鄙视这些路人的屁股和胸脯,还有某些人那"冰冷的乳头",这些肉体的温度和湿度永远失调,有的湿漉漉的,有的软塌塌的,还有的毛茸茸的,尤其是女性,继承了人类太过脆弱又太过美丽的皮囊(当然,她们身上的那个洞倒是例外),归根结底,谁和谁上了床,谁又和谁接吻?我向脑海中的黎安发问。我再言之凿凿,也无法说服他,我赢不了这场争论。我从这些堕落的男人和女人身边经过,看到他们身上的皱纹和斑点。我倚在海边的围栏上,用力地呼吸海风以压抑想要呕吐的冲动，心里想着我哥哥的尸体，想他再过两个月会是何种模样，再过三个月呢？

我从围栏往下望，仿佛想要确认海滩上棕色礁石的密度和种类。就是这种感觉：来自海洋的清爽、召唤和气息。布莱顿铁路的尽头竟然有如此的景致，城镇已被我抛在身后，还有整个雾气缭绕的英格兰，所有喧嚣都在这里戛然止步于浓厚的大海的气息面前。

我和黎安第一次坐渡轮是在他大学二年级的下半学期，当时我还在都柏林大学读一年级。我们要趁着暑假去伦敦打工。下船之后我们又转乘火车，在从荷利赫德到尤斯顿的途中，车厢之间的过道里的一个男人引起了我们的注意——竟然是给我们家送信的那个邮递员——当时他正在往免税的伏特加酒里挤橘子汁，然后把调好的酒递给了在渡轮上偶遇的一个已经喝多了的女孩子。他甚至向我们示意要不要也来点儿，后来接没接受我倒记不得了，反而是觉得他对我们使眼色的样子很有趣，不过很快他的注意力又回到了那个女孩身上，后者当时已经是酩酊大醉了——我们总感觉成了他的帮凶，一同参与了灌醉这个澳大利亚女孩的罪行。

黎安从未结过婚。

海格迪家的人喜欢参加婚礼，我们中仅有个别兄弟姐妹举办了仪式，或大或小，或带宗教色彩或不带。所谓婚礼其核心就是要用最富丽堂皇的方式去掩饰其实质，即一个诚实的男人和一个可爱的女人在一群人推杯换盏的恭贺声中从此可以合法交配的事实——黎安到死都没能学会这些俗套，既不懂得做爱的规则，也不知道该如何委婉地谈论性，更没掌握和别人谈论两性话题的技巧。因此，他虽然有过女朋友，但从不介绍给我们认识，即使碰巧撞见了他也不喜欢我们这些家人和他的女友讲话。他的那些女朋友个个都是一副瘦骨嶙峋没精打采的模样，都爱拉着他的手躲在他背后偷偷地打量我们。黎安喜欢温柔和善并且可爱的女孩类型。他尤其偏爱那些一眼就能看透的。他保护着女友们不受我们家人的骚扰实在是非常明智的做法，因为海格迪家的这群人个个如狼似虎，例如我和凯蒂就喜欢在黎安带着女友离开的时候在他们背后乱唱："他们说这叫青——梅——竹——马！"①

除了在途中遇到的那个好色的邮递员之外，我们在英格兰的土地上度过的第一个夜晚颇为有趣——才刚刚下了渡轮，在异国的土壤上走了还不到五十步，我们就又踏上了火车的钢铁地板——一路上我们老是误以为马上就要到达了。每次在经过一段黑暗的地区之后，只要眼前一出现点点灯火，我们就会以为那就是伦敦。后来才知道原来距离还远着呢。在我们的印象中，整个英格兰仿佛就只是一座城市。直到第二天一早，当我们真的确定是抵达了终点的时候，面对尤斯顿地铁站口那摩肩接踵的人流时，还以为一定是因为有列车刚刚进站才导致了这种拥挤，所以傻傻地等待着人群的散去。过了好久我们才意识到人潮从来就是这么汹涌，和任何一列火车的抵达都没有干系，伦敦本身就是一片人海，无边无际，无处不在。

黎安素来讨厌英格兰人，至少他是这么声称的。他还说，不是他嫌弃英格兰人，实在是因为连他们自己都看自己不顺眼。

我们爱耍小聪明的黎安。

我也对这群涌上布莱顿海滩的英格兰人爱不起来，因为他们

---

① 这是一首深受欢迎的流行歌曲中的一句歌词。

正在享受着淹死了我哥哥的这片大海。但我至少可以不去憎恨他们，虽然他们都还活着而我的哥哥已经告别了人世。我惊异于我和黎安在这方面的不同——黎安的好恶总是很随心所欲，今年讨厌的是同性恋，明年就换成了美国佬。

我讨厌的又是谁呢？

我们曾在夜里一起游过泳。那还是在小的时候，不过我已经记不得是在哪里了。

望着辽阔起伏的大海，一时间，我感觉和在黑暗中走入大海的黎安相比，沐浴在阳光下的我的人生是如此的渺小；他身体里的鲜血还有威士忌，都和海水混合在了一起。只剩下一身皮囊还妨碍着醉了的黎安去获得自由。在那一刻，我想，敢于选择死亡未尝不是一个勇士之举。

我看着自己抓着栏杆的双手，它们已经显现出了老态，我那被生育磨损过的身体曾一度令我颇为骄傲，因为它孕育出了全新的生命，可这又有什么意义呢？最终还不是多占几个坟墓而已！我真想冲着那些行人这样大喊。我想在胸前挂上宣传牌，手里高举扩音器来呼吁人们不要再继续繁衍下去了——尽管在布莱顿的海滩上并没有多少孩童在玩耍，至少在这个星期二的下午鲜有几个。英格兰是属于成年人的领地。

其实我并不讨厌这里的人，尤其是我的殡葬员。那个陪我一起挑选棺材的好伙伴，我的英格兰少年。他有着出尘脱俗的洒脱和随意。我很想知道他和谁住在一起——是投契的朋友还是亲近的父母——和他这样的人做爱会是什么样的感觉呢？他也会激动吗？

选定了棺材，再用我的（苍老的）手握过了他的手之后，我走出了殡仪馆,站在门口的路边上准备打电话给我那不好相处的中年丈夫。其实那一刻我最想做的事情就是躺下来,就在这殡仪馆的门前,等我的殡葬员来从我的身体上跨过去并把我扶起来。

我的死亡天使啊!

"你那边怎么样了?"我问汤姆,他告诉我女儿放学以后会去朋友家玩,一切都很好。我花了好一会儿才搞清楚他身在何处。

"你还在上班?"

"我当然是在上班。"

"可是丽贝卡要去上爱尔兰舞蹈课。"我说。

"不,不是今天,今天没课。"

"可是她有演出!"我站在大街上吼叫着,自己都不知道为什么要这样。汤姆的意思其实是在说我的担忧是没有必要的(他说得没错),根本无需操心的事情,因为有他赚钱养家,我们大可以过着舒适的生活,而我却除了大惊小怪之外什么事情都不做。

"你在哪里?"我又问。

"我不是说过了吗?我在上班。"

"在哪里上班?"

他当然不能挂掉我的电话,因为我远在布莱顿而且刚刚遭遇了丧亲之痛。他只是静默了好一会儿。

"回家吧。"他对我说,"你什么时候回来?"

"你在乎我回去吗?"

"当然在乎,"他说,"你以为呢?"最终反而是我先挂断了电话。年轻的殡葬员从身后问我:"你要不要再来杯咖啡?需不需要我替你给什么人打电话?"

他已经把耳环戴上了,是个小小的黄金耳钉。"没什么,"我说,

"也没什么好说的。"

二十出头的时候，我曾爱上过一个人，并且和他上过床。他来自纽约的布鲁克林区，名叫麦克·维斯。当时他正在都柏林攻读硕士学位，好像是什么爱尔兰和凯尔特研究专业的。我们本国人素来鄙视这一类的课程，认为那都是学校为了骗美国人的钱才专门设立的。我没料到自己竟会爱上像麦克·维斯这样的人；他并非如我想象中的美国人那么高大威猛，这一点让我很惊讶，反而只是一个中等身材、爱抽大麻、说话带着布鲁克林口音、态度既桀骜不驯又不失恭敬的大男孩。

和他做爱很是惬意，他会支起身子来看着你并和你说话。他还喜欢一边爱抚我一边聊天，他甚至还会在漫长而又放松的前戏的间隙抽烟，这简直让我大开眼界。那时我才只有二十岁，还不习惯这种没有目的而且扑朔迷离的做爱。我也不习惯在清醒的时候做爱，他边做爱边聊天的习惯也让我很不舒服：我以为他对我缺乏兴趣。我眼看着他停下动作心里真巴不得他抓紧时间办事——我们在一起不就是为了这个目的吗？

麦克·维斯可能渐渐意识到他不足以抓住我的心，在我和他共度的那一个又一个慵懒的午后，他只能努力让我平静下来，他眼中的我就如同被困在树上的猫，他则好像飞机上安慰乘客的空乘人员。"您看到右边的手柄了吗？请你把那个手柄旋转四十五度。"

尽管我们也没少做爱——然而我只记得自己当时的狂热，多少次睁着双眼望着日光在他的窗外一点一点地染上暮色。也许是因为年少不经事，才让我裸身站在他学生公寓的尼龙地毯上慨叹日夜更替的不可思议。

麦克的父亲是个艺术家，他母亲不知是做什么的。这也让我很不习惯——我认识的大多数家长就是普通的父母——但他的父亲却算得上是半个名人，而他的母亲则是那种有很多约会，并且经常盛装出门的女人。麦克的故事不简单。童年时代的他不知道自己长大之后要做什么，我猜想，他十岁就已经像个成年人一样了。他会写诗，写得可能还不赖，但是要不要出人头地的想法却始终在困扰着他。他有钱——不是很多，但是有些——我想当时的他已经下定决心要随遇而安，听凭命运的安排了。

我想如今的他应该正在悠然地生活着，就像我一样，只不过和我所住的都柏林市的布特斯唐区相比，他所在的地方应该更有趣一些。也许他现在住在曼哈顿或者是洛杉矶，正带着他的儿子去学萨克斯，或者正在观看他女儿的舞蹈表演，不但觉得做这些事情很重要而且还很享受。

我和麦克·维斯断断续续地约会了两年多，他的无所事事让我抓狂——但又无法自拔，想到未来生活的忙碌让我丧失了对他的耐心。其实我对将要到来的事情一无所知，但无论如何肯定不会是天天下午窝在家里接吻、抽烟和聊天这种生活。我们都聊过些什么？聊迪克·伯佳①到底英不英俊，还有作为犹太人应该怎样又不该怎样。

现在我的下午显然不是在看电视中度过的，毫无疑问我当初犹豫并最终放弃了麦克·维斯是正确的选择，为的是过上更有效率也更加幸福的生活。就像我现在的生活这样，为一个九点之前

---

① 迪克·伯佳，英国男演员。

不会回家的男人和两个迟早也会离开我的女儿做羹汤。我和我的中年丈夫要么很长时间都不做爱,要做就是惊天动地的那种;想到他我真不知道是想亲他还是想揍他。

我想对我的丈夫说,做爱的时候请把灯打开。我叫你把灯打开。

我和汤姆之间的性爱,以及我对和麦克做爱的记忆,共同让我确信自己爱的人其实是来自布鲁克林的麦克·维斯,只可惜我十七年之后才觉悟。我爱他是因为他从未尝试占有我,尽管我是多么地渴望着被人占有。更是因为他从未曾试图改变我,而总是选择退让一步。

直到现在我才懂得当初的他,而如今的我更适合当初的爱情。

我坐在露天的咖啡座里,喝着我今天的第五杯拿铁,几个美国青年从我身边走过,两个女孩和一个男孩子。其中一个女孩说:"你知道什么最衰吗?最衰的是那种纽扣式的裤裆,如果你漏掉一个扣子的话后果不堪设想。"男孩子接过话头说:"下场就像这样。"他一边说一边把手腕交叉在胯下,像极了被鞭打过的耶稣。

在都柏林念大学的美国孩子都这样——单纯、有趣而且充满活力,至少他们自我感觉如此。也许我们像他们这般年纪的时候也是一样的,只不过我们那代人不会把长袖T恤穿在短袖T恤下面而已。我不知道"衰①"这样的词语在我年轻的时候是否流行过。我回想着那个男孩的动作,搞不懂为什么"衰"代表很差劲的意思。如果某人很衰的话,那么这个人就是差劲到底了,是个

---

① 衰,这个词在英文中原意是吮吸。

人见人烦的类型。原本一个意思不相关的词汇，怎么竟变成了当今社会的时髦语了。

　　我的思绪就是这样不受控制地乱跑。我无法振作起来踏上去机场的火车，与此同时在我身后的这座城市的某个角落里，我的哥哥正在被人打包然后送去做防腐处理（他体内的威士忌应该有助于保鲜）。我逛了几家小店，假装一切如常，但是最终还是不得不坐下来发呆，对世界的喧嚣听而不闻，不知不觉中把长长的咖啡勺含在嘴里，吮吸着。

第十三章

大学时代的我曾一度坚信艾达做过妓女——人在那个年纪都爱胡思乱想。外婆就是在那个时候去世的。我记得曾和麦克·维斯谈论过我的看法，他对此颇感有趣，正如他所指出的，同理艾达也有可能当过尼姑，在他的思维里妓女与尼姑没什么区别，也许是因为他生长在布鲁克林的缘故。

是的，没错。

麦克·维斯是那种今天喝茶还赞同加牛奶明天就转为反对的类型，如果后来我们依然在一起的话，我迟早会被他逼疯的。不过至少在艾达的问题上他分析得有些道理，包括我和艾达之间的疏远。看来我和来自布鲁克林的人很有共同点，我试图在艾达谜一般的人生中找到对我们所有人的人生的解释。

艾达去世的时候，我好像并没有去参加她的遗体迁移仪式——那天晚上我八成是在贝尔菲尔德的酒吧里度过的——至于艾达去世之后，她的房子归谁所有，她的存款应当怎么分配，我都丝毫不关心。我唯一想知道的就是孤儿出身的艾达·梅丽曼曾经是怎样的一个人。

她的葬礼我倒是参加了。母亲坐在我前面，头发蓬乱，她的两侧一边是父亲，一边是她的妹妹——我们的萝丝姨妈。妈妈原本还有个兄弟，名叫布伦顿，但是那时应该已经过世了。在场的只有艾达后代的残余：莫云——我们那心不在焉的母亲，和萝丝姨妈。萝丝姨妈是个艺术教师，身上穿的粗花呢衣服是惊人的祖母绿和深蓝色的搭配。海格迪家的子女一字排开地坐在她们的身后，女婿和儿媳们以及他们的后代则被安排在更靠后的长凳上。那一次我们八成也是依照年龄的长幼来排位的，就像人们讥笑的那样，我们坐在一起活像"从上到下的台阶"，只不过如今这台阶已经有多处残缺了，部分台阶不是没了就是表面已经裂缝，仅存的台阶还宽窄不一。长大之后的我们，看起都傻里傻气的，无一例外，全都长得不对劲。

我站在人群的外沿注视着我外婆的棺材被慢慢下葬，心里带着一种伤感的漠然。人生末期的艾达仿佛是活过了头似的。当然，她人并不坏——她毕竟是我的外婆——但她不是那种无论做出什么选择都会向你先陈述理由的女人：她不曾破解过关于海格迪家的那些秘密，也就是导致我们的人生都一塌糊涂的根源。

那一日，当兰姆·纽津在贝尔维黛尔酒店的大堂里看到艾达·梅丽曼的刹那间，两人四目相对，而后来的事，就像人们说的，已经都成为历史了。

五十六年后的一天，在她位于宽石区的那栋小得惊人的房子里，我们先是饮茶接着又吃三明治，来欢送艾达。我们当中包含了人口庞大的第二代，和刚刚开始涌现的第三代，母亲有气无力地在客厅里主持着大局，萝丝姨妈正在厨房里看到什么就抱怨什么。在那一刻，这些人原本就不可爱的长相变得更加的难看：萝丝姨妈的嘴抿成了一道不满的弧线，母亲则是一副泪眼婆娑的样子。艾达或许曾善待过别人的子女，但对于她自己的孩子，她却不是个称职的妈妈。她的邻居们还有几个仅存的朋友都评价她"是个好人"。其中有两个男人对艾达还不错——后来我才意识到他们是一对同性恋。艾达的母亲曾经是个电视演员。因为这份渊源，吉米·奥迪[①]曾在艾达的生日时送来果篮，就连圣母军[②]的实际领袖弗兰克·达福先生也会在每年圣诞节来拜访艾达。他肯定来过，我记得这个人，很可能就是我们寄居的那段时期见过他。那次他用网兜提着一盒巧克力来到艾达的家，活像一个精神分裂的圣诞老人。他把礼物交给艾达，然后无声地捏了捏她的肩膀，仿佛一起生活了太多年的两个人，彼此之间已经无话可说了。

那年的圣诞节和往年一样晴朗而又寒冷——我的记忆里容不下阴天。那年我们正被寄养在外婆家，所以我清楚地记得不是在自己家里过的节。虽然过圣诞节母亲也没来看望凯蒂、黎安和我，倒是父亲和趾高气扬的碧雅在某个午后驾临了。

"妈妈还在恢复中。"碧雅向我们宣布，穿着红蓝相间的新马海毛吊带毛衣的碧雅看起来比平日更加的颐指气使。当天晚上，纽津先生也带着一盒水果软糖登门拜访，要不就是某种水果形状的软糖，总之里面包含有红黄绿三种颜色的半圆形糖果。

至于艾达的死，越是和我相关的事情我就越是不在乎。我没有耐心去回想已经过去的事情，艾达的死更是让我不耐烦。所谓悼念，不过就是一群人大嚼三明治，在一个狭小的房间里，吸着

[①] 吉米·奥迪，二十世纪初期的爱尔兰喜剧演员。
[②] 圣母军，一个天主教热心教友的团体。

被别人刚刚吐出来的空气。间或有人说一句："你外婆可真是个好人。"说得是没错，但只是部分的真相。前来悼念的那些人，有的在小口地喝着淡味的雪梨酒，也有的婉言谢绝了，最后把吃剩下的食物用油纸包起来带走了。终于客人都散尽了，只剩下母亲独自坐在客厅里，父亲乖乖地站在她的身旁，微微弓着腰；楼上的萝丝姨妈正开着浴室的窗户偷偷地抽着所谓最后一支烟。她总是对外宣称自己不吸烟，且不说艾达人都死了哪还管她抽不抽烟，即便是活着的时候也早就知道她女儿的这一嗜好了。

正是在这个时间点上，爸爸吩咐我们去楼上艾达的卧室，想要什么就拿什么，尽管这么做有点不太体面。我们极力把兴奋的尖叫声压到有史以来的最低分贝，激动得几乎要晕倒了，一边还不忘记怒斥其他竞争对手。最终，我只得到了几条串珠项链和壁炉上的黑色鸵鸟羽毛，以及一个用来放戒指的小巧的手形瓷雕。艾达的戒指当然早被别人拿走了——我根本也没指望会轮到我。在我们家，凯蒂永远比别人更需要某些东西，碧雅则永远比别人更配得到某些东西，而可怜的米芝，她总是先拒绝接受，非要别人三番五次地相劝才肯勉强收下任何东西。于是我带着没抢到东西的遗憾离开了外婆家，尽管那里其实并没有我真正想要的东西。一时冲动之下，我还顺手牵羊地拿走了艾达的布料本。可是一到了外面，这些东西就显得毫无意义了，于是我把它们全都扔进了路边的垃圾桶。艾达的遗物对我没有任何吸引力。我只想尽快离开那栋房子，仅此而已，我需要的是更广阔的人生。

黎安没赶上这些事，因为在去伦敦打工了一个夏天之后，他并没有回到家乡。他时不时地会回来一趟露个面，偶尔去上几堂课。我在一些饭店和酒吧里偶遇过他几次，他总能找到家以外的地方住宿，又过了几个月后他终于彻底不再回来了。

那是他大学的最后一年。我常常因为错过了夜间的巴士而留宿在麦克·维斯位于唐尼布卢克区的学生公寓里。公寓里共有两个房间，中间夹着没有屋顶的厕所和一个小厨房。卧室的门不知道哪里去了，屋里还立着一个巨大的旧壁橱。我在两种黑色中昏昏睡去——乌黑的壁橱和漆黑的门口，我感受着周围的一切——性爱之后的激动和疼痛还在我的腿间徘徊，叫我怎么都无法平静下来。

那时的我把一些从没告诉过别人的事情都讲给了麦克·维斯听。一九八一年的爱尔兰还没有发生过任何事情——这么说是否太过夸张了？至少我的人生还尚未开始，但我已经迫不及待地想要从中解脱出来了。我逼着麦克·维斯喝下威士忌——那时的我真是疯狂。甚至于有一次，在我服用了过量的扑热息痛片之后，他不得不逼着我在房间散步，然后又陪着我在街上闲逛以消磨药效。我在对他好的同时又折磨着他，在他每次试图对我进行规劝的时候都引诱他和我疯狂地做爱。

我对那些夜晚的记忆，就是看到一个躺在床上的女人（我自己），怎样呼吸急促地挺起臀部，双手拼命地想要抓住点什么，却没有发出任何声音。

第十四章

每次洗碗的时候我都会想起艾达。即便我有要哭的冲动，也不会像艾达那样对着水槽无声地落泪，因为我有洗碗机。水池是艾达发泄情绪的场所。也许是因为面对着无数等待削皮的土豆，或者是看着荒草丛生的院子，和大多数的女人一样，艾达偶尔也会鼻子一酸，然后任凭眼泪啪嗒啪嗒地落入水槽。接着，也是和大多数女人一样，艾达不得不用胳膊去抹鼻子，因为双手都沾了水。说起来倒也没什么值得炫耀的，但是我还是要说，我那不锈钢的洗碗机可是大名鼎鼎的米勒牌的，即便是要哭，我也会大大方方地坐到电视机前面去流泪。

外婆的一生过得很艰辛，这一点我如今才意识到。让人惊讶的是，她并不常常流泪，在多数的情况下她选择接受现实。

除了信奉居家的整洁之外，艾达不迷信任何事物。像不小心吞下了苹果籽来年肚脐里就会长出树来的这种奇谈怪论，她从来都是嗤之以鼻。我想她也不会认同我所想象出来的"孤儿艾达"——我也不算是完全的杜撰，因为外婆的父母确实在她成年之前就去世了。艾达是对任何幻想都不买账。她认为幻想并回味幻想都很无聊——和传播八卦新闻没什么不同，甚至还不如。只是如今的我，除了幻想之外什么事情都不做了。这都是艾达的错，因为如果要追溯我幻想的起点的话，那就是从艾达在宽石区的家，从她的水槽边上开始的。

艾达厨房的水槽边上有一块红色的塑料百洁球是用来干粗活的，厚实的抹布则是用来做细活的，最后才用海绵去擦。白色的毛巾只能用来擦油布，绝对不许用来擦拭餐具。专门擦地板的抹布也绝不可以放在油布上面。我必须牢记这些规则，因为我是家里最年长的女孩，所以洗碗等要在水槽里干的活儿就成了我的责任。

我并不介意干这些活，因为这能让我更接近外婆。

我仍然还是会幻想。从白搪瓷的水槽边上能看到后院和通往车库的绿门，我仿佛看见童年的艾达拎着行李箱，她好像只有九岁，最多十岁，失去了母亲的她在这个偌大的世界上再也没有其他亲人了。我试图给她幻想出一个父亲来，但做不到。我一遍又一遍地想象我自己的母亲在格丽菲斯道四号的家里死去的场景，假想我的父亲哭着哭着也跟着死掉了，然后我和黎安便展开了一段冒险的征程，因为我们终于也变成了孤儿。

所有这些都是趁着艾达让我洗盘子的工夫幻想出来的，她让我用水壶里刚烧开的水去冲盘子，查理会趁她转过身去的时候冲我挤眼睛。

有一天早上她把我叫进她房间，她正在梳妆打扮要出门去。我看到她的手指上套了一个粉红色的指套，用手腕上的橡皮筋固定着。不知为什么，我幻想她可能是在用缝纫机的时候受了伤，不过这么想未免恶毒到了脱离现实的程度，因为她的指甲并没有被穿透，我也没听到从缝纫间里传出过任何的尖叫和巨响（我的脑海里居然浮现出了失控的针头和被钉在缝纫机上的痛苦的外婆——看来艾达说得没错：幻想是个不体面的坏习惯）。

总之我被叫到楼上的时候看到她手指上戴着指套，她掀了掀后面的裙子然后扭头对我说："过来，帮我系上。"然后又转身去查看侧影如何。

她的大腿惊人的瘦小，皮肤下面那些破裂的毛细血管犹如一张张墨绘的地图，外面套的裤袜用一条很粗的橘红色的皮筋固定着。有很多垂下来的白色的带子，我看不清它们是从哪里冒出来的，也不想知道。我过了好一会儿才反应过来她要我做什么。她是要我跪着把她那哥特式图案的束身衣和下身穿的裤袜连在一起。那些橡皮夹子怎么都不肯咬住上身的尼龙衣料，她的腿是那么冰冷，还有那散发着酸味的尊严。也许每个来过她家的男人都知道她衣服下面的这些秘密：包括瘦得惊人的双腿，绷紧的胸衣以及下面的空间。

也许这些并不只是我的幻想。

所以当弗兰克·达福来访的时候，我以为他也在追求她。

"只是一点小东西，艾达，不要拒绝！不过是些小东西而已。"

就是身为圣母军的实质领袖的那个弗兰克·达福，这个宗教组织到一九六七年的时候就只剩下了空谈和喝茶。

"上帝保佑你们！祝你全家圣诞快乐。"他的手从我的面颊滑过，还轻轻地捏了一下我的下巴。

随后到访的纽津先生带来了那盒水果软糖。他没有理睬艾达，反而先和我们这些孩子说起话来。毕竟这是圣诞节，是属于我们的节日。

事实上，早年的弗兰克·达福曾致力于拯救都柏林街头的妓女。一九二五年的他尚有足够的爱心和智慧——他策划了很多次行动：劝说那些女孩子从良，或者从鸨母手里将她们赎出来，带她们走上正途。这些都是圣母军早期的丰功伟绩。在一九二五年的四旬斋，当查理遇上艾达的时候，那时的弗兰克·达福所做的工作不仅仅是祈祷而已。

这些是我在大学的图书馆里翻阅有关他的资料时了解到的，当时我正在撰写毕业论文，我将题目命名为——我没想有意讽刺谁——《在自由的爱尔兰嫖娼》，因为我突然间明白了一些事情，和人上床是自然法则，不过只能是男人操女人——不能反过来——这个惊人的发现不仅改变了我那日益变得有限的未来，更改变了本已结束了的悠悠往事。

我一度把艾达想象成是被达福拯救的妓女之一。她当然不是普通的风尘女子——她是孤儿出身。她几乎算不上是个妓女，不过是个可怜的女孩罢了。那种把脸转向墙壁，不去看嫖客把钱甩在床头的动作，直到那个男人离开了房间才会回头的妓女。

让我继续遐想。穿着旧绸缎睡衣的艾达，蕾丝已经有些破了，待嫖客离去之后，才把圣母玛利亚的画像从抽屉里取出来；以及坐在医生候诊室里瑟瑟发抖的艾达，紧紧地抓住羊毛外套的衣领，上面的纽扣已经不见了——中产阶级那老套的对妓女所抱有的浪漫成见：那些穿着皱巴巴的长筒袜的、患有肺结核的、蹲在地上用脸盆洗衣服的女孩们。

照此推论下去，在那个四旬斋的晚上，送给艾达巧克力的弗兰克·达福神父应该也在贝尔维黛尔酒店的大堂里，可能正和鸨母讨价还价，要从她手里将艾达赎回。买卖双方悄然达成了交易。

作为旁观者的艾达和纽津听着听着就走了神。至少在一段时间里，他们只是分别坐着——一个是圣母军的成员，一个是会缝纫的妓女。命运就是这样的莫测！美丽的她遇上了平凡的他。安静的城市，静谧的酒店，兰姆·纽津无法预知未来，他不知道自己一生都只能坐在这个女人的客厅里，等待她向他举杯示意："还要茶吗，兰姆？"

这一切在查理·斯碧蓝迈入酒店的刹那间成为定局。

当假装摘下帽子的查理对艾达说出那一句"小姐，但愿这个家伙没让你觉得闷"的时候，结局已经写完。

正如我所说的，麦克·维斯很喜欢我编出来的这个故事——然而我的幻想立即又发生了变化。之前的版本刚刚才像蜗牛一般从壳里探出头来张望这个世界，就被他嘴里所吐出的"妓女"这个字眼给吓得缩了回去。他从未见过艾达，所以他根本不知道我在说什么。我谈论的是我的家人。我谈论的是我们刚才在做的事情，整个晚上已经做了三次的事情。我谈论的是他的手正覆盖着的我私处的花朵。

在那段时期，黎安短暂地出现过一次但很快又消失了。他在伦敦的斯多克纽灵顿区租了个破房子，他缺席了不少考试；父亲每次谈起他这种荒废前程和浪费学费的做法就会气得直跺脚。

"告诉你那个哥哥，如果你见到他的话。告诉他就说我说的，有胆子的话就来面对我。"

"什么，爸爸？告诉他什么？"

"你什么意思？什么什么？"

"好吧，我告诉他。"

"什么？"

"我会说的。"

妈妈插进来问道:"谁?告诉谁?"

身为美国人,麦克·维斯觉得海格迪家的人很酷。他在贝尔菲尔德酒吧里见过黎安几次,两人相处得还不错,这让我很惊讶,照理说他们之间该有些尴尬——一个是和你上床的男人,一个是你的哥哥,这两人见了面应该仅仅是打个照面,点点头,就完事了。可这两个人居然一见面就结伴跑去打台球了,把我一个人晾在那里喝闷酒,这真让我多少有点不能适应。

不过我们三个人一起也有过开心的时候。我和黎安在第一次去伦敦的那个暑假里发明了一种新的游戏,把我们的家人当作是虚构的人物一样去编排故事。我们把恩奈斯特的按立[①]仪式排成了双人剧,演示他趴在神坛的样子和他丑陋的黄色脚跟。在一顿花样繁多的巫术仪式之后,母亲颤颤巍巍地走上前去为他穿上神袍,然后像在结婚典礼上一样,我的哥哥和我的母亲共同切分蛋糕,最后以彼此亲吻结束。

"我不信,"麦克·维斯说,"你的母亲怎么可能那样做?我不信!"他也会拿他自己的犹太教成人礼作为故事的素材,不过我们都不当一回事。

有些关于我们家的故事,我和黎安都觉得好笑,但麦克却不认同。例如关于斯蒂威——我那个两岁就死了的哥哥的事情,黎安声称:"肯定是妈妈下的毒手。""是她用枕头把他闷死了。"说完我们一起笑得前仰后合。可麦克却在一旁否定说:"不可能,她可是怀着孕呢!她不是总在怀孕吗?"

"换了你难道不想那么做吗?"

---

① 按立,是基督教授予圣职过程的统称,有一定的手续和仪式。

我和麦克认识之后不长时间,他就提出要去拜访我的家人。我真不知道该如何解释他才能明白,我们家没人在乎他去不去,反之,他一旦登门只会成为我们家里那一年的笑料罢了。结果他到底还是在一个球赛之夜带着一束非常美国式的鲜花按响了我们家的门铃,然后像加理·格兰特①一般地走进来,穿过门厅进入客厅,再到客厅扩展出来的厨房。父亲从他的椅子里跳起来握住他的手,而母亲则对他说:"嗨,你好。"她对谁都是这么一句话,任你是从天而降的外星人也好,是携刀入室的流浪汉也好,或者是在她弥留之际守护在她床边的护士也好,哪怕是面对着敞开的天堂之门,她都会做出同样的问候。

"嗨,你好。"

"我是麦克·维斯。"麦克一边说一边伸出他诚恳的男性的手。谢天谢地,我的父亲总算是忍住了没有问他是不是犹太人,过后才来问我。

"维斯,那不是犹太人的姓氏吗?"他坚称自己既然不认识任何该死的犹太人,因此绝不可能有反犹太情绪。

"现在你算是认识了一个。"

这些都发生在我整夜不回家之前,所以那时我和父亲之间的战争还未爆发。至于父亲哪里来这么多精力让我很是费解。他这人脾气火爆,但是不经常对女儿们发火。只有当儿子们胆敢当面挑战他权威的时候,他才会爆发。不幸的是他们经常挑战他。在对待女儿的问题上,他却可以包容任何的晚归,前提是你别跟他要出租车钱;他也不会计较你醉醺醺地回家来,前提是你必须从他身边走过然后直接上楼去;他会装作没听到你在厕所里呕吐的

---

① 加理·格兰特,美国好莱坞老牌影星。

声音，不过吐完之后必须清理干净。但是倘若他问你要根烟抽，可你却像个堕落的女孩那样从包里掏出一盒安全套的话，他就一定会发火，然后就像美国的老忠实喷泉①似的一直喷发个不停，直到把你赶出家门为止。

拥有安全套是违法的，光这一个理由就值得我们每个人都有一个，无论是否真的需要。

没有什么话是爸爸说不出口的。他不知道什么叫作分寸。他骂我的时候大概以为自己只是在自言自语。他说我是都柏林的婊子，我是破鞋，我是谁都可以上的厕所——不骗你——尽管我想他其实只是想说我没有听他的话。

当时正好赶上我再过两三个月就要毕业考试了，整件事情虽然荒唐可笑，但终究是会影响到我的成绩——而我对考试看得很重。也许这就是为什么我在他说话的时候那么心不在焉的缘故：我虽然坐在厨房里，心里却想着罗伯斯庇尔，当然还有弗兰克·达福。身材矮小的父亲正在酝酿着怒气——估计我也冲他喊叫了。我心里有个自我正在静静地注视着他，看他怒发冲冠，看他脖子通红，起初他的脸色还是白的，但很快怒气就蹿上了他的蓝色眼睛，然后突然之间他的整张脸也变得血红，一边还喘着粗气。我差点忘了说，连他的秃头都变红了。也许他也讶异于自己会说出那些话来，再加上我看他的那种不敢相信的眼神，无异于是在火上浇油。

在贝尔菲尔德的酒吧里我遇到了最要好的朋友迪尔翠·莫洛妮，她刚刚被她的妈妈无缘无故地赶出了家门：作为一个非常低调的女孩子，她只和人上过两次床而已。偌大的都柏林城，有无

---

① 老忠实喷泉，美国黄石公园里的一个喷泉。

数的孩子被扫地出门。在那段时期，家长们都很爱发火，仅仅是我们成长的气味已经足以让他们精神失常了。

之后的好几个星期，爸爸都不肯看我一眼，这让我那颗自恃是'爸爸的宝贝女儿'的心灵很是受伤，同时也丧失了安全感和撒娇的权利。不过即使再难过我也不怕，因为有的是旧伤疤可以供我去揭开。我们都是这么挺过来的，我们都善于以旧忘新。

最让我难过的反倒是爸爸已经离世的事实。他死于一九八六年，没能活到有机会去逛商店，然后发现安全套随便就可以在收银台前购买。他再没有机会转变他的观念了。当我把丽贝卡在海滩上拾到的乌贼骨头揉在掌心里的时候，我会联想起芒果的核，然后我就会想起爸爸，在他活着的时候爱尔兰还没有芒果可吃，倒是猕猴桃正在流行。我想我应该怜悯他从未尝过芒果的滋味，我更应该可怜他错过了所有在他生命的脚步中止之后所发生的进步。

他在九泉之下想来不会在乎我和哪个男人上床。他的魂魄应该是超越性别的，我想我的也是。

时间倒流，让我们再回到我还没闯祸之前的那个夜晚，麦克·维斯正在和我父亲握手，而爸爸心里正在嘀咕："维斯，这是什么民族的姓氏？"

我那天穿的是一条古铜色的在詹妮·文德商店买的裙子，打扮得挺漂亮的。我们穿过厨房向外走的时候，麦克兴奋得有些忘乎所以。

"我无法相信，我难以相信，你以前告诉我的关于你们家的事情居然都是真的。"他说。

我当时如此，今日依旧，甚至在我写下这些往事的时候——心里都感觉到耻辱。

第十五章

艾达家的大门直接挨着大街。前面既没有花园也没有小径什么的,因此行人总是如此贴近地从她家门前经过,几乎就要进来似的。这样的布局就和艾达本人那样,一方面让人不得安宁但同时又让人心神荡漾。她在我眼中就是那么一个和世界相矛盾的人。

夏季的时候,门外会安上一道乳白色的帆布门帘,上面带着斑斑的锈迹。门帘上有几个为信件、门环和门铃所预留的缝隙。如果掀起门帘的话,会看到下面的门是墨绿色的。

那房子是一排模样雷同的小型连体别墅中的一栋,每两家都是对称的,所以两家的大门紧挨在一起。我们的卧室在房子的后身。我记得站在卧室的窗前可以眺望到艾达花园尽头的车库和院外的小径。我们三个孩子分享两张床,宽大的一张给两个女孩子,窄小的给黎安。墙纸是蓝绿色的,图案是有金属光泽的花蕾,它们让这个静止的房间在我的眼中有种晃动的感觉。

三岁的我喜欢把耳朵贴在洗衣机的白色外壳上,或者从开口处往下瞧,看衣服在里面如何旋转和搅动,肥皂粉要从特别的开口加进去(我是绝对不许碰那个开口的)。我看着肥皂粉在水里渐渐地溶化，衣服先是被波轮拧成可怕的形状然后缓慢地沉下去，接着又突然间冒出来，最后像涤纶做的一条粪便似的再次跌入水中。

据说我还把艾达的橡皮泳帽给吃了，黄色花朵的布料第二天就被排泄到了我的尿布上。那不可能是我的尿布，应该是三岁的凯蒂的。艾达喊查理来看，后者从她的身后探了探头然后说："真是个聪明的孩子啊！"

我的确嫉妒我的小妹妹，但同时我也以一种奇怪并且炙热的方式爱着她，以至于我会偷窃她的记忆当作是自己的也就不足为怪了。尽管我现在才知道没有男人会愿意把手伸进脏了的尿布里去，只有我幻想中的查理才可能会从尿布上捡起沾满粪便的黄色小花。

是我，没错，把泳帽套在了脸上。我舔着帽子的内里，直到嘴唇咸得皱起——艾达的头发和海水的味道。我沉浸在一片粉红色的光辉之中，对着阳光看那些花朵竟然变成了红色和黑色。

这些都曾经发生过吗？当艾达把帽子从我的脸上摘下来的时候我感到了一种伤害——艾达正在冲我喊叫。接着我被拥进了她干瘪的胸膛里，力士香皂和毛衣的味道向我扑来。

真相可能是黎安把帽子扣在了我的脸上差点害我窒息而死。要不就是凯蒂差点被我和黎安闷死，我们常常玩晕倒的游戏。但是三岁小孩不太可能会去玩那顶带黄色小花的粉红泳帽，所以应该是八岁的我才对。

有时候，我在旧服装店会找寻这类物品，幻想如果让我再拿到那顶帽子的话，如果让我再闻一闻帽子里面的气味，也许我就能够分辨出那次我们三个当中究竟是谁用帽子罩住了谁的脸。

我们第二次被送去外婆家住是在一个车流稀少的午后——那天可能是周日，父亲开车送我们，后备厢里装着我们的行李。当时我惊讶于他居然记得住路。

沉默从我到达的那一刻就开始蔓延——我从里屋眺望着后院的车库和院外的小径。那种压倒一切的静寂，空气硬得像木头，在我这个八岁女孩的眼中，连壁纸上的花蕾似乎只颤动了一下就彻底静止不动了。

我不知道为什么会联想起另外一件事，就是在六年之后的一天，父亲在我们自己家的厨房里，紧抓着木头餐桌的手好像握着圣经一般，严肃地朝着黎安大吼："我从见到你母亲第一眼就爱上了她，凡她踏足过的地方我都觉得神圣。"

当时十三岁左右的黎安八成是对他说了什么极富侮辱性的语言，才导致父亲的嘴唇气得又薄又紫，他的胸脯像风箱一样地起伏，把空气从肺里排得一干二净，然后一字一呼吸地说：

"我从见到你母亲第一眼就爱上了她，凡她踏足过的地方我都觉得神圣。"

一旁的莫西继续在看报纸，我正在做我的作业，米芝正在为完全不相关的事情哭鼻子，然后去给自己沏茶。

父亲是真生气了。他颤抖着，这是他要开始摔东西的前兆。黎安好像骂他是个他妈的狒狒。

"你他妈的就是个狒狒！"黎安说完就立即跑出了房间，以免被逮住一顿好打。

父亲身材矮小，呼吸的时候会发出哨声一般的噪音。没有什么比当他关上外婆家的大门之后的那种寂静更让我终生难忘的了，我看着他弯着腰坐进车里开走了。

艾达的小花园可能只是一小片围出来的空地，但对我们来说却是个有趣的地方,园子里有野生酸苹果和荆棘。车库的门有时候锁着有时候开着,想到纽津先生有可能不在里面更让大家兴奋不已。黎安喜欢拿工作台上的工具玩或者坐上停在里面的那台破车。我那时常常坐在缝补过的蓝皮前座上,车座的表面很多地方都已经被划破了。我从没试过驾驶它,因为那些仪表盘看起来太奇怪了。我喜欢在车座上爬上滑下,一边大声地和开车的人讲话,无论驾驶位上是否真的有人。

后院的出口是道双扇门,门外的街上有时候会停着另外一辆车,是辆天蓝色的镀铬的美国车。直到现在每次我看到报废的车心里仍然会产生一种绞痛。纽津先生总是从后院的大门进出,然后在工作间里消磨时光,如果天气好的话他会把头探进那辆美国产的钢铁怪物的前盖里去。只有在周五的时候他才改走前门,而且每次都带糖果来给我们。他总是戴着帽子,在看到艾达的时候会摘下来。很多年后我才意识到这是怎样的一种礼节,以及当时发生的事情。

艾达称呼他为诺里,但我们都知道如果一定要称呼的话应该叫他纽津先生,但我们从来没这么叫过。有时候她还会叫他诺里枚,但总是在他离开之后才会这么叫。她一边把他坐过的椅子推到墙边一边这么说:"唉,诺里枚。"他每次来除了坐着盯着他所厌恶的壁纸之外什么也不做,但他身上总有一种汗味,还老爱清嗓子,你能感觉得到他是多么的渴望得到外婆。

外婆很讲究礼数。她喜欢把东西摆放在托盘上。她对于方糖和饼干在每咬一口之后应该放在哪里都有一番见解,所有这些都让你感觉极其不舒服但同时又好像备受关爱。她常在楼上的缝纫间里做裙子,有时她也在剧院里工作,所以时刻都要保持体面。这在她和那些前来家里试穿戏服的女演员之间造成了一种微妙的气氛。她们之间仿佛有什么东西在酝酿着,然而一句:算了吧!——房间里顿时充斥了心照不宣的深意。等上述的客人离开之后她会把餐具收起来,然后告诉我舞台生活虽然多姿多彩但容易让人心存苦毒。有时候她也会说一些古怪而又令人难忘的评论,例如:"在这个世界上靠陪人上床是没用的。记住我说的话,陪人上床不会帮你达到任何目的。"

虽然查理总不在家,但外婆有我们做伴,有时候剧院的一个女演员在第二天有表演的时候也会暂住在缝纫间里,睡在塑料模特和电动缝纫机的后面。至少据我所知她是睡在那里的。那些塑料模特在我的幻想里有种诡异的魔力,我从来不敢在脑海中把门打开往里瞧。

想起来了,那个女演员名叫佩吉·麦克沃爱。她和电视里的一个人订了婚。

在客厅里坐着的诺里,不是在清他的嗓子就是在吞咽,而我们则坐在一旁吃着他带来的点心或饼干。我一想起他就会联想起糖果的味道,或者他的眼镜片折射的光,还有他沉甸甸的口袋以及他耳朵里长的一个奇怪的凸起。他的双手总是平放在两个膝盖上,上身永远微微地前倾,不肯靠在后面的椅背上。现在回想起来我觉得他坐着的姿势就像一个性欲未得到满足的人——他的眼神太漫无目的,这也是我如今才发觉的。这个男人居然还有一个名叫凯瑟琳的妻子和四个孩子,虽然我们从未见过。艾达一离开客厅,他就会从椅子上站起来走过去把电视机啪的一声关掉。然后回到原位坐下盯着我们。稍后他会从口袋里拿出些小玩意来。

"这不是玩具。"

但永远都是有趣的东西。有一次是一只白田鼠——不,应该是只老鼠才对——长着红色的眼睛和粉色的尾巴,他把我的毛衣袖口掀起来让老鼠顺着我的袖子爬到我的胸前,艾达正好走进来看到尖叫了起来。

她喜欢用那种里面套着两个更小的桌子的套桌来上茶:"在套桌上铺张桌布。"她吩咐我。接着她对诺里枚左一句"查理说"右一句"查理说",一边放下托盘一边递给他一杯茶。她指的是我们的外公查理,纽津在的时候他总是不在,但是过后外公会问:"他是什么时候走的?他没从书架上拿钱吧?"

我想查理不好喝酒(尽管他有不少旧式的不良嗜好),但他除此之外什么都好。但也可以说他没有任何突出的嗜好。很难说清楚他都在忙些什么,反正就是总不在家。有时候他穿着和离开时不一样的衣服回来。

"他把她当皇后一样宠爱。"人们在葬礼后一边吃饭一边谈论他们。艾达和查理,他们之间曾有过一个故事,这一点确定无疑。两人是戏剧的主角。当她从酒店的另一边向他走来的时候,谁都看得出来他们知道彼此的相遇是前生注定的,仿佛他们之间的爱既是一副重担同时又是一种幸福。

有一次我进客厅时看到他们分别坐在沙发的两端,他把她的脚放在自己的腿上,正隔着薄薄的丝袜给她按摩。

我无法告诉你纽津是做什么工作的,但是在我的记忆里总是感觉他是一名赌注登记员,要不就是赌注登记员的文书。因为他偶尔会穿着灰色的羊绒外套,坐进一辆黑色的车,被送去赛马场。我唯一知道的是他常在后院的车库里修那辆老爷车,而你永远不知道他什么时候在那儿。我当时想——如果我当时曾想过的话——艾达之所以同意让他使用那个车库是因为她自己没有车,而当时查理已经不开车了。

第十六章

那一次他们三个人一起去看赛马。那是复活节的周一,都柏林所有的车子都列队驶向仙女屋赛马场。奥康纳大街沿线停着一长排的观光汽车,宽石区火车站每二十分钟就有一趟火车通往赛马场。

难熬的四旬斋终于结束了,圣母军的活动取得了巨大成功,妓院已经被警察扫荡过,泼了圣水,再由弗兰克·达福买下,最终关门。在一场盛大的宗教游行中,他在伯顿大街上高举十字架,接着跳上一张餐桌,然后用一把大得惊人的锤子把钉子钉在十字架上。二十个女孩子被转移到了桑科玛利亚旅馆,去接受身体和灵魂的双重净化。人人都在日夜祈祷,日复一日,他们已经彻底感到厌倦了,整个城市的忍耐已经到了极限。大家都已经蒙受了圣灰也亲吻过了十字架,自我感觉从头到脚由内至外都已经被彻彻底底地洁净过了。复活节的一大早,谢天谢地,众人在吃过、笑过、欣赏过了雏菊之后纷纷上床去做爱(已经很久没做过了,足有四十天了),然后大睡一觉。第二天早上,全体都去看赛马。

复活节周一是个尚需谨慎的时候。就在历史上的这一天基督对园中的女人说："Noli me tangere。"意思是不要摸我。因为时间还没到，还不可以触摸。

啊，诺里枚[①]。

也许艾达曾经试图抗拒过，也许她曾有片刻忘记了查理才是她托付一生的男人，因而对纽津颇为亲近。毕竟是后者率先对她发出了邀约，并且故意在弥撒之后多做停留，以便找机会约她同游。反正她左右都是要去看赛马的，因此他的邀请也算不上是真正的约会，只能算是提供顺风车。

"你说你想坐车兜风。"他一边低头看着两人之间的地面一边说。

她也把视线聚焦在同一点上，然后扬起眉毛说："我能带个朋友一起去吗？"

纽津所扮演的是情人的角色，而查理只不过充当了交通工具。艾达是精灵，是女巫，是可人，是风尘女子，是堪怜的娼妓，是可怜的孤儿，是胜算十足的赌徒，全看你如何去评判了。她带的那个女友名叫爱伦，充当了查理的女伴，她也是一名女佣。

纽津和艾达坐在那辆矛瑞斯的后座上，阳光把她衬得很美。她脸泛红晕，风中的头发蓬松飘逸，坐在她身边的纽津感觉如痴如醉，让他觉得自己什么话都可以讲——她无需听完就能了解他的意思。她不但让他有畅所欲言的愿望，还令他自我感觉良好，夜里那些痛苦的思绪和良心的挣扎，以及无论在醒时还是在梦里都会剧痛的灵魂的伤口，都统统被忘却了。

片刻的尴尬转眼即逝，早已被充满欢庆气氛的兜风之旅吹散了。他们的车子置身于来自都柏林的车海之中，斋戒结束，赛马

[①] 诺里枚，谐音就是"碰不得"。

登场。纽津感到泰然自若，而他身边的女孩则像个小动物一般的率性而又饱含诗意，所以他是安全的。和艾达在一起，他就很安全。

他们开上了纳文路，在途经吉尼斯啤酒厂的时候，查理把他并不存在的帽子抬了抬，以表示对那上等啤酒的敬意。

然后他嗷嗷欢呼。

此刻的他们很快乐，一起放声歌唱。那首歌叫什么名字来着？——对了，叫《往日的竖琴》，还有《摩伊丽岛上的天鹅》，最适合在阳光下高唱了。查理用自己优美的英式男中音盖过了所有人的歌声，他的注意力满天飞，却唯独不关注前方的道路。坐在后座的艾达只能看见他靠在前座上的肩膀，他那被风吹起的围巾向她不停地招摇，精修过的小胡子不时流露出他男性特有的干爽和洒脱。凝视了他许久的艾达不禁感到两腿中间有一种被挑逗的感觉。

但这些都只是我们的遐想，艾达应该不会有这种反应。她听纽津讲着即将开始的赛马比赛，可能的比赛结果，以及希望财政大臣最好不要插手这种活动，因为每个人的生活都需要一点刺激，这不仅仅是爱尔兰人的权利，更是所有基督徒应得的自由。

你很少能听见纽津一次讲这么多的话。艾达感觉他是那种要么一言不发要么一吐为快的男人。在那个年代，像他这样的男人是女人要"引上钩"的类型——但换句话说虽然要费点功夫，但同时又是极其容易捕获的猎物。

不知是出于怜悯还是什么，让她在那敞篷车里面率先触摸了他。也许只不过是下意识的动作罢了。她仅仅是想叫他去看，但究竟是看什么呢？难道是看塔尔博特·德马拉海德爵士和爵士夫人一路走反道吗？而他们司机的手始终就没停过按喇叭。还是要他去注意别的更安静些的事情？例如一家农场上一个草编的马儿身上顶着的广告牌，上书："有酒出售。"

要不就是她想对他刚刚发表的言论做出回应："他们已经搞得一团糟了。"意思当然是指爱尔兰自由邦政府。或者是其他更加私人的想法："我个人倒不介意雨天。"

总之，她有一种要触摸他的冲动。

她用的是怎样的动作呢？是用几根手指轻拍他的胳膊？还是把整个掌心都放在他的小臂上？也许稍后她还会用手腕揽住他的臂弯，拉着他一同走进观看台。但不论她采取的是哪一种动作，她都将感受到他的惊动。

查理走过来，一边打开一袋煮的苹果一边弯腰请她们享用。

"苹果最能让人高兴了。"[①] 说完他才想起来应该先请爱伦挑选，那位友好的双下巴的女佣。

整个下午兰姆·纽津都在照顾着艾达，查理的酸苹果让她的嘴里不断分泌唾液。他通过女男爵街的迈瑞森投注站下了几注，每注一便士，这家店的主人认识他们家更认识他。三点钟的时候他把注下在了一匹名叫"阿腊斯之骄傲"的赛马上，结果那一场是"飞毛腿百利"赢得了比赛。艾达问："那是我的马吗？是我的马吗？"纽津回答说："不，那不是。"整个下午他目睹着自己的运气一点点地溜走，"街头歌手"、"宠爱"、"戴西"的老板——谁会想到要选择这些破马？对于爱伦所选择的那匹叫"仙女屋盘子上的豌豆"的赛马，他们别无选择只能表示支持。当那匹马获

[①] 《圣经·雅歌》第二章第五节："求你们给我葡萄干增补我力，给我苹果畅快我心，因我思爱成病。"

得第二名的时候，艾达差点就不明智地脱口而出："那人说什么？什么叫几乎赢了？"纽津的最后一匹马"冰冷的火箭炮"只得了倒数第二名，所有的希望都破灭了，好在艾达终于在"诺克纳基纳"身上找回了些许运气。

真是晦气！

他们这一行人到此时为止已经被每场比赛的胜负和场次之间没完没了的等待累得筋疲力尽了。当最后一刻艾达为自己的胜利一跃而起并挥舞拳头的时候，局面瞬间明朗起来。时间暂时停止，停在半空中的艾达——双拳紧握，双脚直立，一切都定格在这胜利的一刻。等到她着陆的时候，一切已经有了定论：在场的两名男士当中，一个希望她赢，一个则希望她输。

她知道谁有怎样的心理。

艾达的马得了第一名。这不过是赛马而已——赢了也不是她的错。也许理智让她最终选择了查理，因为他是分享她快乐的那一个，而纽津却感觉自己被她的好运气给羞辱了。至少有一点毫无疑问——她已经做出了她的选择。

在回家的路上，爱伦坐在前排唱着歌；她动听的歌声在风中飘荡——《别人的唇》《大理石厅之梦》。车里的每个人都彻底地看透了彼此。他们坐着思考着事情的发展：查理赢得了艾达，纽津则失去了她。这让他们的心中思绪万千。

比如说，查理正在回忆着所有被他逼到毁灭的边缘然后又甩掉的女孩子们。他在和她们告别。这些女孩子有的热情澎湃，有的乏善可陈，有的则多愁善感。一个又一个，直到男人必须对待自己的性器如同对待一只流口水的狗一样地大叫："够了，先生！够了！"

爱伦正在想她可能永远嫁不出去了。

纽津正试图重温昨夜的梦境，那个梦已经预言了他会成为输家，在他尚未尝试之前。那是一个涉及他灵魂的梦。在梦里，他的胸膛打开了——里面住着个女性——他的身体里有一个女性——所有美好的事物都被珍藏在那里，例如爱和希望。在那里他可以找到安息的处所，他进入别人也被别人进入，一次又一次，一次又一次，让灵魂感受极乐，直到他骤然间被自己肮脏的念头所惊醒，发现自己的种子都流尽了，只能在黑暗之中，等待，那一摊狼藉慢慢地冷却。

我不知道艾达在回来的路上在想些什么，也许在心里盘算着，为什么自己要倾心于一个口袋空空的男人。但尽管如此，她还是把手伸向了查理并对他说："谢谢你送我回来。"

然后对纽津说："我今天过得很愉快。"

她双目和他对视。她知道他能看穿她的想法，但她已经不在乎了。

我不知道为什么艾达要嫁给查理，她明知道兰姆·纽津才是能满足她条件的那一个。尽管你可以说她是因为不喜欢他所以才没有嫁给他，但是这并不够。我们爱的人并不总是我们喜欢的人——不是谁都有机会选择的。也许这就是她犯错的地方。她以为她有条件选择；她以为自己如果选择了喜欢的人就一定可以幸福，也能让他们的后代幸福。她没有意识到任何决定都是有后果的。像艾达这样的女人，无论做什么决定都是错的。

第十七章

有一次，艾达带了一篮子的东西领我们坐火车去了海边。确切地说她只不过是用面包的包装纸裹了几个三明治而已。她把这些东西放进她买菜用的网兜里，乍看上去如同从BBC的电视节目里走出来的人物——身穿长裙的女子，走在乡间的小路上，尘埃和飞虫在阳光中萦绕她的发间飞舞。然而事实并不是这样的。那只是我们出游时的心境，或者说是我记忆中的感觉，艾达那天并没有穿着带泡泡袖的上衣来搭配长裙，她穿的只是一条连衣裙（差点忘记了，那次我们走得有多匆忙），带淡紫色小碎花的——如果不是因为底色是异乎寻常的黑色的话，那布料看起来真和围裙差不多了。衣领和袖口都镶着同样图案的花边，只是花朵的颜色换作了海蓝色，总算是给整条裙子增添了一点特色，不过它看起来仍然还是条普普通通的花裙子，腰间收紧，裙长过膝，布料的表面带有一层淡淡的光泽，随着她身体的动作而发出簌簌的声响。

我们一路坐在她的身边直到唐纳贝特——一个临海的地方。旅程中我们一会儿玩弄窗户上的变色革拉绳，一会儿打开车厢的门朝走廊里张望,然后再把门关上,反反复复。在经过了豪斯山进入马拉海德之后,火车开始在都柏林北郡平坦的沙地上疾驰,我们海格迪家的孩子都知道都柏林北郡是"瓜果蔬菜之乡",就如同纳文是"地毯编织"的代名词,而新桥则是"餐具和绳索"的产地一样。我们向窗外眺望,想在路过的时候看看"瓜果蔬菜之乡"是什么样子的。我们在座位上玩耍着,我想,那一刻我们是快乐的。

我们终点是圣伊达,从那里我们还要去海边。我觉得这个地名很是古怪。因为我们家里就有个孩子名叫伊达,是所有兄弟姐妹中最不讨人喜欢的一个。不过话又说回来,女孩子在胸部开始发育时都是让人讨厌的。

圣伊达是爱尔兰早期的一名修女,出于对婴儿时期的基督的爱,她祈祷上帝赐予她哺乳的天赋——于是"她就有了乳汁"。因此当我们开赴那个地方的时候,感觉好像不是去旅游,倒像是去体会一种令人费解的"哺乳的概念",尽管只有八岁的我并不懂得这其中的深意:一位母亲温柔地堵住婴儿的小嘴,或是一位微笑着等待的护士——她胸前的挂表和白色的护士服的背后似乎隐含着某种奇怪却又温馨的深意。列车咣当咣当地行驶着,正带着我们奔向一团白色。终于,到站了,在记忆中我们的确看到一片明亮无云的白色天空,在光芒的尽头是遥远的灰色的大海。

旅途中我一直紧挨着艾达坐着,把一串塑料项链从抿着的嘴唇里拉出来,然后再吞回去。那看似漫长的精彩旅程其实最多只花了四十分钟。凯蒂和我穿着不同颜色的格子布衬衫,她是粉色,我是绿色,而黎安,则像男孩子通常那样一身蓝灰色。我们随着火车的韵律兴奋地在弹簧座椅上一起蹦跳,好像舞台上的演员一般。终于,我们下车了!火车的蒸汽机发出嘶嘶的声音,我又在脑海中给艾达穿上了泡泡袖的衣服。我们通过月台的台阶进入小镇,再走过拱桥,从桥上你可以俯视纵横交错的通往罗什和勒斯科的铁轨。路边有家卖冰棒的小店,我们已经闻到了大海的气味。不过艾达还有很长的路要赶,于是我们在一个巴士站等着,直到一辆陌生人驾驶的绿色小汽车停在我们面前。我们坐上了后排座位。"你们要去医院?"司机位置上的那个男人问我们。艾达长长地呼了一口气然后回答说:"是的,去圣伊达。"那个陌生人没有再追问什么,倒是把最后那个沉重的地名留给了后排座上的我们去思考。他告诉我们他不能够一直开到门口,但是会在非常临近的地方让我们下车。显然在这个公车站上接送乘客就是他的日常工作,从他说医院两个字的口气中我推断圣伊达并不是家普通的医院。如果我们要去医院看病的话,艾达肯定直接就告诉我们了。

车的前排座位上坐着一个小女孩,五岁上下的年纪。她有一双美丽的圆眼睛,光着脚,没穿T恤,兴高采烈地坐在她爸爸的身边。当车停下来时,我们相互打量着,她一直目送我们下车,好像很想和我们一起走似的,殊不知我们更羡慕她。我感到自己好像分身成为了两个人,其中一个随着她一起坐着那辆车离开了。

剩下的那个我在这么多年后依然徘徊在接下来所走的那条路上。那是一条笔直的长长的乡间之路;路的一侧是水泥铺就的正规马路,我们就沿着这部分道路走着,一行四人,一个提着网兜的女人和三个小孩。路边有一条沟渠,沟渠之外是一片开阔的玉米地。路的另一边则是一排漂亮但残破的树和一片低洼的沼泽。距离我们不远的地方,有一栋平房盖在玉米地的中央,我们很想看看是不是有路可以通过去，不过没准那里早就被人彻底废弃了。

眼前的这条大路是八岁的我生平见过的最漫长最笔直的一条——在我们前面有一个挂着双拐的男人蹒跚地走着，他的两个肩膀轮流地支撑在两个拐杖头上，双腿奇怪地打乱着行进的节奏，不是方向相反就是慢一拍，好像拐杖只是用来做做样子的。他身材矮小但非常结实。每走一步随着一边肩膀地放下，他都会扭动同一边的手腕，在他轮换到另一边使力之前，拐杖会略微地颤抖。他就这样支撑、扭动、颤抖、前进，再支撑、再扭动、再颤抖、再前进。我实在看不出他的腿有什么残疾，只不过他的步伐是缓慢的，要走的路却是漫长的。他就这样支撑、扭动、颤抖、前进。我们原本可以追得上他的，但是这条路实在太长了，而艾达不时地被我们中的一个拖后腿，兴奋的心情和长途的跋涉开始让我猜想这个挂拐的男人一定还有其他的残疾，但除非我们超到他前面去，否则不得而知，也许他有一张变形的脸和我们暂时还无法看到的表情。我们离他越来越近但还不足以追上，对于一个拖着两条坏腿的人而言，他每一步所能跨越的距离是惊人的。即便如此，如果不是因为凯蒂脱离了队伍跑到了一边去的话，如果不是因为艾达不时地换手来提网兜而拖慢了速度的话，我们早就应该赶上他了，看来艾达的网兜里装着的不只是几个鸡蛋三明治，一定还有别的东西。里面还有一些小的包裹，包得那么认真显然不是为我们野餐准备的。她用的是那种旧式的女性的包装方法，用彩纸和透明胶带裹着，其中一个从形状上看很像是一盒晚八点牌薄荷巧克力。另一个形状古怪，说不上是什么东西。艾达把这些包裹又分别用塑料袋包好之后才放进网兜里，每个上面都用圆珠笔写着名字。看来她是要先去医院看什么人，然后我们才能去海滩。

其实这一切我早就知道了——我们是要去看我的布伦顿舅舅，只不过八岁的我还没意识到舅舅就是艾达的儿子，我也不很清楚儿子的概念。但我从一开始就知道我们要先去那个不是普通医院的地方看望布伦顿舅舅，然后才会去海边玩。

黎安尤其显得既活跃又孤独，他想到路的另一侧去看看那片沼泽里有什么，但是艾达不许他这么做，他必须和大家一起走，因为我们此行是有目的的，更何况如果他因为走在另一边而被车子碾得支离破碎的话，让艾达怎么和我们的妈妈交代呢？如果不提起母亲还好，一提起反而更糟了，因为正像我从未把黎安视为哥哥一样，母亲也从未把他视为儿子。等我再抬起头来的时候，拄拐的男人已经不见了，而我们也已经错过了通向玉米地里的房子的道路，倘若真的有路的话。那栋小屋就如同金色波浪上的小船一般在我们的身后漂浮着，远远望去船舷之下的部分都被玉米遮住了。

我对医院没有什么记忆，因此我猜想，艾达并没有带我们进去。院内的空地上有一个手球场，她把我们留在了那里等候，于是我们就在两堵水泥墙之间玩耍。球场后面的高地上有一座圆塔，和我们习字本的封面上画的那种爱尔兰式的圆塔很像，塔的旁边是一个巨大的石罐，可能足有一百英尺高，是一座水塔。两座建筑从小山坡上俯视着下面，像一个胖女人和一个瘦男人站在一起，共同远眺着大海。山脚下就是大海。

明亮的白色天空之下波涛汹涌。我们本想跑到海边去，但是艾达命令我们不许离开，所以我们只好待在手球场上玩，百无聊赖，不过我们倒是很喜欢那场地的形状和待在里面的感觉；一堵垂直的后墙两边还各有一堵围墙，好像切掉了一边的鞋盒子。一边是圆塔和水塔,另一边则是红色的砖墙。我们没有去注意看那堵墙,也不去看那些没有栏杆的脏兮兮的窗户,因为里面关的都是疯子,我们不想考虑如果疯子们看到孩子的话会有什么反应——也许会想吃掉我们,我猜他们会用嘴吸我们的耳朵,想着想着就胆怯起来——我们决定在疯子观众的面前扮演乖孩子的角色。终于艾达拎着半空的网兜回来了,看到我们还在那里,她的脸上露出了颇为满意的表情。

她招呼我们说:"来吧。"我们没有告诉她我们刚刚看到一个疯子从海边的小路走上来,动作迟缓而又呆傻,身上很脏,看起来很吓人,他一边蹒跚地走过一边直勾勾地盯着我们看。

接下来,我们肯定是去了海边。艾达还带我们进了一家酒吧去喝红色的柠檬水。那间酒吧的房顶是黑色的,上面横着写着白色的大字。我们大概是在医院门口搭上了回火车站的巴士,再坐火车回了家。

第十八章

从那以后,黎安就开始害怕黑夜,凯蒂原本是和我一起睡在双人床上的,但黎安会在闭灯之后挤进我们两个中间,用胳膊肘和小声的敦促把凯蒂赶去睡他的床。穿着睡衣的凯蒂看起来很有维多利亚时代的气质,她肌肤雪白,睡着的她脸庞看起来更加丰满,头发凌乱地垂下来。我几乎有点舍不得她走,很怀念那旁边的枕头上传来的让人安定的平稳的呼吸声,然而现在上面被黎安的头所取代了。他眨着大大的眼睛,双手在被子下面搅动着想为自己扩充出一个空间来。他一刻都不安稳。一会儿向下离开枕头然后抬头看我,一会儿往上蹿把头靠近床头,要么不停地辗转反侧,要么就突然间一动不动,好像被惊呆了似的——他一会儿说窗户上有张脸,一会儿说都柏林的地下正酝酿着一座火山,不然就是担心自己如果掉进某个洞里就会被蝇卵塞满嘴巴。他兴致勃勃地给我描述着,尽管他说的每一件事都是如此的可怕,但那些夜晚还是给我留下了美好的记忆,我们时常聊到天明。那时的他身材应该比我矮小,他总是会滚到我睡的这边,让我不得不叫醒他再把他推开。

我们都聊了些什么呢？我真希望我还记得。当我们都十几岁的时候，每次分开，我们都会给彼此写调侃和"搞笑"的信件，例如他去盖尔特科特①的那年夏天，还有我去法国做交换学生的那一次。

十四岁的那一年，他从基尔多②写信来说："我们在海滩上坐得屁股都麻了，又喝不到伏特加，这里人称之为'不特卡'。比利·多彬因为讲英语被遣送回家了，所以麦克和我发明出一种听起来像爱尔兰语的英语，太好笑了，但就是听不大懂，就像这样，伊竹德改天伊塞试一下（你应该改天自己试一下）。"

我们两个人中他最健谈，这我倒不介意。我多希望我还记得他都说过什么，但是我对黎安的记忆里缺少对话。我们从来不在屋里或者酒吧饭店这类地方交谈，更不会坐在椅子上一本正经地讲话。我们就像兄妹之间通常说话的方式那样，互相不看，或者一起坐在地板上，背靠着同一面墙抽烟，或者一边看着从我们面前经过的人群，一边漫不经心地讲着话，心里都在想着别的事情。我们通常在黑暗之中聊天，用各种各样的坐姿：有时候在艾达的双人床上并排而卧，有一两次我们在家里头挨脚地躺着，或是在他位于伦敦斯多克纽灵顿区的出租房里把两张床推到同一个角落里再摆成九十度角。我时常见到他嘴边被香烟污染的黄色烟渍——然后看着一道红色的火星从他的手指尖飞了出去，在黑暗中划出一道弧线。这让我感觉有点眩晕，因为我总有一种要纵身去接住烟头的冲动，虽然我从来都没真的做过。我素来怕火。夏

---

① 盖尔特科特，爱尔兰讲传统爱尔兰语的区域。

② 基尔多，也是讲爱尔兰语的一个地方。

天的时候,我们常常聊到太阳升起——但我对谈话的内容却一点也想不起来了。我会突然间把一个名字抛进空气中,例如"琼·阿玛特雷丁"①,虽然我知道我们根本不可能谈论她。我们常常会提到我们的家人,尽管这类的话题有可能会涉及隐私。但除此之外我们还能说些什么呢?——难道要我们讨论量子力学?

　　那一年我们真是无话不谈,可是当我拖着行李走下他公寓的楼梯时,我知道我们以后再也没有机会像那样聊天了。

　　那是我第二次暑假去伦敦。黎安刚刚错过了期末考试,我正在大象堡②做兼职好为大学的最后一年攒钱。他刚找到一个三层的公寓住,那里好像是没有人管理的地方。他的起居室里有一股呛人的怪味,像是聚氯乙烯、尿液和沙丁鱼混在一起的味道;后来我才知道这气味源于一个无论插上什么东西都会崩出火花然而却能烧毁任何电器的墙上插座。白色的塑料外壳上还留着黑色烧焦的痕迹。如果你跪在地上往里瞧或者嗅一嗅的话,地毯就会在你裤子的膝盖上留下两圈水渍。我已经记不得那里床单的样子,只记得每个房间里,每张床上,每个房客都过着穷苦人的性生活,身体在发黑的床单上留下艺术家一般狂放的褶皱。住在那里的人都很年轻,所以我想大家都很美丽,尽管那个戴着渔网手套的愁眉苦脸的女孩有点惹人讨厌,还有那个澳大利亚男孩总是一边为失去古铜色的肤色而喋喋不休,一边又拒绝出去晒太阳。每当我闭上眼睛,他们每一个人的模样就会浮现在我眼前,个个都极度的可爱。当那里的一个女孩子穿上吉卜赛风格的衣服时,她雪白

---

① 琼·阿玛特雷丁,英国黑人摇滚女歌手。
② 大象堡,伦敦的一个地区。

小巧的肩膀上下抖动着；还有一个男孩子，爱在厨房光着上身，他的胸肌线条分明，金色而浓密的毛发从肚脐一直消失在活泼的澳式短裤里。这些人只是形式上的艺术家，和我一样都不过是过客而已，但他们既不疯狂也不大喊大叫，更不会对人拳脚相向，他们也不会在午夜把自己的粪便放在口袋里抛出窗外去，因为他们都暂时忘记了自己身在何处。公寓里还有一个毒贩子，但是很少有毒品留在身边，要不就是没人想过要卖给我——这也许和我金色的头发和消瘦的面庞有关，这在当时就已经令人觉得我不属于他们的圈子了。也没有几个人想要和我上床，但是有一天晚上我和那个澳大利亚人搞在了一起，但也仅仅是为了证明我们还具备这个能力。

我常常回想起那次发生的事情——例如我是什么时候下定决心要走过去"做那件事"的——那一幕在我的记忆中如同是某部电影中的镜头：在午后的光线里，两个肢体在纠缠，四肢缓慢地弯曲，唇舌在探寻。尽管我很确定地记得我的版本发生在有烛光的黑暗之中，在醉于廉价的葡萄酒之后，地点是杂草丛生的后花园里。在整件事情发生的过程中我都有一种置身事外的感觉——我在半空中居高临下地注视着我们，我的年轻的身体和他的年轻的身体，各种姿势和各种动作，身体和灵魂都在契合。我们的动作美妙，有如情色电影那样，更带着一种友好，仿佛是在共舞，我自我感觉和舞者没有分别，除了当我拥抱那个澳大利亚人的时候心里有一丝焦虑想要让眼前的情景再延续得久一点。

我们把微笑当作握手告别了彼此，我回到自己的床上躺下。那种看到谁就和谁上床的混乱和自由的感觉在我的身上延续了一天，或者两天，直到我突然发现自己已经爱上了那个澳大利亚人。

我因此而变得懒惰和寡言。我整日一动不动地躺在床上，聆听整栋房子里的声响，过客的脚步、交谈和耳语，想要从这纷繁起伏的声音里过滤出他单调的声音来。我同时也意识到了自己其实并不爱他，只是为了惩罚自己而让自己陷入这种无休止的虚假的紧张里去，我只有爱上每一个和我上过床的男人才能消除对自己的厌恶，我突然再也不能忍受这栋房子里的肮脏了，那些潮湿和霉斑、为了丢失的麦片而发生的争吵、黎安和我之间的疏远、戴渔网手套的女孩、隔壁房间里传来的模糊的怒吼，还有住在地下室的像在给他一个人开的妓院里享受着口交的毒贩子，以及楼梯上那个总能看到的发抖的女孩。

我依然躺在那里，盖着无数人用过的被单，等待那个澳大利亚人来敲门，等待天气转好；等待某种意外的刺激来让我的生命延续下去。现在想来，当时的我接近于迷失——尽管，眼前的我不见得已经找回了自己，但至少我相信如果我的生命就停滞在当时，我会迷失得更加无可挽回。

那房间名义上是属于黎安的，所以在我什么都不吃，什么都不想，只在深夜里才起来活动的那两三天里，我唯一注意观察的东西就是他的床，和我的床成直角摆放着；黄色的羊毛毯子上有一条宽宽的粉色条纹。黎安总是神秘地不知去向；这也许是生活在艾达家所留下的后遗症之一，他之所以需要一个家就是为了让自己可以离开它。我不知道我为什么并不在乎他这么做：因为我显然嫉妒他的这种自由，但是我想当时的我已经意识到，无论他去哪里，都只会比他刚刚离开的地方更加糟糕更加可怕。黎安比我更容易感到无聊和堕落，但他的漫不经心和不安现状又让他无法成为彻头彻尾的悲剧。

我想说斯多克纽灵顿这地方不适合中产阶级的我——这里的事情总是在变化——但这样说又不完全正确。比如说，当我对着墙壁闭上双眼的时候，我期待在重新睁开的瞬间看到一切都消失，就是那样：包括壁纸上的棕红色的花样、翠绿色的墙围，还有光秃秃的地板上那块剪切粗糙的小地毯。

我希望再度睁开双眼的时候，整间房间都统统消失，或者已经被拆除，屋子里空无一物，所有的房客都死掉，并让那个英俊又无聊的澳大利亚人化成灰（那个家伙名叫格莱哥）。我希望黎安从毯子下面钻出来对我说："天啊，小薇，走，我们喝杯咖啡去，我们回家去吧！"

尽管我知道黎安不会回到任何一张属于他的床上或者家里去，不是这里，不是我们在格丽菲斯道的家，哪里都不是，无论那张床是否已经为他铺好。

他常和人发生争执——但在斯多克纽灵顿我第一次为了这个生他的气。房租出了问题——他声称已经把装有房租的信封从门缝塞了进去，那是一个白色的信封，长长的，房主的名字是用红色的笔写的。当黎安描绘这些细节的时候，我就知道他在说谎，而且看得出来连他自己都开始相信这是真相了；一说起红笔他仿佛真的觉得自己确实用过那支笔并且还记得用它写字的过程。这些毫无意义的争执引发了更多的麻烦和怨气：黎安被一再地从一个公寓或者另一个公寓里，在凌晨四点钟或者下午两点钟被赶出来，他喊叫着："他妈的，别这么做。"

他从来不和我发火，因为我是他的妹妹，我永远都站在他这一边。

但他一定觉得我和那个澳大利亚人之间的事情非常无聊，当我一动不动地躺在床上的时候我很清楚这一点,在那三天里我失去了记忆。终于,我爬了起来,收拾起我的东西,然后带着行李下了楼。

虽然是三天没有离开房间,但我肯定还是偶尔要出去喝水或者上厕所什么的。那间公寓里的门有个问题,就是总有房客喜欢锁门,所以门常常被人撞开。在我的记忆中,通向我房间的门,总是关不严,上面的缝隙一直折磨着床上的我,因为每次我睁开双眼,一切都没有改变。

我要走了,让黎安独自去面对那门的缝隙吧,或者门外的一切。无聊也好可怕也好。死亡就像强奸犯一样,闯进来四处逡巡,不肯说出它来的目的直到伸出魔爪的一刻。我多希望能想起来是什么令我决定爬起来收拾行李走人,最好是远方传来小鸟的歌唱,或者是召唤我回家去的呼喊,但是唯一可能会呼唤我的人只有黎安而他总是不在。我的行李箱是空军蓝的;硬硬的,边缘光滑。它原本属于我的大学同学迪尔翠·莫洛妮,她的母亲居然在她毕业考试前三个月把她从家里撵了出去。从那以后她就过上了一种可爱的轻装生活,类似于行李箱和步行靴这样的东西随时都备着。我带着这个类似于空姐用的那种小箱子走下楼梯,里面也像空姐那样装满了脏衣服和挤光了的杀精剂,在衣物的层层包裹之下还藏着一瓶哗哗作响但已经所剩不多的杜松子酒。

叮叮咣咣,箱子在楼梯上跌跌撞撞。

黎安不知又在哪里(和这里相似或者更糟的地方),无论他在哪里,他都不会得到太多的性,或者毒品,也不会和什么人进行太多或深刻或零散的对话。他只是那种流连不去的类型,总是不愿离开的人。他更不能让人依赖,因为他是个废人。"米克",认识他的人这样叫他。澳大利亚人会喊他:"唔喂,米克。"牙买加人会用他们绵软的口音对他说:"嘿咦,爱尔兰人!"

另外,我还想冲个澡。我想像个女孩子那样地生活。我不要没有感情的性爱。我想要在学业上取得好成绩。我想,人生必定是有出路的——这点我深信不疑——只不过黎安已经离开了那条路,而我不打算为了寻找他也一起偏离,这次我不会。

第十九章

这不是我第一次离开哥哥,也绝不是最后一次。在他后来酗酒的岁月里,我每次都在他到来的时候离去。但即便是在他依赖酒精之前,我也有很多次不得不无奈地转身走开。

我和他之间的矛盾从来都不是因为什么大不了的事情。黎安的问题都是由各种细微的小事所引发的。例如,他要抽烟却没有火柴,问我有火柴没有?给了他,但是一擦火柴就断了,要不就是无论如何都点不着,他诅咒着这些阿尔巴尼亚产的垃圾。那么有打火机吗?妈的,火柴撒了一地,为什么你不带打火机呢?他跑去找打火机,在厨房里翻遍了所有的抽屉。他冲出去买,连门都不关。

二十分钟后他从前门进来,手里拿着从街上捡来的打火机——其实就是在家门口发现的——遗憾的是已经进了水了。他点着炉灶,要借点火点烟,却又不小心烫到了手,他在水龙头下冲了一会儿冷水又去壁橱里想找一个烤盘,结果随手就把打火机——那个廉价的塑料的东西——留在了炉子上。当我为此对着他大叫的时候,他也和我对着吼,接着我们在炉子前大吵一架。

接下来是一个小时的冷战，他怪我不相信他能在炉子上把打火机烤干而不至于把房子也点着。沉默过后争论又会爆发。

黎安天资聪颖。

只可惜他人已经死了。

所以我应该说，黎安生前天资聪颖。

话又说回来，对于一个大多数时候都愚蠢得鲁莽的人来说，我哥哥有时候却很机灵。他总是在看待别人的人生方面很敏锐，他能够看穿他们的弱点、愿望和他们给自己编造的每天活下去的理由。这些都是黎安的才华所在——揭露别人的谎言。

酗酒让他变得敏锐，但即使是在清醒的时候，我发誓，他也能嗅出正在酝酿中的事情。当汤姆的父亲去世的时候，黎安除了和他谈论尸体的腐烂之外什么都没做。我看到汤姆当时看着他的表情一片空白，而黎安却在大谈如今尸体需要更久的时间才会腐化，因为人类体内充满了化学品和防腐剂。问题是，我甚至不确定我告诉过他我公公的死讯，而他居然自己看出来了。黎安可以做到让你目瞪口呆，但是你又很难说清楚究竟是他的哪一点让你感觉如此的不舒服。

"他为什么要讲那些事情？"在黎安走后，汤姆问我，装作完全没听明白的样子——因为黎安最擅长的就是暗暗搅乱你的心神。我想他自己也控制不了自己。他的思想就像传染病一样，能传染给别人。

接下来他就会想要喝酒。

"尖锐湿疣。"他语带戏谑地当着客厅里所有人的面，用自觉十分诙谐的语言讲述了人们如何据此查出了汉普斯戴德皇家自由医院里一系列的不光彩的丑闻。"我们称之为自由牌湿疣。"他接着又开起了废水排泄室的玩笑，吓坏了在场的律师的妻子们。他还提到医院里所有处于深度昏迷状态中的病人都遭到了强奸，她们有些人醒来的时候头发上还粘着精液，嘿！黎安！你的故事真让人兴奋，有你解闷真好！

　　清醒时候的他会错过巴士和忘记约定，丢东西甚至偷东西。在黎安看来那算不上是真正的偷窃——他觉得这是一个让他费解的问题，因为他就是想不明白为什么你有的东西他没有，唯一的解决途径只能是顺手牵羊，无论那东西是多么的不值得偷。有时他偷的是钱，毫无疑问从我这里，或许他也从凯蒂那儿拿，尽管我和她永远不可能谈起这种事；但有时候他偷的则是一些奇怪的东西。一九八九年他把我厨房墙上的电话拿走了，尽管我当时正租着房子住——没准正是因为这个原因。更愚蠢的是，从爱尔兰偷来的电话没法连接英国的电话线。黎安，当然能"找到某人"给他改装电话，但实际上那台电话一直就躺在他的床头柜上，永远没机会连接上任何线路。我只知道在后来的半年里，我每次给他打电话都没有人接听，不管是爱尔兰人还是英国人，什么声响都没有。我也知道他之所以拿走了我的电话是因为他预感到自己要消失上好一阵子，因此想在离开之前把属于我的一样东西带在身边。他想和我保持联系。

　　于是，我离开了他，他也离开了我。兄妹之间还能是怎样的结局？我们第一次开始疏远是在我们就读宽石区的圣迪波纳学校的时候。他走一个门，我走另外一个门，尽管我们晚上仍然睡在一张床上，但白天里他是男孩子，我是女孩子，他不想学校里的人看见他和我讲话。所以这又是谁的错呢？

　　一九六七年那年，我的身高开始超过了黎安，从那以后一直如此。除了那次巴士车库的冒险，之后在宽石区就没有什么故事再发生。我们在街上闲逛，两个头发蓬乱的孩子，瞪着同样冰蓝色的眼睛，其中一个头发金黄身材修长，也就是我——就是从那个时候开始，我对自己的头发产生了不满，因为它总是粘成一缕一缕的又不太干净，并且我的身体还开始出现了青春期的征兆。我把自己的脸埋在楼上的水池里，想体验一下自杀是什么感觉，我还会用艾达的缝衣针把自己的指甲钉在一起，黎安则在一旁玩弄着艾达的香烟。但我想这些应该是发生在后来。当春天降临的时候，我们惊讶地发现还是没有人来接我们回家。

本以为我们的寄居仅限于一个暑假。前一天街上还到处都是孩子，第二天他们就都不见了，于是我们意识到，我和黎安还有凯蒂已经被学校排除在外了。我们被丢弃了。我们沿街走过一栋栋因寂静而让人觉得可亲的房子。我们似乎去哪里都可以，但我们更想回到外婆的家里坐一会儿。

我们偶尔会听到关于如何处置我们的只字片语。例如艾达会和某个邻居在家门口聊到我们——你在圣迪波纳学校有认识的人吗？终于艾达带着我和凯蒂去会见了一个肯收留我们的修女。班妮蒂克特修女是一个黑眼睛的热情女人，亲吻我们的时候很是用力，还把我们的面颊轮番地贴在她的胸前，一边爱抚着我们一边和艾达说话，我们静静地聆听着她震耳欲聋的嗓音和轰鸣的心跳。

我向下看的时候，她的玫瑰念珠吸引了我的注意，它一直垂到地面，紧挨着她裸露的脚趾，散落在她僧袍下的寺院式的凉鞋上。

她放开我，在我面前蹲下来，用自己的一双大手捧住我的脸，手甚至盖住了我的耳朵，导致我只能通过她身体里的共鸣听到她夸我是个美丽的孩子,她们的学校非常非常欢迎我的到来。我会在她的班上,她告诉我,我会成为上帝的一名小战士——这就是和班妮蒂克特修女在一起的日子所留给我的记忆,我们总是在大踏步,所有的课桌都排成一排;耶稣住在我们的心里,玛利亚站在他身后看顾着我们,还有指引天使在一旁守护;上帝掌管万有,圣灵从我们头发分叉的地方钻进去,用安全的火舌在我们里面燃烧着。我们不能给魔鬼留有任何的余地,它总是潜伏在人左肩上,正好在你视线无法到达的地方。

我最喜欢班妮蒂克特修女的地方就是她的名字。她说是她自己取的,为了缅怀一个在沙漠里受乌鸦喂养的僧侣,因为在她小时候吃的面包里有灰色的霉点和虫子。学校的名字来自迪波纳的故事,她是爱尔兰古时候的一位公主,她拒绝嫁给自己的父亲。当她的母亲也就是皇后死去之后,迪波纳的父亲找遍了全国都找不到一个新娘。这时他的注意力就落在了自己的女儿身上。迪波纳和聆听她忏悔的神父一起逃到了比利时,在那里她的国王父亲追上了她并把她的头砍掉了。多么精彩的故事啊!圣迪波纳真是疯子的保护神,班妮蒂克特修女这样说,因为她的父亲一定是个疯子才会想要娶自己的女儿。当然。

而我自己的名字,薇罗妮卡——我一直认为这是个极其难听的名字,听起来不是像某种药膏就是像某种疾病——却是班妮蒂克特修女最喜欢的名字之一。圣薇罗妮卡在去骷髅地的路上曾为耶稣擦拭过面容,从此她的手巾上就留下了耶稣的脸庞,确切地说是他的脸谱。她说这是人类历史上第一张照片。

我从此开始喜欢上了这个人物——一个从人群中勇敢走出来的女人,恭敬又不失温柔。至今,每次当中餐馆的服务生或者还保有传统服务内容的航班乘务人员奉上湿毛巾的时候我都会想起她来。我们已经丧失了在公共环境下的那种关怀，这些容易被人忽略的擦拭和清洁；我们已经忘记了自己的身体是多么的渴望被认真地触摸。我知道自己的命运一定是以某种奇妙的方式和圣女薇罗妮卡相连的。也许我将成为一个摄影师。也许有一天我也会从人群中走出来然后再走回去——什么都没做。我本以为自己长大了会从事某种擦拭的职业，也许擦的是血液，也许是眼泪什么的。

我把薇罗妮卡圣女和那个福音里血漏的妇人搞混了，就是耶稣说"有人摸我①"时所指的那个，后来又把这个妇人和耶稣复活时吩咐说的"Noli me tangere②"那一个弄混了，那是发生在复活之后。不要摸我。

为什么不可以？

为什么她不可以摸他？多马摸过耶稣，主甚至允许多马把手

---

① 《圣经·路加福音》第八章第四十三至四十八节中记载耶稣去的时候，众人拥挤他。有一个女人，患了十二年的血漏，在医生手里花尽了她一切养生的钱财，并没有一人能医好她。她来到耶稣背后，摸他的衣裳繸子，血漏立刻就止住了。耶稣说："摸我的是谁？"众人都不承认。彼得和同行的人都说："夫子，众人拥拥挤挤紧靠着你。（有古卷在此有"你还问摸我的是谁吗？"）"耶稣说："总有人摸我，因我觉得有能力从我身上出去。"那女人知道不能隐藏，就战战兢兢地来俯伏在耶稣脚前，把摸他的缘故和怎样立刻得好了，当着众人都说出来。耶稣对她说："女儿，你的信救了你，平平安安地去吧！"

② 《圣经·约翰福音》第二十章第十六至十七节中记载耶稣在复活之后对前来寻找他尸体的抹大拉的马利亚说："马利亚！"马利亚就转过来，用希伯来话对他说："拉波尼（"拉波尼"就是"夫子"的意思）！"耶稣说："不要摸我，因我还没有升上去见我的父。你往我弟兄那里去，告诉他们说：我要升上去见我的父，也是你们的父；见我的神，也是你们的神。"

探进他的钉痕里去①。对于八岁的我来说,这些事情很重要。

有一段时间,我会拿自己的伤口和伤疤来做实验,每次看到白色的卫生纸上沾染的鲜红血迹我都会很惊奇,但我没有用艾达的毛巾。小孩子不知道疼痛的意义,他们喜欢拿痛苦做实验,你差不多可以说他们没有感觉,或者不知道如何感觉,直到他们长大成人的时候。即便是到了那时候,在我看来我们也总是为错误的理由而伤痛。至少在我的生命中是如此。

但我不是薇罗妮卡。尽管我活到现在也做过不少擦拭的工作,我的确会被陷入痛苦的人尤其是男人所吸引,例如我不幸的丈夫,我不幸的哥哥,不幸的纽津先生。很遗憾地说,幸福的男人对我没有吸引力。

在一个漫长的下午我用艾达缝纫包里的针在我自己的大腿上尝试针灸,体验针穿透脂肪、肌肉,到软骨再到骨骼所需要的深度——也许那个部位有肌腱——我对自己的内部构造不感兴趣。我对医生、部位和软骨也没有兴趣——让我陷入全身麻醉吧,现在就给我,在事情还没有发展到不可挽回之前。记得有一天晚上我和麦克·维斯在一起,我用一支圆珠笔对着自己的大腿内侧猛扎,然后又用他的厨刀沿着没扎破的地方游走。我记得那刀锋的冰冷。

---

① 《圣经·约翰福音》第二十章第二十四至二十九节中记载那十二个门徒中,有称为低土马的多马。耶稣来的时候,他没有和他们同在。那些门徒就对他说:"我们已经看见主了。"多马却说:"我非看见他手上的钉痕,用指头探入那钉痕,又用手探入他的肋旁,我总不信。"过了八日,门徒又在屋里,多马也和他们同在。门都关了。耶稣来站在当中说:"愿你们平安!"就对多马说:"伸过你的指头来,摸("摸"原文作"看")我的手;伸出你的手来,探入我的肋旁。不要疑惑,总要信。"多马说:"我的主,我的神!"耶稣对他说:"你因看见了我才信;那没有看见就信的,有福了。"

过了一会儿。

过了一会儿，遥远的世界开始慢慢地渗透出来，在伤口的边缘结出细小的珠子来，浓浓的红色，汇集在一起形成更大的水滴，然后慢慢地从伤口的嘴唇里淌下，丰满的大滴大滴的。整个世界随着血液一起恢复了知觉，那个麦克·维斯所在的世界或者至少是他的声音来自的世界回来了，求求你，求求你，快他妈的住手吧！

他的语气中带着那般的厌恶，彻头彻尾的厌恶。你现在满意了吗？那个善良的温柔的麦克·维斯这样说。

燕麦、奶油、沙黄、灰蓝。

这里没有血迹。这栋房子里没有血迹，但你可以说，我依然还有残余的兴趣。我对耶稣流血的脸庞还有残余的兴趣，以及那个也许真的存在过的女人，她的名字绝不可能叫薇罗妮卡，那个曾把耶稣脸上的血迹连同部分的痛楚都抹去了的女人。

我已经不再参加礼拜了，也从不鼓励我的孩子们去，但是八岁的丽贝卡正处在虔诚的阶段，也许还想要说服我。这些八岁的孩子们——成熟得那么快。他们仿佛已经成年了似的。当然你自己的孩子总是看起来更真实，因为他们是你孕育的，但即使是陌生人的孩子到了八岁的年纪看起来也像是成人一般，我八岁的女儿仿佛已经意识到了这一点，决定用自己全新的成熟的面孔去敬拜上帝。

黎安喜欢锡耶纳的圣凯瑟琳，那位抚平创伤的圣女。他也喜欢那三个名字滑稽的罗马圣徒，他们显然因为被倒过来灌满了牛奶和芥末而死去。在我的记忆里，凯蒂对这样的事情一点儿没有感到难受。

第二十章

写到这里，我停下来向窗外望去，想要确认坐在门口的萨博跑车里的那个人还在不在。他总是在那里（永远是个男性），一个萎靡的身形，但细看之下又会发现那不是什么人而只是车座上的头靠。尽管我知道实情，但我还是忍不住被他塞满棉絮的空洞的脸庞所吸引，不知道为什么他会如此的有耐心。他的目光永远在凝视着仪表盘，像贪恋听收音机的男人似的不肯进屋里来，带着男性的孤独和固执。那个住在我车里的尸体，我的车祸替身，从来不肯进屋来。他在等待收音机播报足球比赛的结果。

其实我并不想让他进来，但这并不意味着我就乐意让他留在我的车里，他总是突然间和我说起话来，谈什么耐心和忍耐的力量。也许人和人之间并不存在真正的关心——不过都是虚伪——其实他们只对体育有兴趣。

我可以选择和他待在一起或者上楼去和我的丈夫睡觉。

长夜漫漫。

我陷入了恐惧之中。葬礼之后，为了重新让我复活，汤姆让我平躺在床上然后开始亲吻并抚摸我的全身。不过我已经完全都忘了，我恢复正常了。我又回到了照看女儿们的忙碌中去，又开始打电话跟家长联络，聊为人父母的共同话题，例如约定时间让孩子们一起玩，到哪里可以买到丽贝卡的爱尔兰舞鞋等等。我的生活很可悲，但总归是照常过下去了——有美食，新鲜的空气，足够的葡萄酒可以让我大醉之后上床睡觉去。然而紧接着我就变了。

变成了现在的样子——凌晨四点钟我会准时醒来。我在一种缓慢、平稳的尖叫和震动中醒来。发生了什么事？他和别的女人做爱吗？不，那不是我素来在四点钟醒来的理由，对我而言，平常的原因更痛苦，历史也更久远。

我感觉不到自己躺在床上的重量。我丧失了皮肤接触被单的触觉。我让身体部分在床垫外悬空着，我的呼吸和翻转让我怀疑自己存在的真实性——我也无法相信躺在我身边的汤姆：他还活着吗？（有时候我醒来会发现他已经死了，然后才真正地醒来）。他真的爱我吗？我们拥有共同的回忆吗？他静静地躺在那里，独自一人，而我的信心正在慢慢消失。他平躺着睡着。有一天的早上，也是在四点钟，我醒来发现他平躺着的身体上竖起了一个深色的肿胀——一个即将腐烂的紫色的东西。汤姆四肢张开，好像死去的圣徒一般，或者说像个孩子。总之，他的睡态很美，手掌摊开着，很放松地放在身体的两侧，眼角的笑容有些牵强，似乎在睡梦中看到的东西虽然转瞬即逝，却真实而又可爱。我观察了他一会儿——只为了看他而醒来是不是有点傻傻的——虽然眼前的景象已经在我梦中出现过多次，但我不能亲身去验证它的真实性；那个又沉重又紫胀的东西已经成了他的负担。他躺在那里，背紧紧贴着床好让自己能够承担那重负，这让人难以忍受的东西，摆脱不了所以只能被它摆布，他只能负重而睡。的确让人无奈，但想必他正做着愉悦的梦吧?

我又翻了一个身,用被单把自己包裹起来,等待着那个和我丈夫在梦里交欢的动物渐渐远去。那个动物也许就是我。

但也没准不是我。没准是玛丽莲·梦露——活着的或者死了的。还有可能是那种滑滑的塑料娃娃或者他公司里的女同事,也有可能是个孩子——他自己的女儿,为什么不可能呢?有些男人在梦里什么事都做得出来,反而是醒着的时候才有所顾忌。我不知道他们的原则是什么。

第二十一章

　　接下来是另外一件事。它发生在艾达在宽石区的家里,在我们离开那里很多年、很多年以后。纽津的生活出了问题,所以艾达想要安慰他一下。确切地说,他过得非常糟糕,尽管他什么都没对她说,但艾达能够从他身上嗅出异常的气息。虽然他的背影依然挺拔,但身体的其他部位全都萎靡不振。她知道肉体的衰老,连同人生的失望,已经超过了纽津所能承受的范围。

　　她不敢说自己承受得比他好。

　　当她把茶递给他的时候,手意外地抖了一下。他静静地接过并放下杯子。当天的茶点是那种上面盖着粉色的棉花糖并撒上了白色的椰子末的饼干。艾达本意是想借这茶点缓解一下气氛,但实在是和此时的情景不相称。尽管知道纽津心情不好,但艾达并没打算轻易去安慰他。兰姆·纽津的妻子名叫凯瑟琳,他们共同孕育了四个健康的孩子,所以他没有理由不满足。他希望艾达能同情他的痛苦,然而同情正是她最不愿意给他的东西。纽津的痛苦,不过就是因为娶了并非至爱的女人并和她生下了四个他完全搞不懂的孩子,或是发现自己到了这般年纪还是庸庸碌碌而且以后也将继续平凡下去的失望之情。他要她同情他的幸福生活，因为他并不属于这种生活；同情他是自己家里的局外人，同情他娶了个让他发疯的妻子，还有四个吸血鬼一般榨干他全部精力的孩子。此时在他眼前的这个女人，已经老到让他失去了和她上床的兴趣，这个有幸获得了他的真爱却不肯爱他的女人，虽然她本该爱他的。

查理这时又在哪里呢？可能又是在忙某条狗的事情吧！

于是艾达只得自己吃掉点心，一块接一块地，同时眼睛四处打量，确认所有的物品都按部就班地摆放着。外面的天气不知道转好没有，还没看过的报纸依然还放在椅子的扶手上。那一年她四十七岁，纽津五十一岁。以当时的标准衡量,他们都已经很老了。

纽津坐在艾达的客厅里自怨自艾着。艾达的反应和平时没什么两样：她用手指去沾饼干屑，再放进嘴里。凭什么别的男人都可以忍受的痛苦他就承受不了？虽然他坚持认为自己比他们更痛苦。她开始让他厌烦了。

或许他根本没有听到她在说什么，又或许他虽然听到了但无意做出回答。总之，他们之间的空气中好像出现了一个断层或者是裂缝，不过艾达打算听之任之。她站起来开始收拾托盘，一边问纽津各种不相干的事情，然后停下来等待他的回答，例如关于春季展览会[①]或者沙龙港[②]的海滩的问题。看着纽津试图回答却又说不出话的模样，她走了过去，把手放在了他的肩膀上。

仅此而已。

---

① 春季展览会，每年五月在皇家都柏林协会举办的商品展。

② 沙龙港，爱尔兰的度假胜地。

她把手放在他的肩膀上，而他则以一种多年的旧相识之间的方式抬起头并把手放在她的胯骨上。他们就以这样的姿势待了一会儿，然后艾达弯腰拿起托盘，离开了房间。

另一种可能发生的情节是：托盘跌落在地，艾达的上衣被纽津撕开，他们半个身子在地上半个身子在椅子上。在等待经年之后，终于见到了梦寐以求的身体他会是如何的激动呢？他们都不习惯赤身裸体；因为他们都没有见过多少裸体，不像现代人只需坐在夏日的海滩上就可以饱览无数肉体。当五十一岁的他去亲近她的乳房时，它们还依然美丽吗？他无法评断，她也不能：艾达那小巧的乳房和上扬的乳头，都无法从年龄和审美的角度去评价，也没有任何标准可循。凭力气将对方的身体暴露在日光之下所带给他们的震惊，不亚于撞车带给现代人的刺激。接下来所发生的事是缓慢、坚决而又混乱的。当他的下身紧贴着她的下身的时候，他的性器所碰到的——是她的大腿吗？还是私处？还是小腹？他是否想到该让她躺下？他们是否也会像现代人那样先征求对方的同意——不过那都只是形式罢了——也许对他们二人来说一切都是顺其自然？她是顺从的一方，无需挑逗，无需帮助，无需强迫，当纽津在艾达·梅丽曼的体内或者体外宣泄自己的时候，事情就这么完成了。接下来他们会各自无声地整理自己的衣装——会是这样吗？他们会不会很快就把这件事抛在脑后呢？因为这种事情很难说清楚究竟是谁先主动的，谁都做了什么，在什么时候做的。除了偶尔，在他们等待过马路的时候，或者在钥匙插进锁孔的刹那间，可能会回想起手心和乳房那轻微的颤抖，还有唇舌纠缠的感觉。让他们停下自己的脚步，更不想睁开眼睛以免被日光惊醒正在重温的梦境？

发动这种突然袭击一定很让人痛快，当他掀起她的裙子并向上挺进的时候，她的那个部位以当时的岁月标准来衡量，实在已经很老了。不管怎样，我还是愿意在幻想中让他们做更多的事情。艾达生过三个孩子，纽津则有四个，尽管他们有可能会把这种肉体的行为想象成是发生在别人的身上（换了我母亲可能会这样想），但我认为艾达或者纽津绝没有那么单纯。

一切回到现实，两人之间的对话出现了僵局。纽津突然间无话可说。艾达忙着摆弄托盘，接着把手放在他肩上，他则把手放在她的胯上，此时命运把两条路摆在了他们面前。要么都保持不动，要么都把手收回来。他们又回到了年轻的时候；回到了她面对两个男人而只能选择其一的时候，一旦选择了就再无回头之路。

他们其实知道，那一刻早就已经结束了——到了这个年纪，是不是命中注定已经没有意义了。摆在他们面前的哪里是什么分叉路口，不过就是临时停车的边路罢了。他们做或不做都无关紧要。一切已经成为定局；无论是过去还是未来都不可更改了。纽津以前是、将来也会继续地爱慕和渴望艾达，而艾达也还是会选择查理，无论她是否爱他——如果说她曾经爱过谁的话。爱与不爱的问题对于四十七的艾达来说很难回答，纽津用放在她胯骨上的那只手在向她提问：你可曾爱过谁？是你吊儿郎当的丈夫？还是你的子女们？还是你自己？还是你那等于没有过的双亲？

其实知道了又能怎样？艾达爱人的方式不过就是把人喂饱和保持整洁，这也是爱的形式之一。况且这个拥有一妻四子的男人已经从她身上讨得了这种爱，但他还是不满足。有人说女人会恃宠而骄——艾达一时间没有识破这句假话。她一度以为这话是对的（或许真的如此），她从未爱过任何人。她一生孤独，要改变已经晚了。

等他们终于想要有所行动的时候，一切已经来不及了。艾达的爱被试探证明乃是虚空的，纽津的爱也是平凡的——在这一点上他们达成了共识。任何东西都无法带给他们安慰，包括她放在纽津肩上的手，和把她拉到地板上的他的手。他从椅子上滑下来扑倒在她的身上，艾达扭过脸去好让他把头放在自己的肩上，她扬起头的姿态很像一个殉道者。他们就这样按部就班地做着，直到她准备好了，躺在她自己家的地板上，等待着他。

我想知道当他进入她的时候，还发生了哪些事情。也许他们突然间陷入了爱情，或者是陷入了痛苦，还有其他可能吗？

两人很享受这一段时间。

犹如山崩地裂：上帝的神像被扔进火炉里摔个粉碎，历史像艾达掉在烙铁上的丝袜一般被毁得面目全非。

赌注书记员和妓女上了床（我差点忘了她是个妓女），我们越来越接近真相，马上就能知道实情了——这个男人的书记员本性遇到了这个女人的妓女本性——随着纽津进入艾达我们也进到了本质里去，原来她也同样渴望。这样做就够了吗？为了证明自己的判断，他难道不需要更进一步吗？

我可以用我手中的笔任意地去写他们；迫使他们承受各式各样的煎熬、愉悦、迷惘、痛楚和释放。我也可以用最无礼的方式把他们扭曲和重塑，但我无心这样做，因为这些关起门来所做的事情是如此的索然无味，这些不道德的行为也不过是性欲的产物。

仅仅是性而已。

我真想从自己的肉体里挣脱出来。也许这就是为什么人们总在探讨性爱应该是发生在同性还是异性之间，那种体液应该被排放在什么地方,诸如此类幼稚的争论和虚弱的讽刺:他们只是想借此找到一种可以脱离这肉体的方式(要知道——我更喜欢像鱼一般游走,突如其来地出现在你面前,但尾巴一甩就消失得无影无踪),因为人能做爱的部位和方式是有限的。我可以想象纽津用他邪恶的手指撕开艾达小腹,探进她的腹腔,小心地取出她的肺和内脏——"啊!"艾达痛呼着,空气正从她的身体里被挤出去——他紧紧地抓住了她粉红色的肺。

"啊!"

我无法再想象出更多他们可能会做的事情或者已经做过的事情,一切又回到这一幕:她把手放在他的肩膀上,而他则以一种多年的旧相识之间的方式抬起头并把手放在她的胯骨上。他们就以这样的姿势待了一会儿,然后艾达弯腰拿起托盘,离开了房间。

第二十二章

我多希望我不知道黎安是怎么死的。这辈子有那么多的事情我都忘记了,为什么唯独忘不了这些琐碎的细节呢?例如,我不记得自己十八岁和二十一岁的生日都是如何度过的,大多数的新年我也都忘记了,只记得其中的两年,黎安在八九岁和十二岁的时候都是什么模样我也记不清了,但我永远也忘不了在布莱顿的那个好心人告诉我的关于他们从海里打捞上来的那具尸体的三个细节。

第一件就是黎安死时穿着一件短款的黄色荧光夹克,类似于火车轨道工人或者骑自行车的人身上穿的那种。

第二件是他衣服口袋里装了很多石头。

第三件是他牛仔裤下没有穿内裤,皮鞋里也没有穿袜子。

布莱顿的潮汐是汹涌而广阔的。他之所以穿上那样的衣服是为了让人看到他走进水里,也为了让事后他的尸体更容易被找到。黎安,这个平时连划根火柴都搞不定的人,这一次,居然把自己的死安排得井井有条。

那些石头就是证据。

让我痛哭的是他连内裤都没穿。黎安尽管颓废，但是很爱干净，即便是住在各种污秽的地方，也总还有自来水，他也总能找到最近的洗衣店。他爱用一种老式的粉红色香皂，有股化工厂的味道——我不知道那牌子叫什么。我曾经在超市里闻遍了所有的香皂只为了找到他爱用的那种，结果却买回了一种没有香味的他无论如何都不肯用的牌子。他只用某一种特定的洗发水来洗头，也会用漱口水来保健牙齿。他还会用抗真菌的爽身粉扑满全身，甚至要求在厕所里备上湿巾。他还用牙线，并把止汗露涂得像刷浆一样厚。

黎安一定是嫌内裤不干净所以脱了，他也一定是嫌袜子脏了才没有穿。当海水灌进他的鞋子的时候，他也许正在想如何让自己变得更干净。

当我写下这三件事情的时候：外套，石头和我哥哥的裸体，我知道自己应该面对现实。该是停止虚无缥缈地杜撰和白日做梦的时候了。我必须停止浪漫的想象，开始真实地讲述发生在艾达家里的事情，也就是我八岁，黎安刚刚九岁那年所发生的事情。

让我们再度回到艾达家的客厅。那扇漆成白色的大门已经开始发黄。屋内粉色的壁纸也蒙上了一层灰尘。厅里有一张破旧的长沙发和两个硬邦邦的单人沙发，艾达在深色的沙发罩上摆满了各式各样的靠垫，挂在墙上相框里装的不是图画而是签过名的剧照。由于这间屋子直接挨着大街，因此除了象牙色的百叶窗之外还多加了一层蕾丝的窗帘，从天棚一直垂到地面，最里面一层是如剧院幕布一般的大红色的内衬。窗户是你走进来第一眼会注意到的东西，把屋里的其他摆设都比了下去，只有壁炉上面的镜子折射出些许光亮。客厅的门紧挨着大门,是朝里开的,所以你必须走进来之后才能看见谁在里面:有时候查理会在沙发上打瞌睡——偶尔还穿着睡衣——或者看到艾达背靠着窗坐在单人沙发上借着日光读报纸。如果是周五的话,有可能会看到纽津先生坐在另外一个沙发上,如果他在的话艾达就会在厨房里准备饼干。

有时候他来的时候她根本不出现。你也不知道她在哪里。艾达是个很有个性的女人,不会让我们总缠着她,因为她总是有事情可忙。艾达喜欢喝茶,你倒是可以趁她喝茶的时候和她讲话。但是在其余的时间里,我们和其他孩子一样,会妨碍到她。

我总爱从一个房间走到另一个房间,究竟是在找寻什么还是在回避什么,自己也说不清楚。

"你在做什么?"艾达会问我,"你在做什么?"

整栋屋子里弥漫着一种乏味,让我无处可逃。无论是在角落里,还是去车库的路上,或者是在狭小的后院里,枯燥都潜伏在那里。那一天,我又一次被乏味驱赶着,从楼梯漫游到厨房,再到前厅,直到连那里我也厌烦了,所以决定去客厅看看。

在我打开门的那一瞬间,眼前所看到的场景十分古怪。纽津先生的阴茎,从他的裤裆里支出来,好像突然间长大了很多,以至于在顶端开出一朵巨大的如假包换的男孩形状的花朵,而那个男孩正是我的哥哥黎安。我很快意识到,他既不是纽津男性器官的延长体,也不是什么摆放在纽津面前的奇怪事物,而仅仅是一个九岁的被吓了一跳的小男孩(他当然是被我的骤然出现给吓到了),至于那被我误以为是男性器官的部位其实只不过是黎安的手臂罢了,在他和纽津先生之间架成了一座血肉的桥梁。他的手埋在纽津的裤子里,紧紧攥着的拳头好像抓着什么隐藏的东西。

他们并非一对在胯部相连的连体人,而是我认识的两个独立的人,一个是纽津先生,一个是黎安。

我想要回想黎安当时的样子,可是回忆兄长童年时的长相是件很难的事情。虽然我肯定这件事情确实发生过,但我无法担保自己脑海中的画面是完全真实的——我指的是纽津先生和他的阴茎延长体,以及一个男孩和一个男人所组成的连体人。画面的光线太过昏黄,又掺杂了太多长长的阴影。我看到纽津先生的身体微微地向后靠着,双手稳稳地放在两膝上。我觉得这可能是个失真的记忆,因为我总要在脑海里排除重重的障碍才能抵达这段往事。也许是因为这段往事太过不堪。纽津先生靠在椅子上坐着,下巴上的肥肉堆积在脖子上,仰起的脸上写着的究竟是满足还是痛苦。他看上去很像一个正在享受着足疗的老农夫。

我不知道为什么他的愉悦是那房间里最令我憎恶的东西。那种隐藏着的虚伪。他看上去仿佛正在身体里酝酿着一个极臭的屁,又像是刚刚获知了一个非常可怕但又荒唐至极的消息。他鄙视这种愉悦,却又无法拒绝,那矛盾的神情简直让人无法忍受。

长大以后的我曾经和类似他的男人们上过床——他们总是装模作样直到再也装不下去了,然后又假惺惺地后悔,好像刚刚做了什么见不得人的事似的,仿佛他们所享受的快感都是别人发起的偷袭似的,让你觉得这一切都是你的错,你必须为此道歉。

我说是男人们但其实只有一个,就是我的丈夫汤姆。当我们在一起的时候,偶尔他就会是这副表情,想放开我却又舍不得,倘若太享受了又会自我嫌弃。他会突然质问我:"你为什么看我?"或者在和某个朋友吃饭的时候语带讽刺地谈论性高潮或者我是怎样地缺乏高潮,但实际上并不是这样的——至少我认为自己并不缺乏高潮——后来我才意识到，他真正想要得到的东西，正是我不肯给予他的东西，他想要看到我被他征服的样子。这就是他欲望的本质，接近于仇恨，这二者有时候是一样的东西。

"我欠你什么呢？"我大喊，"我已经爱你了，还有什么对不起你的呢？"这个问题在他看来愚蠢得无法形容。

我知道男人并不都像汤姆这样。这世界上有成千上万个像麦克·维斯这样的男人，带着他们的孩子去上音乐课，过着美国老电影式的幸福生活。电影里的男人总是很有男人风范，心思也都单纯。我相信这样的男人是真实存在的，我甚至还认识过几个，只不过我没有爱上他们当中的任何一个，虽然我曾努力过。因为我只对受苦的男人感兴趣，而他们也同样对我着迷。他们喜欢看我坐在高档的意大利家具上，更爱看我流泪的模样。

我知道这听起来有点荒谬，但做爱是不会要了女人命的。想杀死女人男人必须用刀子、绳索、锤子，还有枪等武器。用丝袜也可以勒死她们，但你就是无法用你的性器来做凶器。因此这一切不过就是一场又一场我恨你、我爱你、我恨你的游戏——对于杀人与被杀的幻想，至少我是这样理解的。当我和汤姆翻身各自睡去的时候，只能意味着当天的游戏暂时告一段落了。

当然黎安自身的欲求也不能忽略。他自有他的爱和恨，只不过他在我的那段记忆里始终是和平时一样的表情，苍白而又空洞，黑色的长睫毛之下依旧是那对瞪得大大的清澈湛蓝的眼睛。

他被吓坏了。

在我搞明白眼前的一幕之前，我心里曾想过，原来这就是秘密。男人藏在裤子里的原来就是这个——当他们生气的时候就会这样，那个东西会长出一个可怜的小男孩来。

我记得那天很冷。我仿佛能感觉到肌肤上的寒意，忍不住开始打冷战。那天艾达的客厅里弥漫着一股湿冷的气息，还有股消毒水的味道，从那以后我只要一闻到那种气味就会联想起不幸的事情。我时常会想起当纽津发现我站在门口时的眼神。黎安的手停住了（我肯定在此之前它是在移动的），纽津从他的享受中抬起头来，注意到了突然发生的变故。起初他还在等着黎安的手继续活动下去，甚至想象着它还在移动，一下，两下，直到他的意识被明显的中断唤醒了，才睁开眼睛发现原来是因为我站在那里。

"你到底走不走？"他对我说。这时黎安把他的手从纽津的裤裆里抽了出来，我突然觉得我好像坏了所有人的好事。

写到这里我停了下来，拿手捂住了脸，然后用我女性的舌头舔了舔我厚厚的掌心，接着做了个深呼吸。我感到一种奇怪的舒适和存在的祥和。在那一天以及在后来很多日子里，我都在黎安的眼神中发现一种巨大的阴影——而当纽津看到那个穿着校服握着门把手的小女孩的时候，他的表情却只是普通人会有的那种不耐烦。

"你到底走不走？"

我走了。我关上门跑到楼上的洗手间里，感觉有种小便的冲动，我看着尿流出来就伸手去沾、去挠、去抓，然后再去闻自己手指上的味道。至少，我猜想八岁的我可能会这么做，但实际上，我可能仅仅是打开了水龙头看着水流淌，或者是用手指滑过浴室玻璃上的突起，漫不经心地走来走去，看着马桶里和浴缸里的水旋转着流走，让人眩晕。

每当我看着我的女儿时心里就会想，八岁的孩子其实什么都明白了，只不过真相常常被隐藏起来了，盖上了封印，唯有解剖自己才能找到。

第二十三章

我近来养成了夜里开车的嗜好。第一次这么做是因为受了那个车座孤魂的召唤——我用眼角的余光看到了他,起初我还以为他已经走了,但很快就发现原来他正趴在副驾驶前面的手套箱上,耐心得像个落魄的靠退休金过活的老人,生怕自己会大小便失禁。我这才想起来之前为了把爱米丽的自行车放到后排座上,所以把副驾驶的靠背放倒了,事后却忘记了将它复位。孤魂正在受苦。我看了下时间:清晨三点半。待到三点四十五分,他仍然被困着。等到四点钟的时候,他已经放弃了所有的挣扎,无助地趴着。距离黎明还有半个小时,我从冰箱里拿了一瓶白葡萄酒,冲动之下又拿了车钥匙。就这样,我拎着酒杯、酒瓶和开瓶器朝我的车座孤魂走去,屋外正下着雨。

我打开副驾驶的车门,扳动了车座边上把手,车座应声弹回,震惊而又释然。他紧盯着正前方看了好一会儿。他依旧是个废人,我的车座孤魂,像传统漫画中的传统机器人。我上了车。车座是冰冷的。我开了葡萄酒,倒了一杯,顺手把酒瓶放在了路边上,然后关上了车门。我放松地坐在椅子上,品尝着清凉的液体,非常满足。大雨把我和外面的世界隔开了。

在接下来的一个多星期里,我又故技重施了好几次。我离开家,跑到车里喝酒去。在不下雨的时候,一个人走在夜色中会让我感到呼吸有些困难,此刻的街区是如此的不设防;平日里各自疯狂的邻里们,此刻都一个个沉浸在梦乡里。这一刻没有什么事情是重要的。七号门那家坐轮椅的孩子,以及门口写着"禁止停车"的十号门,还有住在四号的我那事业有成的丈夫,每个人都在各自做着自己平凡的梦。

我把车发动起来,好能把空调打开,广播的音量被我调得很低。想要开车的欲望极为强烈,但我的酒杯说什么都不肯安稳地留在杯架上。我已经疯了,我是个疯狂的主妇——我把车开上了路,一边喝酒,一边绕着我们的街区转。我很想把空空的酒杯抛进某家的前院里去,虽然我并不会真的那么做。我停下车,把酒杯放在地上,和马路对面的酒瓶遥相呼应,我开着车从它们之间穿过——朝城里去了。

在去市中心的路上,我陷入了一种完全的恐惧之中——我不时地回头查看后座上是否有人。这条路是我从未走过的,我只是想朝着大海的方向开过去。我依靠在方向盘上,一遇到红灯就骤然刹车。

我撞上了路中间一个安全岛的边缘,振荡倒让我清醒了,我发现我和我的车正沿着都柏林湾的弯路,向北行驶。环山的旅程让我感到很舒服,仿佛正行驶在海滩上,有潮汐来和我争夺脚下的土地。在山顶的一个停车场里,我停了下来,坐着,等待有人来结束我的生命。

情况开始有些失控,虽然我不会一走几天,但我会等大家都睡了之后出去。我这样做了三五次,每次回过神来的时候不是发现自己在苏格罗夫山背后的街上,就是正沿着齐尔代尔的撑柱墙奔驰着。开车本是件合法的事情,但我却有种犯罪感,像我这样开着萨博跑车的家庭主妇,本不该抛下睡梦中的子女,置她们的安危于不顾。

我知道自己一直在逃避着一个地方,直到有一天晚上,我却故意把车子开向了那里,我制服了车子自身的抵抗,来到了外婆的家。

这条街道十分的狭窄,那房子也小得好似玩具小屋一般。我们怎么可能在这儿住过?这里太小了!没过多一会儿,我已经到了宪法山,一堵矮墙和一尊灰色的圣母雕像伫立在灰色的圆形底座上。这并不是我记忆中的堡垒,那个曾经停着一排排巴士的地方。巴士站是在山下。我朝着河边的方向往下开,在我的左边出现了我们当年被抓住偷蜡烛的教堂。门外的牌子上写着:方济各会堂[①]。当年那个可怖的神父不可能是来自那里的,因为行乞修道士通常是很和气的人,喜欢在冬天里赤脚穿凉鞋。不过也说不准。谁能担保行乞修道士里没有那样糟糕的人呢?

我又开回到宽石区,停在了通向湖边的小门前,下了车。就是这里,这就是从前黎安撒尿的地方——但我这时才发现这里并没有什么铁丝网,而是旧式的围栏。除此之外,这里什么都没有改变。一切照旧,水没变,小径没变,这就是往事发生的地方。

我回到车上,没开车灯直奔艾达的房子。我停在看到的第一

[①] 方济各会,天主教托钵修会之一,一译法兰西斯派,是拉丁语小兄弟会的意思,因其会士着灰色会服,故又称灰衣修士。

149

个空位上,然后静静地坐了十五分钟,或者是二十分钟,在脑海里闪过了许多急迫而又可怖的记忆之后,我才突然发现自己找错了地方,门牌号是没错却不是我要的那条街。

汤姆给我开的门。他用鼻子吸了吸我外套上新鲜的空气然后转过身去。

"孩子们去哪儿了?"我问。

"你去哪儿了?"他反问。

"哈哈!"我开始大笑。我一边笑一边把手提袋放在桌子上,然后脱下外套挂在楼梯下面。他已经把孩子们送去上学了,又折回来等着见我。从他皱着眉头的表情我猜想他可能会揍我一拳。

"你就为这个没去上班?"我问他。

"你去哪里了?"他问我,我很想对他说我出去了,就像他常常出去一样。工作、忙碌、追求成功——甚至还有鬼混。我真想用一种扬扬自得的口吻对他说:"我出去和人鬼混去了。"但我不愿意去想我那爱上了黑暗的身体是怎样的苍白。我把手轻柔地放在他衬衫的前襟上,动作无比优雅,然后看着自己的手缓慢而又轻易地移到他的皮带扣上,我用另一只手解开它,一面推开他又一面把他拉近我,我开始给我的丈夫口交,就在我们的厨房里,在孩子上学的日子。

我想,这种感觉是真实的,是千真万确的。

尽管事实上我并不能百分之百地确定。待我们结束之后,汤姆在我的额头中央印下了一个干干的颇有深意的吻。他无法装作自己刚刚被利用了——毕竟他才享受了他最喜欢的服侍——但是他同时也清楚自己的确是被利用了。这让他愤怒。

"我真不知道你到底想要怎样。"他说。一个典型的商人的口吻。

在他走了以后,我上楼去躺在了爱米丽的床上。我躺了一会儿又坐起来,把被子掀开了再次躺下。我无法描述女儿的香味,因为她就像是你用了多年的香水,已经和你融为一体了。

虽然我闻不到任何味道,但当我想象她就躺在我身边的时候,我知道她的香气就在那里。我想用手去抚摸女儿精致的背脊一直到她可爱娇小的臀部。我想要确认一切都非常正常,检查她的骨骼外面是否包裹着健康的肌肉。我想要找我的骨中骨肉中肉,那个用无公害猪肉灌制的香肠和不含糖的糖豆养大的小生命,我想把她身体的每一个部分都挤压重塑。我想完成我对她的制造,好让她能刀枪不入。

第二十四章

我从布莱顿坐火车到伦敦。我和凯蒂约好在盖特威克机场[①]的一个酒吧里碰面,从那里再一同搭乘飞机回爱尔兰。这个酒吧的环境很能以假乱真,用的是和寻常酒吧没有两样的啤酒杯和烟灰缸,但所有的桌子却都是微型的,为的是腾出空间来供乘客放他们的行李车和背包等等。有些男士趴在桌上呼呼大睡,旁边放着啤酒,胡须未刮,很憔悴的模样。这酒吧其实是个冒牌货,只不过就是在大厅一角用不同颜色的地板区分出来的一小片区域而已,连门都没有。我在一堆堆肮脏的行李和滞留的旅客中艰难地穿行,总算找到了凯蒂——我的小妹妹样子没太大变化,只不过老了许多。我指着她桌上的一堆空酒杯,问她:"都是你喝的吗?"

"别他妈的开玩笑了!"她回答我说。

"问问而已。"

"我只喝了两杯,其余的都不是,你满意了?"

"再来一杯吗?"

[①] 盖特威克机场,伦敦几个机场之一。

"好的，谢谢您，再给我来一杯。"

我刚想朝吧台跋涉过去，突然听见她从背后叫了一声："哎，兔子。"这是很小的时候她对我的昵称。我回过头去抱她，但只是上半身转了回去，下半身并没有移动，她想站起来接受我的拥抱，但大腿却被卡在了小木桌的下面。她的头发摸起来像是假的，可能是因为染过又喷了太多的发胶，硬得一碰就会碎似的。乍一看，她依然和从前一样披着美丽的黑色卷发，可是她的脸庞却让我看到了她崩溃的内心，迷人的蓝眸、俏皮的双颊、自信的笑容——如花栗鼠一般可爱的凯尔特姑娘——已经像蜡烛一样燃尽了，只留下一层皮还包裹着骨头。骨头，又是骨头。

"你好吗？"我问她。

"这还用问吗？"

"当然要问。"

"我很好。"

"你喝什么？"

"金汤尼酒，多谢关心。"

"我猜得没错。"

"你猜对了。"

我大概有很多年没有在酒吧里点过酒了。那个酒保一直对我不理不睬。我真想对他大吼，告诉他我已经是成年人了而且我也付得起钱。我还想说："我刚刚得知我哥哥的死讯，所以你必须先为我服务！"然而，那又怎么样呢？有些人甚至已经二十年没见过他们的兄弟了。

我给凯蒂和我各点了一杯金汤尼酒。

"英格兰人给得太少。"她举起酒杯摇了摇，当我是个傻瓜似的。

　　凯蒂总爱没完没了地讲她小时候挨打的遭遇，却不提她自己是多么的讨人厌。明明是她自己没事找打，就难怪总能如愿以偿了。如果只是被我和黎安教训一下还好，因为我们至少在心里是疼爱她的，但如果遇上了莫西这个神经病的话就另当别论了，莫西专爱取笑和激怒凯蒂，然后看她像秀兰·登波似的发疯。六七岁时的凯蒂发起脾气来可是惊天动地，她会气到身体僵硬的程度，让怒火喷射到屋子里的每一处角落，然后再把怒火吸回自己的身体，下一秒钟就会变成一只喷火的魔兽，表情极其夸张；她的拳头会如雨点一般地捶打莫西的胸膛。这样做简直就是自讨苦吃，因为把莫西惹火了可不是好玩的。我和黎安即便是打她也不过是逗逗她而已，但莫西绝不会有丝毫的手软。

　　现在回想起来，我当然觉得愧疚，我是个不赞同暴力的人，但每当她表现得像个目中无人的小泼妇的时候，我心里除了觉得好笑之外确有一种想动拳脚的冲动。回想当年她那自以为是的甩头的模样，真让我希望时光还能够倒流。

　　我向她微微地举起酒杯，说了一声："干杯。"

　　从我们登上飞机的那一刻起她就开始哭，整整哭了一路，流了成吨的眼泪。从无声落泪到唉声叹气，再到大声抽噎，然后再回到无声地落泪，周而复始。在我听起来她固然是在伤心难过但也有顺便练习哭泣的嫌疑。在我眺望窗外的时候，空姐友善地建议她在咖啡里加点白兰地，然后为此收了她五镑大钞。

　　"您还好吗？您感觉好些了吗？"

　　坐在她另一边的男士已经知道了她悲痛的原因，正在猜想我究竟是陪伴她的社工，还是押送她的狱警，否则为什么我不握着她的手去安慰她。我和他一样在奇怪为什么我没有那样做，我低头望着下面的爱尔兰海，想要告诉他："我和她在一个房间里合住了二十年，还想怎样？我已经受得够够的了！"

黎安的鬼魂，与此同时，就坐在我们过道对面的前一排座位上。他脸上那种慵懒而又邪恶的表情让我意识到当他抛下我们走进大海的时候心里是多么的了无牵挂。当他回头看我的时候，我能感觉到他那充满诡异和死亡的目光在我的脸颊上所留下的感觉。我知道他心里在对我说什么。

真相。死人不要别的东西。这是他们唯一要求的东西。

如果不是我头抬得太快，他可能还在那里。

兰贝岛①上有一栋白色的大房子——佐治亚风格的，看上去就知道价值连城。我第一次见到那栋房子应该是在我们和艾达去探视疯了的布伦顿舅舅那一次，从海边上望见的。我突然想到会不会是氯普马嗪②和精神病院里的恶劣环境杀死了他。他究竟受了多少年的苦才死去，也许他临死前都不知道自己是谁。

我沿着海岸线找寻着海滩的踪迹，还有当年的那座桥和港湾，最后再把视线转回到海岬——终于，我看到了：那像铅笔一样的圆塔，粗得像花瓶似的水塔，和旁边一群被树木围绕的建筑。可我才刚看到一眼，它们就从我的视线里又消失了，飞机正在转弯，眼前的景象被换成了天空。

---

① 兰贝岛，距都柏林不远的海域上的一个小岛。

② 氯普马嗪，治疗精神病的药物。

"布伦顿舅舅后来怎么样了？"我试图盖过飞机的噪音大声地问凯蒂。

"你说的是布伦顿舅舅？"

"对，就是他。"

"为什么突然问起他来？"

我们的飞机正在打开它的小腹，把里面的轮子拿出来，然后伸直固定，最后用后腿先着地。

"他死了。"凯蒂说，语气平和。

"哦。"

"我很喜欢他。"

"是吗？"

我原本确信自己从未见过舅舅，但突然间我又觉得他好像曾经出席过母亲家里的圣诞晚餐。他有着与众不同的双下巴，鼻孔红红的，还有他的眼神——看上去疲惫又郁闷，仿佛精神失常是一件乏味的工作，就像圣诞节一样。在我的记忆中他戴了一顶橘红色的纸帽子，颤抖的手里握着一杯白兰地，但事实上在黎安偷偷带酒回来之前，家里从来没有过任何酒，更没有什么纸帽子。

我们的眼眸可从布伦顿舅舅那儿找到根源：来自外公和我父亲的双重遗传，共同赋予了我们酒鬼一般的没有一丝杂质的海蓝色的双眸，纯粹如烈酒；我们的眼神通常都很漫不经心，或者说总是心不在焉，只有当遇到值得我们关注的人时才会"点亮"，绽放出我们全部的蓝色。

我倒是继承了艾达的眼睛，一种被爱尔兰人称作"丽尔色"的类似灰的颜色，通常用来形容海水或者某种石头墙壁的颜色。和我拥有同样眼眸的还有爱丽丝、埃佛和米芝。我们都算不上是纯正的有魅力的海格迪家的人，而是一种衍生物种，是入侵了格丽菲斯道四号的费尔伯格人[①]。

我们还继承了布伦顿舅舅的数学天赋——其实也不过就是擅长记忆电话号码或者能在超市里指出收银女孩子算错账的这类小聪明。据我们所知，家里没有一个具备布伦顿舅舅那样的天赋——他才是真正的数学天才。我们总是被告知这个世界不配拥有像舅舅这样的人才。

除了住在秘鲁山林里的恩奈斯特会借着烛光阅读有关弦论的书籍之外，我们海格迪家其余的这些孩子也就只有那点儿小聪明——不比别人多挣钱也不比别人少挣钱，平时爱讲些俏皮话罢了。当飞机降落的时候，我在想舅舅在圣伊达的生活不但毫无浪漫可言，反而是一种长期的煎熬，眼睁睁地看着自己小便失禁，只在偶尔清醒的时刻才知道自己在想什么。

"我知道我在想什么了！"记忆中那个疯狂的男人一边敲着椅子的木头扶手一边叫喊着。"我终于知道我在想什么了！"身边经过的护士对他说："太好了。"

机场的候机大厅从我们眼前滑过，看上去如同一幅图画中的建筑，让整个降落的过程宛如戏剧，透着虚假的意味，让人一时间无法分辨哪些是现实。布伦顿舅舅仿佛还没有死，或者说还不能算是彻底地死了。正在接近飞机的通道、扶梯和行李车让人觉得很陌生，它们似乎还没有被爱尔兰的文化所接纳。我从停车场把我的萨博开出来，在走到转盘的时候，本该朝南走的，结果我却沿着机场大道一路向北开去。

[①] 费尔伯格人，爱尔兰青铜时代的居民。

那个地方其实距离机场只有几英里远。那座桥依旧在那里，还有纵横交错的铁轨，开往北方去。突然，我脑海中的地图变得模糊起来，一条分岔路口出现在了我面前。正当我要放弃的时候突然又回到了那条我熟悉的路上——还和当年一样笔直而又漫长。水泥路在左边，右边是一排歪歪扭扭的树木，再旁边依然是一条沟渠，直通向低洼的沼泽，一片片水洼中间是星罗棋布的绿地。

树冠之上是与大海相接的白色的天空。

就是这里了。记忆中的景象和眼前的景象完全重合。我尽可能放慢了车速试图与回忆保持同步，无奈车还是走得太快了。

"你还记得这条路吗？"我问凯蒂。

"什么路？"

"这条路。"

"这条路怎么了？"

往事已经被她吞噬掉了一半。她还没来得及思考我的半生已经过去了。

我们已经开过了玉米地里的那间小平房，在秋天矮矮的日头下它看上去犹如一捆玉米秸秆。

"还记得那个拄双拐的男人吗？"

我本以为这会勾起她的兴致，然而她只说了一声："嗯。"

"我们在这条路上遇到的那个人，还记得吗？"

"在这里吗？"凯蒂说，"不对，不是在这里。"

她话音刚落，我踩了一下刹车，然后右转进了医院。

我们前方仿佛突然就弥漫起了一片大雾，雾气的尽头就是回忆。我换到二挡，上身伏在方向盘上。我们先经过一排看护人员住的房子，也许院长也住在这儿，接下来才是医院，就是那栋维多利亚红砖砌成的房子，大的像座小城。

门上的牌子写着"残疾人之家"。我感到一阵释然，看来疯子们已经不在了，他们都已经入土为安了。这里再也没有疯子了，只剩下他们残留在房间里的皮屑——也许是被人抓掉的，也许是被人砍掉的，还有可能是他们自己脱落的——不计其数的皮屑，此时都静静地隐藏在地板下面，没人在意。

我们又经过了一个有座大烟囱的院子和一间低矮的锅炉房，全部是用夸张的工业红砖垒成的。锅炉房的玻璃窗户是很少见的圆形，上面用大卫之星①分隔成几块。

"上帝啊。"沉思中的凯蒂叫了一声，一旁的我正在想医院是否靠焚烧精神病人的尸体来供暖。

我在手球场上停了下来，但没有熄火，注视着那座圆塔和它后面的水塔。我不敢把车彻底停稳，也不敢下车去呼吸这疯人院里的空气，因为那一排排的门窗正盯着我们看。我慢慢地开向海边的小屋，粗大的轮胎在鹅卵石的小径上发出吱吱的噪音。我来了个一百八十度大转弯，掉头开走了。

出了医院的大门，我一鼓作气开到了海边。那片公共的可供游泳的海滩。咸咸的海水总是能够让我恢复理智。汹涌的浪涛，鱼跃其中，海床怎能承载那么多负担却毫无怨言？

岸边有几间小屋，一个孩子骑着自行车，毫不掩饰地好奇地打量着我们。路的尽头是一个转弯，通向一段灰色的墙围出一小

---

① 大卫之星，六角星。

块空地。在那片空地上——真的很小——矗立着一个凯尔特式的十字架,我走下车去看,发现上面刻着:

一九二二　　一九八九

本着爱心

请为安葬在这片墓地里的

圣伊达医院

的患者们祈祷

愿他们得享安息。

就只有这么一个十字架——貌似立了还没有多久——在一条小路的尽头。两排花楸树还在树苗的阶段,还要多年才能长成大树。既没有路标,也没有个人的墓碑。我不知道曾有多少病人的骸骨被抛在这里,后来选中这块地的人恐怕不知道这里早就已经掩埋了无数的尸体,这片土地就是白骨铺就的。

我回头无助地看着副驾驶座位上的凯蒂。

有种感觉扯住了我的大腿,让我无法脱身。像风一样,先是裹住了我,接着又钻进了我的衣服,侵入了我的肌肤,让我的每一根毛发都竖立起来,甚至舔上了我的嘴唇。但紧接着,它就消失了。

第二十五章

有一次我在弥撒的时候看到了一个患有梅毒三期的男人。他就坐在我们前面的一排，毫不引人注意，直到莫西把他指给我们看，莫西对这种事情总是很了解。那个人的耳朵已经被疾病侵蚀了，像烧融了的塑料一样缩了进去。趁他扭头的时候，我们发现他的鼻梁骨也已经塌陷了，整张脸变成了一个平面，在原来鼻孔的位置只剩下一个小肉球。他呼吸的声音很大也很吵，但是他看起来并没有精神失常——不过莫西说这类人迟早都会疯掉的。有一点毫无疑问，他把所做过的事情都写在了脸上。

弥撒结束之后，在坐车回家的路上，凯蒂说："我们前面的那个人得了梅毒三期。"当时她大概是十一岁左右。

父亲在开车的时候总是略微低着头，这让他从后面看上去很健硕。过了一会儿，才听见母亲回应说："哦。"

历史其实是有生命的——至少我是这么看的。我们会对自己的过去进行筛选——例如我们的出身及其对我们的影响。此刻我正坐在车里修理着自己的指甲，联想起那个温柔的英格兰殡葬员给我哥哥做的最后一次美甲，以及他从指甲里刮下来的黑色碎屑；

其中可能有发蜡、汗液、啤酒和他人的皮屑。未来怎样早就预示在了人的身上，余下的不过是程序而已。

我不知道黎安预定的命运是怎样的，但纽津应该是第一个在他生命中烙下印记的人，应该也不是最后一个，我说不出理由来。我并没有看到什么证据，只是按照这类事情通常的发展规律而做出的判断。当然，身在其中的时候并不知道究竟是怎么一回事。我们把黎安归为某一类人，然后凭我们的经验用一整套的词汇去论断他。

例如狗崽子、流氓、猢狲、恶棍、无可救药、一无是处、疯疯癫癫、游手好闲。

如今黎安已经死了，我必须列举一些他的辉煌往事。

十五岁时的黎安长得出人意料的英俊——而当时的我还在因为青春期的发育而处于狼狈和多愁善感的阶段。"你怎么长出老鼠尾巴来了？"伊达指着我的头发说，要不就是明知故问："你的眼皮怎么这么红，该不是发炎了吧？"

大家都认为伊达长大肯定是个"美女"，而且会"嫁得好"，所以从很小的时候起她的外形就近于无懈可击，而我的长相却变得一天比一天更陌生。"你怎么长痘痘了？"她问我，问得好，伊达，问得太好了，谢谢。

在黎安十四岁的时候，曾经被胡须的问题困扰了一段时间，他的嘴唇也出奇的红润。我猜，大概是因为他身材矮小却又"俊美"的缘故吧，导致他的青春期只持续了一个星期就结束了。等到十六岁的时候，他已经成为英俊的堕落少年，蓝色的眼睛很能迷惑人。尽管他的浮躁导致他无法适应成年人的世界，但在中学的最后几年里他倒是过得像个王子一般,一个万人迷;逍遥在教条之外。

莫西一从家里搬出去,黎安就挪到了他原先住的走廊里去睡。那段墙壁是用石灰粉刷的,地板上铺着切割粗糙的漆布。这个地方的好处在于有一扇通向外面的门,所以谁也不知道你的行踪。黎安的同伙们常常从后墙翻进来,透过厨房的窗户往里瞧,多数是男孩子,后来也开始有女孩来。他最好的一个朋友名叫维罗,常和黎安一起闯祸和冒险——多数的时候他们不过就是干些顺手牵羊的勾当,每次我看见他们的时候俩人都是一副傻傻的模样。

我倒不在乎他们干什么。他们喜欢年纪比我更小的女孩。当时的我正为了维罗的哥哥谭纳害着相思病,而忙于在笔记本上涂鸦着爱的诗句。我喜欢用法语来写,这样就没有人能看懂了——当然,除了我的法语老师郭卡蒂夫人之外。Mon amour est un petit oiseau brun/Blessé par toi,/Tanner。① 她在读完之后善意地对我微笑,我因此而恨她,因为她不但发现了我的秘密还因此有点喜欢我(她看上去是这样的)。我之所以会不高兴是因为生长在一个大家庭里赋予了子女很多的隐私权。除非是为了偷走什么或者找你的把柄,否则没人会去翻你的东西。更没有人会怜悯你,或者疼爱你,除了恩奈斯特之外,但他的怜悯早在当时就已经虚假到了无人在意的地步。我们以为这是一种体面的生活方式。从某种角度上说,我至今还这样认为。

当时的我有两个朋友经常在放学回家的路上顺道来找我玩,其中一个女孩叫菲黛玛,我和她不算要好,另一个是我最好的朋

---

① 意思是:谭纳,我对你的爱如那棕色的被你所弄伤的小鸟。

友杰琪,是我很看重的人。我们相处得正愉快的时候,黎安出现了,气氛变得更加欢乐了。且不说其他方面不般配,光是在身高上杰琪和黎安相比就嫌太高了点儿。那一年在复活节的午夜弥撒之后,我们几个坐在即将兴建学校的空地上喝酒,一瓶勾兑了橙子汽水的伏特加在我们之间传来传去。我其实很不情愿看到接下来发生的事情——但我也知道这种事情是不可避免的。也许不算是不情愿——但那种感觉又叫什么呢?也许就是孤独吧。黑暗之中我看到黎安离我朋友杰琪的脸越来越近。一边的维罗和我则在大声地大口喝酒。教堂里面,人们正在进行着烛光礼,把手中的蜡烛相继点着,直到整个礼堂看起来像着了火一般,然后才点亮荧光灯。

我已经有很多年没喝过伏特加了,至今我仍觉得那酒有种甜甜的树干的味道,且带着浓重的泥土和青春的味道。后来有一天杰琪打电话向我哭诉,接着是菲黛玛,我因此向黎安大发脾气,命令他不许再他妈的招惹我的朋友。从那之后,黎安就开始在周六晚上独自外出,而我也开始和杰伊九十约会——他之所以得了这么一个绰号是因为他已经三十岁了——这个人,我现在回想起来才意识到,他实在太想和我发生关系了,以至于都不敢吻我而宁愿把他的头转过去撞墙。我就喜欢看他这样子。杰伊九十喜欢让我精心打扮,好让他可以带我混进酒吧去。就是在那段时间,黎安渐渐和我疏远了,忙着去荒废他的青春。

有天晚上碧雅接听了一个电话。

"是的是的,这里是。"整个房间都安静下来听她说话。然后她把爸爸叫过来听电话。

"是的,这里是。"他说,"好好,知道了。"然后他爬上楼去拿了外套和领带就走进了秋日的夜色中去,把门重重地关在身后。

爸爸晚上是从不出门的。

一个小时之后,他以和离开时同样的方式回来了,面无表情但难掩痛心。他身后跟着黎安,后者耸了耸肩膀然后举起双手对我们说没必要这样夹道欢迎他。接下来,他告诉我们爸爸刚把他从本区的局子里保出来了,更确切地说是营救了出来,没什么大不了的——他们不过是教训了他一番就放他回来了。

我们至今不知道他因为什么被抓。爸爸不肯讲——当时和后来都只字不提——但他自打那之后开始以一种全新的彻底的方式来鄙视黎安。他们两人之间停止了沟通:没有了争吵,也没有了指责,从前至少爸爸还会伸出一根食指去戳黎安的肩膀。

"我—跟—你—说过—什么—来着?"

戳、戳、戳。

有时候我常纳闷我们家的厨房里居然没有酿成过血案。

"够了,爸爸,不要再逼我了。"

从那以后,爸爸就懒得再教训黎安了。条子的电话让他如此的蒙羞,他已经无话可说了。

现在我回想起来——黎安真是闹得可以,他在厨房里把头发撩了起来给我看他干了的伤口,和一道从脸颊一直流到脖子的鲜红血迹,他说是脸撞上了牢房的把手。我记得那近乎虚假的颜色:乌黑的头发,鲜红的血痕,碧蓝的眼眸。他说,他们不过是推了他几下而已,给了他点颜色。

"别胡说八道了。"我对他说。

他盯着我。

如今想来,当时我是想说揍他肯定是因为他犯了错。而且如果真要较真的话,我并不相信他说的话,尽管严格地说,有可能都是实情。

如果要问我是从什么时候开始背叛我哥哥的，应该就从那一刻算起。我看着他肿起的面颊却下定决心不相信他的话，如果非要我选择一个时间点的话，就在那一刻。

我断定他是不值得信任的。"别胡说八道了。"我这样说他。

还有什么呢？

我们喜欢一同取笑别人：乱搞的神父，小男孩的屁股，类似"过来坐在我腿上，小大人"这样的蠢话，还有英语唱诗班的男孩们和同性恋的臀部，换句话说任何涉及童真和屁股的话题。但是我们从不提及某些字眼，例如性器、屁股或者谁舔了你的私处什么的，为什么呢？为什么我们会觉得那些关于性的事情可笑，却只能使用最传统的用词呢？

这样的对话在某年夏天延续了一两个月就结束了。我喜欢这种谈话。我喜欢笑声戛然而止之后的那种沉默。黎安的沉默就像是刚刚尿了裤子却没被发现似的，假装一切如常。我的沉默则象征着一种微小的可能性——总是欲言又止的样子——想要指出他尿湿裤子的事实。

那种幸灾乐祸的心理尽管很少却强烈，为此但愿他能够原谅我。如今的我渴望能获得他的宽恕，因为我真的很抱歉。

倘若我相信忏悔有效的话我一定会去教堂忏悔，我的错在于不但自己嘲笑了他，更容许他自我嘲笑，一直到他死为止。这种自我鄙视的嘲讽从他饮酒还没有过量的时候就开始了，一直延续到他恶意酗酒的阶段，只有在他最后的那段日子里才有所减轻，但是从未完全停止过——他把一切都视为彻头彻尾的玩笑。

黎安从不说什么自怜自艾的废话，也不赞同别人这样做。所以当别人难过的时候——例如凯蒂——在他看来她悲伤的理由都不成立。不要误解我的意思,黎安喜欢苦难中的人——无论是贫穷的、绝望的、孤独的还是酗酒的,他怜悯所有陷入麻烦的人,但前提是他们不能自怜自艾。这在我看来有失公平。我觉得这是他的孤傲。

我知道自己听起来有点愤愤不平,但是上帝知道我有多希望自己不是这么一个铁石心肠的女人,然而我哥哥这二十多年来却一直在责怪我。他怪我拥有如此高档的住宅,怪我的墙壁漆得太过雪白,怪我有一间粉红和淡紫的卧室分别给我的两个女儿,怪我有一个爱好打高尔夫球的丈夫,尽管上帝可以作证汤姆已经好多年没有时间打上一局了。他把我当作叛徒一样地对待,但我不知道我究竟背叛了什么——当然,黎安也讨厌爱做梦的人。我的哥哥具有强烈的正义感,但敌视每一个试图爱他的人,尤其是每一个和他上过床的女人。然而即便如此,在他自己一生伤害了那么多颗心之后,却反过来怪罪我,而我居然也会对他抱有愧疚感。这究竟是为什么呢?

耻辱是这一切的根源。我们这个家族乃至这个倒霉国家,都是建立并浸淫在耻辱之中的。

的确,有时候当我看着自己家里整洁的墙壁时,我也会像黎安那样说:"把墙给我统统推倒。"尤其是饮完一瓶美酒之后。仿佛世界是建立在谎言之上的,一个无比隐秘无比肮脏的谎言,但我不认为这个国家和这座城市乃至我这五间卧室的独栋别墅都是建立在性交易的肮脏基础之上的,反倒是建立在讨厌的贷款之上的。没错,我的丈夫确实在我哥哥的守灵夜上了我。尽管如此,我还是摇晃着空空的酒瓶坐在意大利鹿皮大沙发上大喊:"把房子给我推倒!"

黎安最后一次来做客的时候,我们家正在改装房子,要变成开放式的——房子的后半部分正在施工,所以我们都挤在前面的房间里,吃着外卖。我把所有的麻烦都归咎于黎安,而不怪建筑工人。他和一个愁眉苦脸的高个子女人出现在一片混乱之中,那个女孩对什么都没有主见,连自己想吃什么都不知道。黎安时不时地喝酒,就这样过了五天之后,他们起程去了美尤郡,而我真希望再也不要见到他。

对于黎安的那次拜访,我在记忆中保存着一个画面。那天晚上在爱米丽洗过澡之后,黎安把她放在了他的腿上坐着。他矮小灰暗的身影坐在盖着防尘布的扶手椅上。爱米丽当时只有两岁,光着身子,虽然光溜溜得像个骰子,却美丽得让我无法用语言形容。黎安用他宽大而饱满的双手环抱着她的腰。她的小屁股干净而又结实,侧坐在他的大腿上。他的裤子在她的身后堆出松松垮垮的皱褶,没有人对那下面的部位感兴趣。他脸上挂着快乐的表情。

黎安了解爱米丽的心思——他们彼此喜欢。当谈到更像我的丽贝卡时,他却评价说:"就是牙齿不怎么好。"

我想,我得原谅他这么说。

就是牙齿不怎么好。

在他被条子抓进去然后又被爸爸弄出来之后不久,就发生了他在厨房里朝妈妈扔飞刀的事件,后者可能是想对他好言相劝,结果全家人都因此而讨伐他,把他揪到后院去暴打。

"你他妈的混蛋。"

"你没打中,蠢货!"

想起这件事就让我开心。好像用手去挠刚长成的痂一样舒服。他是故意那么做的。

(搞不好妈妈也是蓄意的。)

长久以来,我都一直在猜想,警察到底为什么抓他。我左思右想,觉得有可能是因为他砸碎了某家的窗户,或者在酒铺里偷酒,也可能只是因为他看他们的眼神不对。还有一种可能纯属是我的猜想。在我们家拐角的地方总能看到一个女孩名叫娜塔丽,整天哭哭泣泣、吵吵嚷嚷的——也许是因为她的缘故而导致黎安被抓。我想可能是发生了什么误会,让我父亲不得不提及她平时糜烂的作风和她在周六晚上穿的超短裙。

到最后,我只好问黎安。我说:"是因为娜塔丽吗?是那个小荡妇的关系吗?"他没回答只是看着我。

难道他强奸了她?是男人就有可能会做这种事吧?他们是不是发现她腿上有血迹,脸上有泪痕呢?哼,谁知道还有别的什么!

虽然我当时已经十六岁了,但我对性还是一无所知。很奇怪是吧?所有我知道的细节都是道听途说来的。我不知道这种事情是怎么做的。青春期的我似乎一年更比一年无知,到了十六岁的时候,我已经完全退化成了一腔热血和满脸稚气。我以为我们都将会成为诗人,我的爱情将感天动地,而黎安,将用他的愤怒来改变这个世界。

即便如此,我还有件事情想不太明白,而且这事关系重大,我真的需要知道。最后我不得不问他:

"是因为娜塔丽吗?警察那次?"

黎安看着我。在十六岁的我看来,我和他之间的代沟在于男人和女人之间的差距——关于一个男人在性方面可能会做或者想做的事情，作为女人我只能够推测。

"你是不是在和她胡混？"

他对我说："别发傻了。"

我们曾经去过一个小树林，是在秋季的一天，可能就是同一年的秋天。树干都是银灰色的，树枝上仅存的叶子已经黄得不能再黄了。树林中间有一条山毛榉树围成的林荫道，树根惊人地拱出地面。

就是这样。

我们沿着金黄色的林荫道一路走来，感觉很浪漫，我本可以在这样的氛围下想念谭纳或者杰伊九十或者任何我那个星期正恋着的人，我也可以遥想我命中注定的但尚未相识的男人。然而在如此良辰美景之下，我却和我的哥哥待在一起。

远处是群山，巨石嶙峋，岩间开满了石楠花。头顶的天空遥远而苍白，这样的景致让我们自觉是如此的渺小，没有资格去对他人品头论足。就是这样。我们有一种强烈的无神论的感觉。这在某种意义上又很可笑：苍白的天空，群山和拒绝飘零的黄得过分的树叶，我们之间的非圣洁联盟已经走到了尽头。

我们最美好的时光是在什么时候呢？

十四岁的黎安拥有一辆自行车，而我却没有。他常常让我坐在横梁上，然后骑车带我去商店或者附近的游泳池。我几乎挡住了他所有的视线，我不知道他怎么还能看见路。在把持方向的问题上我们总会产生争执——他说我把车把握得太紧了，以至于他无法转弯，还有他不得不把下巴抵在我的后背上，而我的头发总会飘进他的眼睛里去。他两脚轮换着蹬车蹬，而我的腿则从一边支出来，因此我们的胳膊肘或者膝盖总是相撞，不时地被车把的末端或者不锈钢的车镫狠狠地顶到。别人可能会以为我们觉得好玩，但实际上从头到尾都像打仗一样。

鉴于男女有别，一旦进了游泳池我们就假装互不认识，如果找不到其他男孩子可以一起玩的话，他就会自顾自地游泳，如果没有别的女孩子我也是一样。有时候，就算我们谁都不认识，我们也不会和彼此说话以免错失了认识新朋友的机会。如果他真的走过来，我一看到他瘦瘦的身材外加红彤彤的面孔就会非常生气，怪他暴露了我的身份。谁还会觉得你有神秘感，如果你的哥哥来到你身边对你说："你有鼻屎。"

"闭嘴。"

"绿色的大大的。"

"才没有，走开。"

"就在那儿。"

"滚开！快走！"

于是他挺起瘦削的胸膛，抿着邋遢的紫色的嘴唇，用脚往我脸上踢水，然后游去泳池的另一端和其他怪物般的男孩混在一起。

娜塔丽有时候也在，这个胖胖的十岁小女孩的下身像老女人的下巴一样长了几根阴毛——她每次纵身跳进游泳池都会丢掉比基尼的下半身。四年之后，当我问黎安是不是和她鬼混了，他看我的神情让我们有如相隔不可逾越的深渊。

如今我都明白了。

现在我终于知道了黎安当年的眼神是一个自知孤独的人的眼神。因为世界上没有人知道你曾遭遇过什么，更不知道由此引发的后果。甚至连你的妹妹——从某种意义上是你的救世主，那个出现在门口的女孩——连她都忘记了当时看到的情景。因为，我想少女时代的我，已经把整件事都忘记了。

在之后的二十年里，我们所处的世界发生了许多变化，让我回想起纽津先生。如果不是因为从收音机里听到的、从报纸上读到的那些发生在学校、教堂和人们家里的各种丑闻——我永远不会醒悟过来。这样的事情曾经就明明白白地发生在我眼前，而我居然没有意识到自己看到了什么。为此，我一生愧疚。

第二十六章

爱米丽把她猫一样的眼睛对准我。

"黎安叔叔是怎么死的?"她问我。

"他是溺水死的。"我告诉她。

"他为什么会溺水呢?"

"因为他在水里不能呼吸。"

"是在海水里吗?"

"是的。"

把这些问题弄清楚很重要——爱米丽必须先把世界肢解了才能把它重新组合起来,而丽贝卡的思维则像一个更粗糙些的仪器,压力会导致她走神。有时候我希望她能更专心一些,但是谁又能说得准她目前的状态不是好事呢?

"我会游泳。"爱米丽说。

"是的,你会游泳,你游得非常好。"

"为什么他不会游泳?"

"亲爱的,他会游可是不想游。"

"哦。"

"你想要一个拥抱吗？"

"不。"

"你应该怎么说？"

"不，谢谢。"

"好吧，我要一个拥抱。过来给你可怜的妈妈一个拥抱吧。"

她张开双臂走过来，脸上挂着大大的虚伪的笑容，做出一个"我可怜的妈妈"的肢体语言。我本应该认为她是自私的，但是我没有这样想——我认为她自私得极其美丽。

"我想自杀是被允许的。"她靠在我的胸前说。

"只有在你老了的时候。"

有时候我必须提醒自己她们并没有恶意——或者至少她们不知道自己在做什么。我把她推开，眼含着热泪充满责备地对她说："但你的黎安舅舅还没老，爱米丽，他病了，你听见了吗？你的黎安舅舅是病了，脑子出了问题。"

她徘徊在我的膝上，用手指滑过我平滑的尼龙丝袜。

"是像晕船一样的病吗？"

"哦，算了吧，不说了，我不想再提了。"

她跳下来抱了我一下，她的胜利盖过了我所有的忧虑。她跑开玩去了。

我用了一星期的时间编写了一篇了不起的富有诗意的演讲稿要向我的女儿们解释人脑中的各种小想法如何会发展到吞噬你的整个大脑。这些小想法——它们就像癌细胞一样，没有人能解释它们为什么会扩散，或者谁会被感染上，为什么它会让一些人生病而其他人却没事。

　　我不认为伤心是坏事，在这一点上请不要误解我。我也并不反对人有各种正常的思想。但是我们都会有崩溃的时候，就像那些站在柱子上的木头雕的小鸟一样——当我们再也不能忍受了的时候，我们就会咚的一声，倒头栽进酒精里去。

第二十七章

葬礼已经过去一个月了,汤姆像往常一样回到家,把外套抛在沙发上,放下公文包,走进餐厅,一面松开领带,一面脱下西服,把它挂在坚硬的椅背上,然后缓缓地走到厨房中间的桌前,从果盘里拿起一个水果。我在想,一切都没有发生过,黎安还没死,所有事情都和从前没有两样。然而我脱口而出的话却不是我所想说的:"你们什么人都上。"

"什么?"他问。

我说:"我只是不知道你们从多大的女孩开始下手,又到什么年纪收手。从十九岁的女招待到十五岁但看上去像十九岁的女孩子都不放过。"

"你到底在说什么?"

"我就是不清楚范围是什么而已。我不知道你们的标准是什么。只要进入青春期就行吗?可是如今九岁的女孩也有被染指的。"

"你在说什么?"他问。

"当然,你们或许不会真的上那么小的女孩,我指的是你们欲望的猎物，你们看中的。有没有什么是你们不会干的？"

我已经疯掉了。

"上帝啊！"汤姆说道。

他从椅背上一把抓起西服上衣朝门口走去，但是我抢先一步拿起了皮包赶在了他前面，抢着去开门。

"你不许走。"我对他说。

"让开。"

"你不许走，我要走。我要他妈的去酒吧。"

我开了门，在门廊下我们可悲地推搡了一阵——嗨！别忘了这可是在布特斯唐区！汤姆突然意识到自己马上就要打我了，于是把手臂停在了半空中。他等于是给了我问题的答案，人想做的事情和他实际会做的事情之间的区别，如果我真想知道的话。但是我不想。

"早上你可以送孩子们。"我告诉他。

这就是我们爱情的结局，归结到了谁接送孩子，谁该做早餐的分工上——至少以前是这样的，直到我为了挽救我的婚姻而妥协，承担了这些工作。上帝，我真是一肚子怨气。

"你说早上是什么意思？"

我看着他，很深地看着。他把手放在嘴边，好像那里塞了什么东西似的，这给了我急需的半秒钟，我迈出了门槛。

"你要去哪里？"

"我不知道。"我回答说。

我去了谢尔本酒店，刷卡消费。

去那里是个错误。

因为那里充斥了开心的宾客。他们坐着喝酒聊天大笑,个个幸福得不能自抑——无论为了什么,他们都满足于自己的生活。那个叫迪克·肯尼迪的家伙正在角落里喝着酒,我记得一篇有关他的报道谈到他如何"抛弃了原来的家庭"而娶到了现在这位妻子。不仅如此,他同时还争得了原来的房子。

我那天大概穿的是一条浅绿色的格呢裙子,紧裹着大腿——让这些人看看。我真应该穿一件昂贵外套来这里。当我的婚姻(或者说是我的理智)濒临崩溃的时候,我却坐在谢尔本酒店里想着这种事情——我觉得穿什么衣服很是重要。

我握着一只厚重的酒杯坐在那里慢慢地喝着我的金汤尼酒,我意识到像我这样的女人只有几种有限的出路。

两年以前,我收到来自恩奈斯特的一封信。信里说他将不再当神父,但打算继续留在他在高山上的学校里。他的主教对此可能会颇有微词,所以他不打算把这个消息告诉他——事实上,除了家人和朋友之外他谁也没说(不要告诉妈妈!),谁也不知道他已经不再是恩奈斯特神父了,已经变回了普通的恩奈斯特。然而一日是神父,终身是神父——他认为只要什么都不说就不算是说谎。"我除了住在自己的心里之外别无息身之地。"他是这么写的,意思是他还会像从前一样生活,但是会按照自己的意愿。

我当时认为这是我听过的最愚蠢的事情了,直到我坐在谢尔本酒店的高脚凳上时,也开始考虑如果我决定恢复单身却不告诉任何人,装作一切没变地继续生活下去的话会发生什么事情。

我不知道我身边有多少人虽然仍和他们的配偶共同生活、共同上床、共同欢乐着,但心里却在像我这样想着,真不知道他们是否也在悲伤。周围的这些人看上去可不怎么难过,甚至可以说毫不难过。

我上一次见到那个叫迪克·肯尼迪的家伙是在他位于格兰娜格力的宏伟别墅里。当时丽贝卡应该刚出生不久。上帝啊,他这个人真是粗鲁。席间一个可怜的女宾试图扯着裙子的后面好掩盖她的丰满,因为她怕在走出房间的时候把臀部暴露在众人面前,看到这一情景他对她说:"看来你老公布赖恩可有得抱了。"我们只能坐着听着他说着这样的话,吃着蘑菇意大利米的开胃菜,主菜是淋着翠绿色酱汁的鳕鱼。食物很美味。爱茉,烹制当晚晚餐的女人,因为晒了太多的阳光和涂了太多的面霜以至于脸上已经形成了厚厚的一层皮革。当她耸肩的时候我禁不住看她低低的领口,看到里面的胸脯在翻滚挤压。她问了我一些问题,问得很好,我都一一做了回答,因此整顿饭吃得宾主尽欢。她其实很聪明,只是那天有点喝多了。她给我们讲了一个我们都认识的女人如何在迪克的办公室里脱掉了上衣的故事——她说我们无论如何也想象不到那个女人看起来有多丑陋,还有她的内裤——吓得她老公迪克回家的时候还心有余悸。我们都笑了,然后就各自回家了。

连汤姆,在回家的车程中,都忍不住试探自己是否在做梦,因为他仍然难以相信刚才自己得到的合约,就在晚宴当场。

"这是怎么回事?"等我把看孩子的临时保姆送走之后回来问他,他正坐在客厅里,喝着一瓶威士忌,没开灯。

也许那不是同一天晚上。但是到后来,所有的晚上看起来都差不多。

"你要开灯吗?"

"不,谢谢。"

"你上床来吗?"

179

又来了。总是几杯酒后,偶尔也在清醒的情况下,我们会上演这种令人不快的交锋;一次又一次。叮咚,气氛越来越紧张,没完没了。

"不,我再坐一会儿。"

"随你便。"

"好。"

你来我往。你过来,让我告诉你我有多么的恨你。好的,但是先给我一分钟让我离开你。长久以来我们都回避了问题的实质,无论这实质是什么。但是,现在我知道了,因为楼上的婴儿正在梦里哭叫,我得走了。

"谢谢你。"他说。

"谢什么?"

"谢谢你一直陪着我。"

"哦,别傻了。"

"不,真的。"

实情和上面说得差不多——我们很少对彼此喊叫,我和汤姆,只是静静地相互怨恨。

"我马上就回来。"我说。

有天晚上——可能就在那天晚上,在吃完了绿色酱汁的鳕鱼,听完了对布赖恩丰满的妻子的评论和那个穿着差劲内衣的丑陋女人的故事之后,关于胜利和失败的描述也都告一段落——汤姆把烟从嘴里拿了出来。他举着它,放在我面前的下方,然后把它碾碎在拳头里。他再张开手掌时我闻到一股淡淡而又难闻的味道。我的头脑登时清醒了。

问题是,如果我上楼去亲吻丽贝卡,就能让她开心。如果我坐在椅子扶手上亲吻汤姆，他却不会开心。于是我只多停留了一会儿，呼吸着他自厌自弃的焦味。我把他的头拉到我的胸前。我保持着这样的姿势，直到丽贝卡断断续续的哭声升级成了尖声哭叫，才和平常一样站起来，走了。

都是因为孩子的关系，至少有一段时间是这样的。我想在我放弃工作之后他就不再恨我了。当然，汤姆肯定会否认他曾经恨过我，他会说他一直都是爱我的。但是我能看得出别人对我的恨意。我知道，我的一部分自我其实渴望着有人来恨我。我坚信是这样的。

话又说回来。

随着时间的推移这种状况有所缓解，但是从来没有得到真正的解决。

我坐在谢尔本酒店里想着这些事情——我的生活里带有很多引号。比如说我拿起钥匙"回家去"和我的"丈夫""上床"就像别人家的老婆那样。这就是我过去几年来的生活。我好像并不介意这些引号，甚至没有意识到自己就身在其中，直到我哥哥的去世。

第二十八章

我得出一个结论,那就是英国人总是要等人已经死得透透的以后才举行葬礼,以至于你不得不另找一个名词来代表死人。英国人的葬礼来得太晚,以至于来参加的人不像是来哀悼的,倒更像是来抱怨为什么尸体还没被处理掉。英国人在电话里告诉我这是因为要排队等待的关系(英国人什么事情都爱排队)。等到悼念的时候悲伤早已经不复存在了。

在不得不等待办完手续的十天里我能做些什么呢?死亡证明和遗体迁移的许可,这些文件必须自己想办法挤进同一个信封里,然后一同陪伴我哥哥踏上返乡之路。

然而英国那边的电脑坏掉了,打印机也卡纸了,法医的助手去健身了,登记员正在和崩溃的暖气搏斗,在等待这些问题被解决的同时,黎安正躺在某个陌生的冰柜里,而我——还有其他人——都在继续着各自的生活。偶尔当我在家里走来走去的时候,会突然间感觉自己好像忘记了什么不该忘记的事情:会不会是我把卫生巾顺手扔进了楼下的坐便里,椅子的扶手上是否还放着我吃了一半的饼干,还是沏好的茶忘记喝了。我仿佛感觉茶水正在我的口中变冷，我四处搜寻，但找到的却只是一盏空杯子。

每天我都去格丽菲斯道，陪着母亲正襟端坐，有时候碧雅也在，有时还有凯蒂。我们闲聊各种琐事。要不就把母亲安排去看电视，然后我们都躲到厨房里去，在那里，凯蒂——还有我和碧雅——个个都是一副风华不再日渐衰老的模样。我们脸上所用的胭脂水粉多得惊人，每个人都将自己的脸打磨上光，直到每一寸肌肤都已经被化妆品覆盖。中年人每次回到自小长大的地方就会变成这副模样，纵使曾经沧海，此时也会做回孩童，但并非因为回到了妈妈身边的缘故，而是死亡让我们又回到了童年。唯一的不同是，这一次我们都是好孩子。

我是个好女儿。我是个非常好的女儿。身为中产阶级的我在冲动之下，去琪尔坎尼[①]给母亲买了一条美丽的蛛网式的奶油色羊绒披肩。

她从袋子里拿出披肩，有些担心如果自己披上看起来可能会像电视里的那些老太太。

当一个子女死去的时候，余下的子女就会用这样的礼物来安慰他们的母亲。

她让我帮她披上，但是她浑圆的肩膀拒绝被围困，她的下巴也不肯让围巾固定在上面。于是她把围巾铺在膝盖上说："这最适合在参加受洗仪式的时候戴了，不是吗？齐雅拉的孩子很快就要受洗了。"虽然母亲经常看到我们却想不起我们都是谁，但她却记得所有子女以及子女的子女的名字；她可以轻而易举地背诵出来这些名字而且乐此不疲。

[①] 琪尔坎尼，爱尔兰历史悠久的著名服饰商店。

"她二月份就要生了,不是吗?很冷的季节。"

所有海格迪家的孩子都必须受洗,因为如果不这么做就等于是剥夺了母亲应得的回报、抢走了她灵魂的瑰宝——因此我们都乖乖地走到神坛前把灵魂奉献给了神。我倒并不介意这么做,但是杰姆就很不情愿。谁知道海格迪家的人都各自信仰些什么?莫西那个神经质的家伙在四旬斋期间总是天天去参加弥撒,但这只是他的一面之词,因为他这人素来神神秘秘的。其余的孩子都自己祈祷自己的。

我从妈妈的手中接过披肩,一边折起来放回到纸袋里面,一边说:"你就不能为自己收下一份礼物吗?妈妈,就一次。"她尖锐地瞪了我一眼,好像在说:"什么?难道要我变得像你一样?"

我不知道像我一样有什么不好。如果她知道我是谁是不是会更喜欢我一些?妈妈总是凭自己的喜好选择去爱哪一个孩子不爱哪一个。儿子们当然排在前面,然后才轮到那些乖的女儿们。

而我是家里不乖的。我不知道为什么。我自认并没做过什么出格的事情。我不过就是不买母亲的账而已,黎安也是。我们就是不相信所谓妈妈有多可怜的那一套说辞。

我们这位可怜的妈妈习惯在午后看电视,无论谁死了都动摇不了她的这一习惯,从前是这样,以后也将如此。我们不知道她在想什么,因为她即使开口说话也是谈很久以前的事情,那些发生在我们出生之前的往事:例如关于送牛奶的人所骑的马,还有她如何把外婆家客厅的地毯点着的事情,以及外婆怎样在月底没钱的时候就会做只有蔬菜的炖菜——外婆将其称之为丛林烂炖,她说胡萝卜是"老虎的美食",而防风草则是"骆驼的食粮"。

母亲的房子既简陋又破旧,简直就像临时搭建起来的建筑,屋里四处飘荡着我们童年的影子。在死了三个之后——我们越来越接近一个正常家庭的人口了。如果再多死两个的话人数就正好了。我曾经雇了个男人给我清洗地板,他告诉我他在家里排行第二十一,是最小的一个。所有像我们这样的大家庭都差不多。我偶尔在派对上或者酒吧里会遇到和我家境相似的人,我们在交换各自家人的情况之后难免就会陷入哀伤——先提到住在波士顿的比利,然后说起吉米杰在约翰内斯堡混得也不错——至于剩下的就先从死了的开始说起,接下来是堕落了的,最后才轮到疯掉的。

家家都有酒鬼。家家都有孩子曾在童年时遭受过性侵犯,但同样也不乏出人头地的,富有到在世界很多地方都拥有房产的,却从不邀请自己的家人光临,总有某个姐妹是怪里怪气的。这都是当时的潮流,当然,如同任何潮流一样,总有一天会过时的。像我们这样的家庭里充满了秘密,等到夜幕降临,一切就都明了了。我们都很同情母亲,因为她不得不忍受床上和厨房里发生的事,是出于怨恨也好,还是敬佩也好,我们都为母亲而哭泣——至少我是如此。在目睹了母亲无穷无尽的痛苦之后,我自己的心也被磨得刚硬。如果我能再醉一点,我想我会拍案而起,和其他人一样,要为她鸣冤了。

以下是我母亲多年来所取得的成就:

1)沏茶。

母亲一生,沏了不计其数杯茶——她好像就没做过其他事情,而我们总在抢着喝她的茶。米芝喜欢久泡的;恩奈斯特则喜欢清淡的。莫西喜欢四处挥舞着茶壶,但真正把茶水洒在我身上的却是伊达,那次她用茶壶在空中划了一道弧线——我眼看着那深褐色的液体向我泼来,然后在我的腹部烫下一条痛楚的痕迹,当我把衣服脱下来的时候，贴在身上的布料感觉却是那么冰冷。

有谁想要喝茶？

让人意外的是母亲居然只培养出了两个真正的酒鬼，我是指那种必须去特定机构戒酒的类型，不过所有海格迪家的孩子都很口渴，我们每个人都拼了命也要抢到一杯茶喝。

2）生育。

我们家多数的女儿都是繁殖上的死胡同，但又有谁能怪她们呢，除了米芝生了六个之外——她生养很早也很频繁，她的第一个孩子和母亲的最后一个同时发生（但这不是竞赛，你要知道）。杰姆有两个可爱的小孩。莫西那个精神质也有三个很乖的孩子，他们从没离开过他们在克隆塔夫区的家。

3）收入。

我们当中除了碧雅之外都没有像样的工作，她是市中心一个大房地产公司的办公室经理，莫西是个麻醉师（我们常怀疑他迟早有一天会把病人麻醉过度）。余下的都必须借用委婉语来描述自己的职业。例如，伊达是家庭主妇，凯蒂是演员，我是夜猫子，爱丽丝是园丁。埃佛和杰姆都在媒体工作，没有比这更委婉的代称了。恩奈斯特是神父（再多的我就不说了）。

4）异性恋。

"你们难道都是异性恋吗？"我的朋友弗兰克有一次问我，口气十分惊讶。

"这个嘛……"是我的回答。

米芝？已经无所谓了，不是吗？人都死了。或者说，既然她已经嫁给了一个酒吧经理而且又在教会城买了栋房子，再问这个问题还有意义吗？米芝的身份包括母亲、家里的清洁工、执法者、躁狂症患者、问题儿童制造者，尤其是她的第一个和最后一个孩子。她有可能是同性恋，也有可能是异性恋，甚至是恋兽癖，但是现在再想起来未免太让人伤感了。米芝想要什么从来没人在乎。至于余下的这些兄妹：碧雅的男友们半数都是同性恋，但我想她自己却不是。恩奈斯特是禁欲者。凯蒂和很多男人都发生过关系，但她爱他们中的每一个，不过这些人都是已婚人士。这算不算是一种性取向呢？应该算——情妇癖。她专门和不可能实现的梦想上床。

爱丽丝的情况没有人清楚，但是所有人都知道埃佛和杰姆这对双胞胎拥有正常并且愉快的性生活（万岁！）——当然不是和彼此，我得赶紧澄清这一点，而是和他们各自的伴侣，一个来自英格兰的萨里，另一个是个不错的德国广播制作人（男性）。

与此同时，幼年早逝的斯蒂威正在天堂里享受着天使的性爱，和其他的伙伴一样赤身露体。他简直怪异到了极致。天使们在亲吻的时候会发出一种噪音。听起来和他们名字的发音一样。帕蒂、帕蒂、帕蒂！

我们不都是异性恋。并非海格迪家的人不知道自己想要什么，只不过我们都不知道该如何想要。在欲望这方面全家人犯了灾难性的错误。

每当我仰望着楼上父母的卧室时，心里会想我们都是在那里被孕育的，还会联想到我们命运的多舛——与其说是多舛倒不如说是迷惑——我们都不知道该如何去把握人生。我记得我们曾经是多么的骄傲，是怎样的忠诚。我们抱成一团，很了不起不是吗？

我总是能知道每个人在哪里。我以前常常坐在我房间的窗台上，倚着薄薄的玻璃窗蜷曲着身子，追踪着每个人的形迹：伊达

187

正在浴室里照镜子，米芝在水槽边上，莫西正在对着生物书的书缝抓头皮，黎安在通向花园的走廊里和朋友在一起。即使是在晚上我也能分辨出谁在哪里。这里每一个房间都是一样的冰冷，但陈腐的味道却各有不同，每一天都是伴随着睡梦中的男孩子们身上的酸味而开始的；楼上厕所里有我母亲的药丸的气味，在她进去小便之后。

我知道谁醒了。我也知道谁会回来。

碧雅、恩奈斯特、伊达、莫西、凯蒂应该会回来，爱丽丝不好说，但埃佛和杰姆这对双胞胎肯定会回来。

他们会搭乘着各自的航班一个接一个地从空中抵达。埃佛从柏林来，杰姆从伦敦来。伊达从美国图森来，神秘的爱丽丝不知会从哪里冒出来。也许恩奈斯特神父也会戴着有条纹的异族风情的帽子出现，经由阿姆斯特丹从利马赶来。

海格迪家的孩子会一窝蜂地涌现。愿上帝保佑我们。

我们将会依照家族的传统展现出勇敢、礼貌和热情来，再怎么难过我们都能坚强地活下去。谁也不会讲什么没用的屁话，因为我们家的人从来不讲屁话；自己挣扎着长大的好处在于你不用责怪任何人。我们都是被彻底散养的，是纯天然的人种。只不过个别人活得更好一些，仅此而已。

第二十九章

黎安的尸体还是没有到。

汤姆把报纸的房地产增刊留在了厨房的桌上,在市中心那些破落的地产上圈出了不少记号。他在"需要翻修"这几个字下面画了下划线。我想他是在说我。我也想说——谢谢,汤姆,在你的大舅子尸骨未寒之际做这个正合适。

我把妈妈的披肩拿到商店里去换,顺便在街上闲逛,但没过多长时间我就发现自己正坐在布朗托马斯百货商店①的滚梯上掉眼泪。我哭是因为我发现自己想买什么都可以。我不但可以买床单,连整张床我也买得起。我既可以给女儿们买高档的牛仔装,也可以给自己添置一件 Miu Miu 的外套,但我穿起来很臃肿。我还可以买下我眼前的这个高档的塑料储藏罐,也许有一天我可以用它来盛放意大利面或者大米、扁豆、南瓜子等等各类的干货,尤其是那些你从来用不着的永远闲置在储物架顶层的东西。我试着计算我大概需要几个。我是不是该买一个来装玉米面,家里有

---

① 布朗托马斯百货商店,都柏林的高档百货商店。

一袋已经放了五年之久,以备发生饥荒而必须靠干货生存的那一天食用。那么鹰嘴豆呢?是不是也需要一个容器?这些罐子正在打半价。我想我需要九个。我把这些罐子抱在胳膊肘里,又哭了一会儿,因为我想到了可能出现的水灾、瘟疫和原子弹,到那时我们将不得不躲在家里靠放了五年的玉米面生存。如果此时有人问我为什么要哭,我会告诉他我是为了世界的终结而哭。突然间我有一种冲动,不知道自己是该把抱着的九个储藏罐都扔到天上去然后大喊大叫,还是应该走到收银台前把它们都摊在柜台上然后对收银的小姐说:"非洲那些饥饿的人们该怎么办?他们个个拖着下垂的肚子,眼里还留着脓。"而我却什么都买得起。我的哥哥刚刚死去而我想买什么都可以。

"你需要一个挑战。"八岁的丽贝卡一本正经地对我说。

我的回答是:"我不是已经有你了吗?"

她们算是听话吗?她们算是乖孩子吗?总的来说是的,尽管爱米丽有点像一只猫,而我一贯觉得猫之所以会跳到你的膝盖上去不过是想检查你是否已经死透了,可以成为它的美餐了。

有时候我会想起麦克·维斯——想他是否也屈服在一个事业成功的配偶之下,并和我一样养育着一对享受着中产阶级生活的贪婪的后代。我想他应该能够应付得来,他应该可以接受女孩子粉红色的世界,虽然不至于太讨厌芭比娃娃,但可能不会给她们买。

黎安可能从没逛过商店。

想到黎安,我把储物罐又放了回去,开车回家去。一路上,我不停地把城里的各种变化指给黎安看,虽然他已经不在了。

"你看那排街灯!"我说。

他却不感兴趣。

在他还活着的时候我就常常这么做：把各种好的坏的变化指给他看，例如小区里的停车场，交通堵塞，以及从这里到琴纳加德沿途放置的七百万个橘红色的指示标，我之所以要告诉他这些是因为他平时都住在五百英里之外。尽管他会不定期地回来并在爱尔兰西部度假，但是这些改变还是趁他不在的时候发生了。虽然这些都算不上是什么重大的变迁，但我还是为他被排除在外而感到难过。不知为什么，一回到爱尔兰黎安就仿佛又回到了七十年代。尽管现实生活中他可能比我们任何一个人都更跟得上时代——在伦敦他会烹调咖喱，结交三教九流的朋友——但是每当他回家来的时候，却又显得有些落后，像个乡巴佬。

我漂泊异乡的哥哥连做鬼魂都是过时的，我在他死后给他穿上了用旧的雨靴，让七十年代的爱尔兰重新退回到我印象中的五十年代去。

第三十章

我以为屋子里会挤满人，但站在门口的碧雅轻轻地摇摇头。

"就只有我们，还有几个邻居。"她告诉我。

"这有什么好奇怪的？"我很想对她说，"你们连一瓶像样的葡萄酒都不供应，谁还会愿意来看摆在你客厅里的一具死尸？"当然我没有真的说出口，因为汤姆就跟在我身后。我的胳膊肘被他抓在手里当作操纵杆来用，他把我从碧雅的身边拉开，我本想要发作，但碍于他的动作是那么的绅士。现代人已经不会这样拉着你了，除了从前的同事弗兰克之外，但他也已经离开人世了。

"你从人的眼神里就能看透他们的心思。"那是他陪着我参加一次糟糕的商务酒会时说的。可怜的弗兰克，我想，为什么我没有为他感到难过呢？突然间我下定了决心，一定要给我家里的楼梯铺上地毯，弗兰克如果活着的话肯定会喜欢我的这个想法。另外还得再找个清洁工来，我必须雇人处理那些地毯上脱落的毛屑。紧接着我又想起了丽贝卡的哮喘病——我总是在这个节骨眼想起这些事情来——但我还没有来得及把这件事想完就看到了停放在前厅里的黎安的尸体。

怎么有种似曾相识的感觉呢？

我想到了我想要的地毯的颜色。那种颜色好像叫作"漂流木色"。

你为什么总是跟着我？

厅里面几乎没什么人。没人会跟我聊孩子的哮喘病或者地毯的颜色，或者羊毛地毯的编织、打结、海草地毯以及羊毛的含量，等等，这些话题。无论活人还是死人都没兴趣。黎安生前也对这类话题不感冒。我坐下来，看到他们给黎安穿上了一件海军蓝的西服，里面套着蓝色的衬衫——他看起来像个警察。他应该会喜欢这副装扮。不知道是谁给他穿上的呢？

大概是那个殡仪馆的英格兰小伙子，嘴唇丰满并且戴耳环的大男孩。我仿佛看到他一边给女友打电话，一边抬起尸体沉重的头颅好把领带套上去。

衣装的费用毫无疑问会出现在账单上。

我以为棺材会横着放在屋里，但事实证明没有足够的空间。黎安的头对着拉着的窗帘，窗前摆着高高的烛台，蜡烛正在燃烧。从我坐着的位置没法看清楚他的脸。棺材的两侧是倾斜的，正好可以让他露出侧脸，我看见他眼睛所在的位置是凹陷下去的，但我没有站起来去查看他的眼睛是否还在，或者他的眼睑有没有闭上。此时此刻，看到他的侧影就够了，其他的暂时就算了。

扶手椅和沙发被推到了一边。克拉尼太太从厨房搬来了一把硬邦邦的椅子，正坐着祈祷。凯蒂在远处的角落里看守着，因为让哀悼的人单独和死尸待在一起，或者让死尸单独留在房间里都很不体面。

看到我坐在沙发的扶手上，她翻了翻白眼。过了一分钟，她走过来轻轻地问道:"你能留下来吗?"

"不能。"我告诉她。她没有搞明白一点,那就是对我而言整件事情已经结束了,早就结束了。我只想把这个讨厌的家伙赶紧埋了好腾出空间来。我告诉她:"我会找伊达或者别人来。我不行。我还有孩子。"

"孩子?"她回答说,声音有点太大了。

"是的,你知道,孩子。"

这时,丽贝卡突然间出现了,倒退着向我靠近,直到撞上了我的膝盖。

"爸爸呢?"

我望过去,看到爱米丽正摇晃着门把手,眼睛紧紧地盯着棺材,一只脚踢着门。

"不许再踢了。"我告诉她。

但她不听。

"你会划坏姥姥的门的。"

我突然间才醒悟过来这是哪里。

"别怕,他已经死了。"我对她说。话说出口了我才意识到这话听起来不太能安慰人。

丽贝卡甩了甩裙子和她沙色的头发跑到了门口,姐妹俩一起走了。门厅那边传来她们的笑声,还有她们跑上楼梯的脚步声,她们不该这么做。我突然很生汤姆的气,是他坚持要把孩子们带来,却又懒得看管她们,甚至不考虑屋里正停着一具死尸。接下来仿佛有人按下了静音的按钮,过了好一会儿我才发现凯蒂已经走了,我成了屋里唯一活着的海格迪家的人。我不知道这样又过了多久,总之是一段漫长的时间,我竖耳听着楼梯上传来的女儿们兴奋的低语声——无论她们跑到哪里，我和她们之间，我和屋里这具废物之间都有种斩不断的联系。屋子的后面传来嘈杂的人声，都是我不想见到的人，我决定就待在这儿，并且不再抱怨。

当恩奈斯特走进来的时候发现我就这样坐在那里，他刚下飞机。他还是他——我呆呆地盯着他看了好久，尽可能客观地打量如今的他。他看起来状态不错。身上穿的衣服倒有点差劲，上身是件戴帽子的粗呢大衣，下身穿着尼龙裤子，他宽大但神采奕奕的脸比以前更加英俊了。我发现他继承了外公查理的秃顶，被烛光照得亮亮的，连他和我握手的大手也感觉和外公很像，我下意识地站了起来接受了他的拥抱，他既像是个神父又像一位祖父——总之我们没有胸脯接触的尴尬：我瘦小的乳房没有阻碍到他对我的拥抱。

他怎么能把分寸把握得这么好？

这都得益于他的工作。我的大哥有一颗经过培训的心；同情就是他身上的肌肉；他在你说话的时候会垂下头来倾听。他几乎没有去看棺材，反倒盯着我的眼睛看，然后才朝遗体的方向瞧了瞧。

"先不要告诉其他人我在这儿，好吗？"他对我说。

"暂时不要说。"接着他点头示意我可以走了。这就是我讨厌他的一个方面，总是一副神甫的做派——虚伪。但不管怎么说，从小到大恩奈斯特对我都还算友善，因为我们之间始终保持着恰当的距离。出了客厅，我听到厨房里传来一个做作的美国口音，除了伊达没有别人。莫西的妻子正在命令她完美的儿女们闭嘴。

我要上楼去找我自己的女儿。

"丽贝卡？爱米丽？"

楼梯很是狭窄，比我记忆中更加陡峭。楼上传来她们的笑声，像在树杈间玩捉迷藏的孩子，等我上楼来她们又消失了。

我已经有很久没有到楼上来过了。这一层是女孩子的房间：米芝、碧雅和伊达住在里面的一间；我、凯蒂和爱丽丝的卧室更靠近楼梯。从窗户可以看到怒放的樱花、黑色的电缆还有光线苍白的街灯。当年的我们并没觉得这里拥挤。凯蒂过夜用的行李正放在她的床上，另外两张床上空空如也。窗户的四周被大大小小的架子和壁橱环绕，都是父亲用白色的合成板为我们做的。架上仍然放着几个课本，都不是英语的——也许正是因此才得以被保留。其中有德国作家西格弗里德·伦茨的《残骸》和莫泊桑的故事集，其中一本我记得叫作《大海》，讲的是一个水手为了把自己的断臂带回家，就把它放在装满盐的桶里来保存。这些书看上去仿佛只是摆设，但我们确实都曾读过。

Tá Tír na nóg ar chúl an tí
Tír álainn trína chéile[①]

我转身发现两个女儿正站在门口。

"来，都下去吧！"这些素来不服从我指挥的孩子转身抢在我前面先下了楼。走到一楼的时候，丽贝卡握住了我的手把我领进厨房，仿佛我是她在门厅里发现的走失的巨人似的。

小时候莫西喜欢玩弄我们的手。他会紧紧地攥着你的手指直

---

① 这两句诗选自爱尔兰语诗人 Seán ó Ríordáin 的诗作《屋后》的前两句，作者在这里刻意没有提供英语翻译，大意为：屋后的青春之地，美丽的迷惘世界。

到你呼痛,并让你的关节反复地相互挤压。他此刻就站在厨房里,和汤姆一起在餐桌旁边:两个事业型的男人碰到了一起,谈论着男人之间的话题。为什么男人从来不坐着?但我马上意识到所有的椅子都被搬去和尸体做伴了。我环顾四周。伊达背靠着水槽站着。她看上去好像更娇小了,连她的脸似乎也变小了——也许是被她背后的光线显的。她保养得未免太好了些,以至于当我吻她的时候联想起了隔壁涂了蜡的尸体,喉咙里感到一阵恶心。

两个孪生兄弟分别从两边抱住我——他们总爱这么做,还是和以前一样讨人喜欢但也让你总是没法把他们看清楚。我四处找寻凯蒂,结果发现她正在花园里抽烟。神秘的爱丽丝不在这里。我突然想,她该不会已经疯了吧?神秘的爱丽丝也许从来精神就没正常过。

米芝的孩子们都站在一处,我刚想朝他们走过去,却被碧雅瞪了一眼,同时把头发甩到一边。

罢了,罢了。

我改为走向母亲身边,在她椅子的一侧站住,听着一个邻居正在结束她的客套话。

"谢谢,谢谢。"

邻居伯客太太,弯下腰,不知对着妈妈的耳朵说着什么了不起的独家秘闻,然后一遍又一遍地抚摸她的手。

"对,谢谢,是的。"母亲又一次这么说。

等伯客太太让位之后,我上前去吻了吻母亲。

这一刻终究是不可避免的。在过去的十天里她不停地看电视,直到她所等待的东西真的到来了。用他们的话说,这让她"深受打击",如同被货车碾过一般,肢体已经是支离破碎了。

从前就虚无缥缈的妈妈，如今已经彻底隐形了。我盯着她的眼睛想要找到她的踪迹，但她把自己残存的部分都深深地埋在了心底。她从远处旁观着这个世界，任其自生自灭，不多思考自己所看到的东西。很难说她到底有多在意，但至少她有一种宁静在心间。

"是你啊。"她对我说话的语气里带着一种隐约的疼爱——只是这种感情和她对放食物的桌子和在场其他人的感情没有分别。

"妈妈。"我弯下腰去亲吻她的面颊，虽然她从不习惯亲吻或者被亲吻，但这一次她没有躲避，反而是仰起了她的脸像初次参加社交活动的淑女一般迎接着我如孩子般稚气的吻。我怀疑她已经彻底忘记我是谁了，但紧接着她却拉起了我的手，把它平放在自己柔软的双手之间，然后仰头看着我。

"你们俩一直很要好。"她说。

"是的，妈妈。"

"你们总是相处得很好，不是吗？一直很亲。"

"是的，妈妈，谢谢。"

汤姆的手暖暖地放在了我的腰上。至少我以为是他，但当我扭头去看他的时候，身后却并无一人。是谁抚摸了我？我站直身子巡视着屋里的每一个人。是谁抚摸了我？我很想大声质问，但是所有海格迪家的儿女和他们的妻子还有他们的孩子都和我隔着一段距离：这些人在走动着，交谈着，咀嚼着，没有人注意到我的反应。

"有什么需要我做的吗？妈妈？"我把这作为我告别的方式。

"我要见见孩子们。"她对我说。

"什么？你说什么？"

"孩子们。"她又说了一遍。"我要见孩子们。"

"她们在楼上。妈妈。不,她们在这儿。我去找她们来,妈妈,我替你找她们去。"

这一次汤姆终于真的出现在了我身旁。他带着无声的怜悯握了握我母亲的手,然后抓着我的胳膊肘把我拉到了一边。

"你去看过他了吗?"我问他。

"他看上去……"他停了一下然后继续说,"那不是你哥哥。"

"我又怎么知道是不是。"我回答说。

汤姆的手握得更紧了,每根手指都充斥着自信,不允许我有任何怀疑。这就是即将和我上床的男人,只为了提醒我不要忘了自己还活着。他接着说:"他看起来更像个房地产经纪人。"

"都是那件衬衫的关系。"

"迟早我们也会有这么一天。"

接着孩子们出现了:丽贝卡、爱米丽,还有莫西的小女儿萝欣——每次见到这孩子她都是一声不响的。真是个乖宝宝。她站在我面前摇晃着她的小肚子。

"你难道不和姑姑打招呼吗?你到底会不会讲话,还是只会吱吱地叫,像个小老鼠似的,吱吱吱吱?"我用我女巫般苍老的双手捏了捏她的小肚皮,然后对汤姆小声说:"妈妈说想见见孩子们。"

"那是当然嘛。"

"你少来。"我告诉他。

"怎么了?"

"她为什么突然想见孩子们?"

"这个嘛……"

"孩子们可不是做这个用的。"我很激动地说。他的眼神中突然充满了对我的玩味,接着抓着孩子们的肩膀把她们朝外婆身边推去。

"去,给外婆一个吻。"

女孩们在我母亲面前一字排开。爱米丽八成会当着外婆的面先抹干自己的嘴唇——她不喜欢湿漉漉的吻,她说,应该"像爸爸"那样干干的才好。这一次不存在口水的问题。母亲抬起手在丽贝卡的头上抚摸了几下,然后很正式地又去同样抚摸爱米丽,后者瞪着大眼睛看着她。

我仿佛是从极远的地方在注视这一幕。好像这些孩子和我都没有关系似的,然而我的血管中却激荡着声声呐喊。

"那你说孩子们是用来做什么的?"汤姆问我。

"她们不是用来做任何事情的,她们只不过是孩子而已。"

我是认真的。

丽贝卡回到我跟前。她的眼眶里满是未流出的泪水,于是我带她出去待了一会儿。另外一间屋子被棺材占用了,所以我们除了上楼之外无处可去。我坐在楼梯上听着我那温柔而又爱幻想的女儿趴在我的膝盖上为了她并不理解的事情而哭泣。渐渐地她振作了一些。

"我要回家。"她说,并没抬起头来。

"很快我们就走。"

"这不公平,我要回家。"

"为什么不公平?有什么不公平了?"我问道。

也许她觉得如此近距离地面对死亡有辱她的青春。或者说是破坏了她少女时代的纯真,我突然有一种冲动,想把她领到棺材跟前让她跪下并默想四末①。

上帝啊,我怎么会这么想?我必须镇定下来。

"这和你没有关系,知道吗?每个人都会死的,丽贝卡。"

"我想回家!"

"我希望你能表现得更像一个大孩子,好不好?"

接下来。

"我甚至不喜欢他。"她的语气充满了不满,这让我忍不住大笑起来,反倒让她停止了哭泣盯着我。

"我也是,亲爱的,我也是。"

爱米丽出来找我,后面跟着汤姆。我们俩站起来抖了抖身上的灰尘,我们要去加入另一伙海格迪家的聚会。这一次有我的女儿们陪伴着我,我的丈夫也在我身边。屋里的每个人都在吃着用去了边缘的面包片制成的火腿三明治,黄油和超市生产的凉拌卷心菜,以及奶酪和洋葱口味的薯片供大家选用,还有迷你香肠和切成小块的乳蛋饼,外加给莫西准备的水果沙拉,因为他老爱抱怨反式脂肪②。抹了三文鱼酱的苏打饼干上有的点缀着虾仁,有的则涂的是奶油干酪外加一叶欧芹。鹰嘴豆沙是给凯蒂或者杰姆准备的,这个星期不知他们两个谁会决定要当素食者,连同牛油果酱和鳕鱼子酱一起组成的调味酱的拼盘。我贡献了熏三文鱼,碧雅则提供了烤宽面条,以及我母亲昨天晚上特意制作的并经过了一夜沉淀的肥嘟嘟的果冻,也盛在玻璃碗里。

就是没有酒。

---

① 四末,按照天主教的说法是指死亡、审判、天堂、地狱。为末世论之主题。信徒多默想四末,会警惕自己、改善信仰生活。

② 反式脂肪,主要是一种由氢化过程产生的脂肪。

不，我说错了。这一次，破天荒地——也许是为了纪念黎安臭名昭著的酒瘾——桌上摆了两瓶葡萄酒，一瓶白的，一瓶红的。每个人都看见了，但就是没有人去拿，谁都不碰一下。莫西本想给克拉尼太太倒一杯，结果差点因此被她用手提袋打跑，她口里念叨着："不，不，我不能喝，绝对不能喝。"

人到四十真好，我一边想着一边拿起一杯橘子汽水。

杰姆到隔壁的停尸房里搬了几把椅子出来，碧雅则负责把盘子分给大家，一场表演即将拉开序幕。起初我还试图约束女儿们，但很快就没了耐心。我靠在墙边观看着大家吃东西的模样。

小时候，莫西坚持要求我们嚼东西的时候不许发出声音。他说他不介意和我们坐在一起，我们也可以随便说话，但是他绝不能容忍食物在嘴里咀嚼的噪音，以及任何咂嘴的声音，哪怕只是轻轻地吧嗒一下嘴，都会招致头上的一记爆栗。他吃饭的时候眼睛目不斜视，但是打人时却动作极快甚至可以盲打。我不知道当年为什么要忍受他的管教——八成是觉得很好玩——但是此刻当我看着这些人在葬礼上的吃相时，我才领悟到了莫西当初的远见卓识。

恩奈斯特，这个禁欲者的吃相最让人难受，就连母亲都带着一种突发的贪婪在吃着，好像是刚刚才想起来该怎么吃似的。这一顿悟让她驻足在饼干前吃个不停，同时也挡住了别人的食路，让其他人一时间流露出不悦的神情。邻居们起初只在盘子上盛了一点点就走开了，但没过多久，他们就开始忘我地大嚼起来。一个男人正用他肥胖的手指抓着食物，我认出那是爸爸的一个兄弟。他吃得极有效率，看到如此种类繁多的食物让他喜上眉梢，决心要在夜幕降临之前把自己喂饱。

爸爸的家乡是美尤郡——十七岁那年他背井离乡。黎安对爱尔兰西部总有一种多愁善感的情绪，但是爸爸却毫不留恋那里，我也是一样。但是看到瓦尔叔叔倒是让我感触颇多。看着他我心想如果我盯得太紧了，我的童年八成会跳出来和他对峙。尤其是在我已经阅历了大千世界里的各种男人之后，我更想知道他到底是怎样一个人。

年过七十的瓦尔至今仍是个单身农民，所以按理说，他的精神理应处于半疯狂状态。但他看起来却颇为开心，而且一点都不笨的样子。一个鲜明的征兆就是他一次只专注于一件事情。他先把手指在纸巾上擦干净，然后本想找一个地方把纸巾放下，可惜没有找到，于是他把纸巾搓成团紧紧地塞在自己盘子的下面。接下来他的目光从我们每一个人身上掠过，好像在猜测我们各自的命运：过去的经历以及未来的结局。瓦尔叔叔最爱结局。他尤其对自杀感兴趣。小时候他曾带我们走过邻里的房子，然后给我们指出哪家人开枪结果了自己，哪家人选择了上吊。他还给黎安讲了一个当地人的故事，说的是某个男人因为妻子拒绝和他上床而在一气之下跑去拿了菜刀当着老婆的面把自己给阉了。

"这儿住的都是吸毒者。"他告诉我们，"他们都来这里吸毒。"

"瓦尔叔叔。"我握着他的手，预感到他身上的味道多半会让我心脏病突发。

"是薇罗妮卡，对吧？我很抱歉，黎安是个好孩子。我最喜欢他了。"

"是的。"我回答说。

"和他在一起让人很愉快。"

"的确是这样。"

我突然意识到，打从六岁那年起我就很喜欢瓦尔叔叔。

"黎安总是很喜欢去你家，每次都是兴高采烈地。"我说。

"是嘛，我们总是尽量让他开心。"

我意识到我并不是唯一一个试图挽救黎安的人——眼前这个男人也曾做过努力，一个人孤独地住在梅赫贝戈的农场上的瓦尔叔叔，余生都会为自己未能挽回黎安的生命而感到歉疚。"自杀"这个字眼今晚头一次出现在了空气当中——我们都没能救得了他。所以，谢谢，黎安，感激你给我们的负罪感。

伊达伸手从背后的水槽里拿出了一只玻璃杯。我整晚都在为此而纳闷——她为什么要把饮料放在那儿？然后我才意识到那不是一杯白水，而是杜松子酒。真是不可思议。她的模样和我刚见到她的时候比没有什么变化，只不过脸好像更肿了一些也更僵硬了一些。还有她的鼻子，形状看起来显然更美国化了。伊达毫不掩饰地怒视着我们所有人。也许是嫌我们太丑了吧。这也不能怪她——连我都忍受不了海格迪家的人嘴巴大动的丑态。

与此同时，汤姆还在继续和莫西说话。"他是你们家唯一神志正常的人。"每年圣诞节前后他都会这么对我说。这话没错，我看着自己的哥哥也认为他确实挺正常的。他工作体面，家有贤妻，还定期给我们邮寄简报汇报他小家的近况。例如"热烈庆祝达拉的诞生！！"老实说，莫西的神经质已经有二十年没有发作过了。然而躺在隔壁的黎安还是不屑地发出了哼哼的声音。我事业有成的丈夫和我事业有成的哥哥正在就国家繁荣这个政治话题交换着意见。哼哼，隔壁的尸体依然对此颇不感冒。

突然间，我很想喝醉。我知道这样做很不对，但我无法压抑自己。我想摆脱我的丈夫和孩子去喝个烂醉如泥，上帝知道我从来没有真的喝得烂醉如泥过。屋子另一头凯蒂在冲着我翻着白眼。对了,找伊达去!我朝水槽走去(想开心找酒鬼准没错)。

"我们需要一瓶酒,这儿有吗?一会儿要用。"伊达从咬紧的牙缝里挤出一句:"我去看看。"屋里的人开始四处走动。我也该动一动了。我必须和米芝的女儿们聊聊,赶在她们拖家带口地把大队人马拉走之前。我的侄女齐雅拉怀孕五个月了,她的脸热得斑斑点点的。

我推了推她的小臂,她则抓住了我的手腕,因为怀孕的女人不仅需要被抚摸也需要抚摸别人,我知道自己和她说话时的眼神是诚恳的,我问她:"你睡得还好吗?买新床了吗?"齐雅拉先是摸了摸自己的肚子紧接着又抓住我说:

"上帝啊,我们现在都睡榻榻米了。"

"你的那个男人真是该杀。"

"他的背疼。"

"是啊,是啊。"我们一起坏坏地笑起来,好像我们谈到了做爱似的。

汤姆就在我身边,很有兴味的样子。我转身向瓦尔叔叔告别,克拉尼太太神神秘秘地把他拉到隔壁去了。齐雅拉要走了,汤姆帮她收拾起尿片包并叫上她正在姗姗学步的儿子布伦顿。然后又回到我身边。

他对我说:"你还记得当你怀丽贝卡的时候,坚决不肯去墓地——那是谁的葬礼来着?你说什么都不肯去,说否则孩子会长成罗圈腿。"

"*Cam reilige*。"

"什么?"

"那在爱尔兰语里叫 Cam reilige。"

"你真是个怪人。"他说我。

"没错,我就是怪胎。"

"Cam reilige"在爱尔兰语里的意思就是"坟墓的扭曲"。我背对着汤姆,再一次感到身体里有一个孩子的阴影,是未来钻进了我在黑暗里敞开着的小腹。

我把手放在小腹上,几乎能感觉到痛。

"不管怎么说,还是起了作用的。"他仍然在我身后。

"丽贝卡的腿笔直而又修长。"

我用不着你来告诉我。我转过头去想要对他这么说,但是却没看到他的人,只看到了他空洞的眼神。如果说我们曾经想过再要一个孩子的话,那么这个孩子现在已经在等待我们了。我几乎能看到他了。所以之后发生的做爱并不全是汤姆的错。我没有从那晚的性爱中获得快感也不能都怪他。

他对我点了点头,说:"我带孩子们先走了,你随时回家来就是了,任何时候都行。"

"别熬夜等我。"我对他说。

他回答说:"也许我会的。"

我们之前提到那次葬礼是我姐姐米芝的葬礼,当时我怀孕的身形大如一栋房子,而她的女儿也就是我二十一岁的侄女凯伦比我早一个月生产。我记得坐在教堂里看着那个小小的湿漉漉的婴儿靠在母亲的肩上,额头上围着一条白色的发带。阿努娜——米芝的外孙女们名字都很傻气——今天穿了一件昂贵的毛茸茸的红外套,十足的美人坯子,瞪着一双海格迪家标志性的恐怖的眼睛:冰冷、野性而又湛蓝。

"晚安，凯伦，你那个女儿将来肯定不得了。"

海格迪家的人开始互相眨眼睛，蓝色对蓝色，陌生人和多余的人都渐渐离去了。碧雅把妈妈从椅子里劝起来。

"你已经累了，妈妈。"

"是的。"

"过来，我带你上楼去。"

"好吧。"

"我把茶给你端上去。"

但是在离开之前母亲还有事情要做。她挣脱了碧雅的掌握来到餐桌前。她将双手放在木质的桌面上，每个人都意识到了她的用意而停止了交谈。她用那温柔而又甜美的声音说："他如果在天有灵一定会为你们而骄傲的。"

我们知道她指的是谁，不是黎安，而是父亲。她已经把葬礼弄混了。如果不是这个原因的话那就是因为对她而言所有葬礼都一样。

"你们的父亲一定非常为你们而感到骄傲。"她的声音里带着一种可怕的肯定。碧雅扳着她的身体将她带走了。"好了，妈妈。"

"晚安。"她对我们说。

"晚安，妈妈。"我们陆陆续续地回应。

"晚安。"

"安睡，妈妈。"

"好好休息。"

"晚安——"我们一齐说，像一同坠地的雨滴。

"*Coladh sámh*"①站在门口的恩奈斯特说,母亲转身向他请求祝福,我的哥哥——这个虚伪的已经堕落成为无神论者的该死的神父外加骗子——毫不迟疑地满足了她(不知道是用爱尔兰语还是别的什么语言),总之让她快乐地离开了。至少她脸上的表情是"快乐"的。她对自己制造出来的人类很满意。这让她感到快乐。

在她走后我们静默了一会儿。莫西坐了下来。伊达又吞了一口她的"水",她的嘴角向下弯得很厉害,她的脑海里正进行着无声的对话。凯蒂点燃了一支烟,由此引发了众人轻微的不满。我在想,我还没有告诉母亲真相。我更没有把真相公布于众。

但我又能说什么呢?说三十年前一个死人把他的手伸进了另一个死人的裤裆里。我肯定还有别的东西可以说,还有别的真相需要披露。

但还有什么呢?例如什么?

我开始帮助碧雅洗盘子,凯蒂把收回来的盘子放在水槽边上。

"你在做什么?"碧雅问她。

"收拾盘子。"凯蒂回答她。

"哦。"

"怎么了?"

"没什么,去吧,你帮忙收拾吧。"

"你什么意思?"

"真的没什么,凡事总有第一次。"

---

① 爱尔兰语的祝你好梦。

"去你的吧。"

"好吧，那你能不能先把剩的食物倒掉？倒掉好吗？先清理一下盘子再把它们叠起来。"凯蒂把盘子举过头顶好像要把它们摔在地上。可是没有人理她。她就那样举了很久——最后一甩头把盘子郑重其事地举到垃圾桶前。她刮了两下，最后还是忍不住把整个盘子都扔了进去，盘子连同食物一同被倒掉了。

"上帝啊！"她叫了一声，看着手里的刀子，好像上面正滴着鲜血似的。我抬头望着天棚——听见母亲还在走动。

"哦，上帝上帝上帝！"凯蒂喊着，把谋杀的凶器也投进了垃圾桶里，接着逃到花园里去把她的烟抽完。

"碧雅？"我叫道。

"什么事？什么事啊？"碧雅一面把餐具从垃圾桶里拣出来，一面凶巴巴地说。

我知道她真正的意思，她是在说，真相现在对我们还有什么用？伊达从停尸房里回来把一瓶酒重重地放在桌子的中央，那是一瓶样子古怪的威士忌。"我就只能找到这个了。"这瓶酒有个古怪的爱尔兰语的名字，看上去像是做装饰用的那种酒。

"我可以去酒铺买。"杰姆小声说。

"不用了，别麻烦了。"

我们打开了瓶塞，把酒倒进酒杯，味道浓重而又甘甜。眼前的场景对我们而言有些陌生，因为尽管海格迪家的人都喝酒，但是我们从未一起喝过酒。

"看这挂杯啊！"埃佛一边把酒杯对着灯光摇晃着一边说。我们小口地喝着，思考了一会儿，突然间杰姆抓起车钥匙，众人在他背后嘈杂地吩咐着是要红酒还是白酒。今天对于海格迪家的人来说的确是漫长的一天。

碧雅依旧一副高高在上的模样,率先去前厅守了第一班岗,我们余下的人留在厨房里逡巡着或者聊着天。恩奈斯特检查了所有的壁橱——他看得颇为仔细;他甚至把手指伸进陈年的芒果酸辣酱里去,还嗅了嗅芥末的味道。莫西偶尔在餐桌前发表一些慷慨激昂的观点,伊达在一边充当着听众,她背靠着中间的灶台,已经醉得洗不了任何碗碟了。

这种感觉好像是地狱里的圣诞节。我们都已经化作了鬼魂,不过这也没什么。

一个接一个地我们饮干了杯中的酒,然后各自找位置坐下,只等新酒一到就可以开瓶续杯了。酒终于买回来了,不过我们并没有为逝者而举杯,反倒是自顾自地喝着聊着,就像平常一样。

有人谈起了神秘的爱丽丝,还有瓦尔叔叔的意外出现,说他看起来挺整洁的。接着埃佛说起他正在考虑在美尤郡购置房产。

"什么?"凯蒂问道,酒精已经让她的举止开始有爱尔兰舞台剧的味道了。"你要在爸爸的老家买吗?"

"也不一定非得是那里。"

"天哪!"凯蒂盯着前方,仿佛那地方就在眼前。她需要找到一个话题,我们也是一样。于是我们聊了一会儿银行利率以及通向美尤郡诺科机场的航班。

然后恩奈斯特语气平淡地说:"那儿的房子可值不了多少钱。"

"正是因为这样我才要买。"埃佛说,但他随即意识到自己走进了死角。

"我不知道,我永远也接受不了那些温馨浪漫或者人杰地灵之类的旅游业的屁话。"我说。

凯蒂爆发了："你穿的那件上衣足够瓦尔叔叔过上一个月的,这件衣服他妈的值多少钱?"

"而且你还是个同性恋,你这个蠢货。"杰姆说,"梅赫贝戈的同性恋们只能选择在农仓里自杀。"

"啊,原来就是在那里啊。"黎安说。我笑着转身想去抓住他,但是他却不在那里。他已经死了。他正躺在隔壁的房间里。

屋里突然间静了一下,仿佛有人骤然关上了声音的门。

"这衣服确实不错。"我说。

"谢谢。"埃佛回答说,他有些迷惑。他从来没有被家里人叫过"同性恋"。

从来没有过,一次都没有。就好像在桌子中央的那瓶酒一样,从前都是在家以外的地方才会见到。

莫西挑起了眉毛,把脸躲在酒杯后面,一面问道:"什么牌子的?保罗·史密斯?"

"这个嘛……"埃佛翻看口袋里的商标,好像他也不确定似的。

我们从来不提钱的事情——例如我们家的某个人,包括某个叔叔,是富有还是贫穷,以及这意味着什么。但我们这个家刚刚经历了一些事情,这个禁忌就此被打破。伊达也站起来走上前去摸了摸。

"不错,是件好衣服。"

果然,之前早早喝下去的酒反而让伊达变得清醒、迟钝,甚至是暴力。她想要发表一些惊人的言论,我很想知道是什么。也许是类似于你们从来不夸我漂亮这样的怨言,也许还有更严重的:你在一九七三年偷了我最好的发带(这确实是我干的)。这个家族所犯下的过错和所带来的伤害，不计其数得让我们无法罗列，但都不是什么大不了的事情，无外乎一些寻常琐事，例如你毁了我的人生，或者我也是受害者！因为在海格迪家里高呼自己的不幸等同于在归罪于某个人。

"时至今日还能怎样呢？有什么用？"我问道。我真正的意思是，现在说出真相还有什么用？

终于，伊达说："我去陪黎安坐坐。"海格迪家的人都喜欢做些崇高的事情。她推开桌子站了起来朝门外走去。我突然意识到，她其实是想喝点杜松子酒。伟大的理由不过是她的一个借口而已，好让她有机会去把藏的酒消灭。

我急匆匆地拿起酒瓶给自己又倒了一杯酒。黎安冲着我点了点自己的鼻子。既然他已经死了，我必须替他做这个动作。于是我也点了三下自己的鼻子。

"你在干吗？"凯蒂问我。

"鼻子。"我回答说。

"你说什么？"

"伊达的鼻子整过了。"

"不可能。"

"看那线条，一看就知道。"

"我也这么认为。"埃佛因为失去了乡间别墅而感到泄气。

"这种鼻子叫什么？Retroussé① 吗？"我说。莫西问道："你们到底在说什么呢？"

"海格迪家家传的鼻子被整没了，伊达的鼻子整容了。"凯蒂

---

① Retroussé，意思是鼻尖翘起。

回答说。

"我认为……"莫西说。

"你认为什么?"

"我真的认为到目前为止这还是她原来的鼻子。"听了这话我们一起莫名其妙地大笑起来。

在笑声结束之后,凯蒂和莫西各坐在桌子的一边开始对视。闹够了,我想。我不会像莫西那样也不会像其他人那样。没错,他从前是常常揍我们,凯蒂,但是那时他只有十五岁,况且他不只打你一个人。

我站起来去洗手间,在门口遇见了碧雅。

伊达接替她看守尸体去了。我从前厅门口经过的时候看到伊达正靠着门框站着,手里拿着一杯浓浓的液体。她在流泪,不然就是眼睛漏水了。直到我上楼她也没有转过身来。从后面看她很美丽。她的背影很像美国女影星劳伦·巴卡尔。

我进浴室去小解,洗手的时候我望着那面照了三十多年的壁橱镜子里的自己。镜子边缘的银漆已经开始脱落。我想,这又能怪谁呢?

从浴室里出来的时候,我看到母亲的房门开了一条缝隙。

"碧雅?"缝隙里传出她的声音来,"是碧雅吗?"

"不,妈妈,是我。"

当我把房门打开的时候,发现妈妈已经重新坐回到了床上,很诡异,就好像一段录像突然被快进又骤然被暂停了。

"你想要什么?妈妈,你还好吗?"

"我以为是碧雅。"她对我说。

"不,是我,妈妈。要不要我去叫她?你需要我这么做吗?"

但是她已经记不清楚了。

"来吧,躺下吧,妈妈,躺下。"她一如既往地像个乖孩子那样的顺从。我注意到她只在床的一边躺下。她依然留出了很大的空间。

"他们都走了吧?"她躺下时说道。

"不,还没有,妈妈。"

"都走了。"

"我在这儿,妈妈。要不要我陪你坐一会儿?要不我再坐一会儿?"屋里并没有椅子,于是我在床角坐下,绕过床尾的栏杆按摩着母亲的脚踝和脚掌。

呼呼,她吸气的声音像女人在哭泣。呵是她在呼气的声音。

呼呼,呵。

呼呼呼,呵。

妈妈进入了时断时续的梦乡,她生命的气味萦绕着我:妮维雅牌的润肤霜再加上 Je Reviens 牌的香水,再加上衰老的味道;父亲的气息也淡淡犹存,从烧焦了的电热毯的羊毛里散发出来,也许还有一丝丝粘壁纸用的胶水的臭味。

我发现自己在流泪。母亲也已经醒了正看着我。从被子顶端露出来的那一对眼睛又大又天真。

"对不起,妈妈。"我起身要走。

"怎么了?"

"没什么。"她注视我的目光虽然敏锐,但我知道她仍然不知道我是谁。

在出门之前,我背对着她说:"你还记得常去外婆家的那个男人吗?"

"哪个男人？"她知道我会提问，但并不喜欢这个问题。

"就是一个总在外婆家出现的人，常在周五的时候给我们带糖果吃的，他叫什么来着？"

"房东吗？"

"他是房东吗？"

"我们总是那么叫他。"她非常敏感地看了我一眼。

"为什么？"

"因为他确实是。"

突然间，好像受了什么刺激似的，妈妈掀开了被子，从另一边下了床，开始四处走动。她先是打开了衣橱的门，又关上，紧接着回到床上，斜眼瞄着大衣橱的上面，好像那里有什么东西似的。

"我不知道。你刚才和我说什么？"她问我。

"没什么，妈妈。"

"你刚才说什么？"我看着她，我想说的是，在你把我们送走的那一年，你刚死去的儿子被人侵犯了，而你却不在他身边安慰和保护他，那一次的侵犯足以导致他走上了一条通向楼下那口棺材的道路。这就是我想说的，如果你真要听的话。

"我只是喜欢他给我们的糖果，妈妈。睡觉吧，我只不过想起了他给的糖果而已。"母爱是上帝最大的玩笑。更何况——谁又敢咬定究竟哪一件事是根源哪一件是决定因素呢？

楼下厨房里的语声越来越吵，还混杂了笑声，接着传来了后门被甩上的声音。凯蒂再次愤然离去。

"我不知道。"妈妈回到床上。她累了。她现在谁也不喜欢。

"我不知道放在哪儿了。"她说。"有关房子的东西，好像是放在高处了。在哪个架子上。我不知道。"我按住她的肩膀,安慰她重新躺下。

"我去给你叫碧雅。"

"好的。"

"我现在就去。"但我却没有那样做。

我关上了门环顾楼梯的四周。我走进姐姐们的卧室,先在衣橱的顶上找寻,又打开柜子,从她们的房间里出来之后再到我的老房间重复同一过程。在昏黄的灯光下,我踩着爱丽丝的床取下了一个饼干盒子,上面有我母亲虚弱又花哨的笔迹写着"文件"。我在寻找她没能找到的东西,但是盒子里装的只不过是一些鸡毛蒜皮的文书,其中有凯蒂的爱尔兰舞蹈课的确认信;恩奈斯特在爱尔兰传统艺术节上的演讲稿;我的文凭,居然是我在爱尔兰国立大学获得的优秀成绩单;黎安的退学证明,现在这对于他来说就和当初一样没用。看来只要是厚厚的卷卷的和没用的文件都被妈妈收集起来了。我一边环顾着四周一边思考着重要的东西可能会放在哪里,例如出生证明或者死亡证明、照片、合同和交易证明什么的。突然间我想起了一个她可能存放这些东西的地方,于是把手中的盒子放在了床上。

可是我已然惊动了众多的鬼魂。他们都汇集在门外,就像我童年时见过的那样,他们都躲在同一扇门的背后。他们的故事就发生在那里,在母亲家的楼梯上,再一次等待着我。

当中都有谁?

首先是早已入土的艾达。她那衰老消瘦的身影,像她这种鬼魂总是在离你而去。艾达早已经接受了死亡的事实。往事不过是她脚下的一摊水。

查理也站在那里，褴褛的衣衫已经发黄。本性善良的查理却没有做对过一件事情——欠债、失信，和女售货员、家庭主妇还有一些女演员鬼混。永远期待着命运的逆转，他的命运的确逆转了，却不是朝着更好的方向。查理无法接受死亡，因为他还没来得及弥补他所亏欠艾达的东西，她是他此生唯一的真爱。他们是我的梦魇。我不得不从他们中间穿过才能够下楼去。

　　我转动门把手，发现纽津也在楼梯附近逡巡。他如同一股气味一样在房子里来回飘荡。纽津正在和他的妹妹丽琪嬉戏，如今两人都已不在人世了。他们彼此亲吻相互安慰。他们并不呼吸，虽然舌头不停地在动，却没有呼吸，更是冰冷的。

　　我走过两英尺长的地毯来到楼梯的顶端，然后一步一步地向下走，每次一个台阶。时光倒流，九岁的我，六岁的我，四岁的我。我不敢用手去扶栏杆，以免摸到什么阴暗的东西。我越是走近灯的开关它就仿佛离我更远。是谁把灯关掉了？明明知道有尸体停放在家里，为什么还要把大厅里的灯关掉？

　　最小的孩子永远都是最倒霉的。我的布伦顿舅舅，穿着齐膝袜和短裤，正站在双胞胎兄弟的房门外，也就是斯蒂威死去的那间房间。人到中年的他头脑里装满了他想要告诉艾达的话，但她却不肯听他讲。布伦顿的尸骨已经和别人的混在了一起；所以在他的衣服下面隐藏着的无数孤苦的灵魂正在嘤嘤哭诉着，只等他一解开裤子的拉链，他们就会一涌而出，一旦他把嘴巴张开，他们就要从他牙缝里爬出来。布伦顿无力为这些被人遗忘的灵魂提供安息之所，所以他们只能在他的体内不停地爬行、肿胀和呻吟；他把手伸到衣领下面去抓，一不小心就带出了好几个鬼魂。他们唯一不会侵占的部位就是他那不受欢迎的蓝眼睛。我正想要去开灯的时候，他就用那双眼睛盯着我，他的衬衫被撑得鼓鼓囊囊的，疯狂和不肯安息的魂灵正从他的耳洞里涌出来。

　　灯亮起。一切如常，只剩下三十九岁的宽容的我。我走进前厅，屋里一片寂静。没有鬼魂在陪伴黎安的尸体，连他自己都不在。

　　蜡烛快要燃尽了。

　　靠近窗边的角落有一件家具——我们称之为橱柜——是用厚重的橡木做的，上层存放着杯子和花瓶的架子，下层用来收纳熨过的布料。我检查了这些布料但什么也没发现，或者换句话说我发现了各种各样的东西：有一台罩着透明塑料口袋的搅拌机，因为年头久了颜色已经发灰；母亲的一些留声机唱片，有尤西·毕约林①的歌曲和富特文格勒②指挥的作品，应该都是她结婚前的东西；文字图版游戏和一个叫骆驼跑的游戏；一个网兜里装着四个斑驳的仿真水果；还有一个支撑膝盖的绷带，用过的人一定很久以前就已经伤愈了。我突然想到应该去看看柜子的顶上。果然我要找的东西就在那里，在装饰的浮雕背后放着几个盒子。我把盖柜子的方巾掀开爬了上去，伸手去够那个绿色的鞋盒子。我用东西把它挑落下来接在手里。我跳回到地面上，看到上面有我父亲的笔迹，写着"宽石"。我笨手笨脚地拧开了盒盖。

　　一个棕色的纸袋里面装了几张照片，都是黄色底色的。还有几张收据——是那种老式的肉铺开出来的。另有一摞厚厚的书信，都是用蓝色的水印便笺纸写的，似乎是女人用的，用一条橡皮筋捆着。几本蓝色硬皮的笔记本，每个都垂直套着一个艾达称作是

---

　　① 尤西·毕约林，二十世纪瑞典著名的男高音歌唱家。
　　② 富特文格勒，二十世纪伟大指挥家之一，德国人。

218

"内衣带子"的松紧带,她用它们做很多事情。

这些笔记都是缴纳房租的记录:从一九三七年开始,也就是我母亲八岁的时候。第一本囊括了前十五年,每页记录十二个星期。同样的笔迹,同样的墨迹,记录着每一个星期五。每年房租都略微上涨一点儿。这支钢笔一直用到第二本结束,在第三本里才被圆珠笔取代——这时的房租也变成了一个月一缴,墨迹的种类从铅笔到红色圆珠笔到任何当时能找到的文具。

外婆已经去世至少十六年了,为什么这些记录会存放在我母亲的家里?如果不是出于某种考虑的话,为什么要保留这些记录呢?——是怕法律的追究还是税务人员的核查?会有人想要核查一栋既不属于我母亲,也不属于我外婆的房子的纳税记录吗?当我把这些笔记本放回盒子里面的时候,想到这些记录所赋予房东的特权,心里有种想要呕吐的感觉。

记录中止于一九七五年。之后都是空白。我猜想这是否就是纽津死亡的年份?我本想拿这些笔记给黎安瞧,却看到艾达正站在门口看着我们。她和我在楼梯上所见到的那些魂灵们不一样,在我眼中她如同一个真实的女人那样沐浴在灯光里。

第三十一章

我不知道那晚余下的时光我是怎样度过的,也不知道在我离开之后是谁在守护着黎安的遗体;我猜想大多数的时间应该是碧雅或者恩奈斯特轮流看守的,但据凯蒂说,有一段时间所有人都进了前厅去打扑克。①显然我还在前厅小闹了一场。莫西把一片酸酸的药片塞进了我的嘴里,而恩奈斯特则试图和我一同祷告,由于我坚决拒绝在我从小睡到大的床上休息,他们只好把我塞进出租车送回了家。

回到家的我,面对着空荡荡的房子,看到一个一个房间如此自然地彼此相连,心里有种感恩的释然——我想这就是为什么我后来爱上了在夜里漫游的原因,就是为了重温那种感觉——理性而又空灵。又过了一会儿,我才上楼去和我丈夫做了最后一次爱。

当然,这不是我的计划。在度过了那样一个夜晚之后,我没打算有任何的性爱,更何况是最后的一次做爱。然而当我爬上床的时候发现汤姆居然还醒着。他深爱着我。至于他爱我的理由我

---

① 按照爱尔兰的习俗,守灵的那一夜打牌是传统之一,并且会为已经逝去的人也抓一副牌。

倒觉得没必要深究：他爱我，所以才想把我拖回到生者的世界里来。另外一种可能是因为我的灵魂突然间变得那么柔软，让他想借机在上面留下自己的痕迹。然而我的身体并不柔软。我不知道他为什么没有注意到这一点，但我按部就班地配合着他，给他创造了条件，我也没有叫他住手。因此我应该也是想要的，至少有某种需要。

他永远不会知道在他走后我母亲家里都发生了哪些事情。他也不会知道我曾吃过药（没准是药物的作用？），更不会知道当他尽情投入的时候我感觉就像刚刚被肢解的牲畜。如果他真的像他看起来那么激动的话。他喘着粗气浑身发抖，好像他所有的神经都被点燃了。

在结束之后，我们面对面地躺着，把被子一直拉到脖子下面。这些年来，我们对彼此已经讲过了太多的话。现在依照法律程序进入了静默状态。

不过他还有一件事情要说。

"对不起。"他对我说。

我刚开始还以为他是在为差劲的性爱而道歉，然后才想到他或许是在对我哥哥的死表示同情，但其实他是在为曾经的一次出轨而向我忏悔——他本打算接下来告诉我那个女人对他而言是多么的不值一提——但在眼前的情况下实在让我觉得他很傻且让人难以忍受（因为我已经意识到，刚才是我和他的最后一次做爱），所以我抢先一步对他说："没关系，没关系。"

他把这当作是一个祥兆。预示着事情会越来越好。他说我应该做点什么，找份兼职，或者至少每天出去散散步——再买栋房子怎么样？房地产市场正在蒸蒸日上，为什么不买栋旧房子然后翻修一下？钱？他负责去挣。他说他之前的日子太忙了，所以一时糊涂，但是我们现在已经走出了阴霾，他也恢复了自我。我重复他的用词："一时糊涂？"

他说："拜托不要这样。"

我说："总有一天，你的女儿们也会和你这样的男人上床。然后那些男人会憎恨她们，只因为他们对她们怀有欲望。"

"你说什么呢？上帝啊，你知道，那不过是……"

"是什么？"

我想他的意思是说这类事情他是有底线的，男人对欲望也是有节制的。那种憎恨不是真心的，例如，没有人会因此而丧命。我想他是说我们还能这样肩并肩地躺着已经不错了。

也许他是对的。于是我和他就这么肩并肩地躺着，我在想我私处的瘀伤。

"男人的身体真有意思。它们从不说谎。这一点一定对你们很有用。我是说你们生来就是要说实话的。要或不要，喜欢或不喜欢，想要或不想要，都明摆在那里。"我说。

汤姆回答说："其实也不是。"在你想要的东西和你的小弟弟想要的东西之间并没有必然的联系，当然有时候两者也很难区分。

"好吧。"我说着翻了个身，睡了。

第三十二章

　　开门的果然是伊达,这我早该想到的。眼前的人不是艾达,而是我糊里糊涂的姐姐;酒精弄得她神经兮兮的,新整容的鼻子看起来也傻乎乎的。

　　我想起了外婆当年的模样。

　　我脑海中有这样一幅画面。除此之外我不知道该如何描述那段记忆。在这幅图画中艾达正站在她家的客厅门口。

　　那年我八岁。

　　艾达的视线从我的肩膀一直掠过我的后背,如同一道强光。我的背面完全落在她的视野之中,我的肌肤因此而发硬然后如烫伤般地皱起。兰伯特·纽津站在我面前。我正对着这个黑影慢慢坠落,手里捧着他苍老的性器。

　　多么诡异的图画,画面充满了会说话的文字。我想起他的性器的"眼睛",它正顶着我的眼睛。我"牵扯"着他把他拉近。我"吮吸"他,从他的嘴里射出一股细细的柠檬味的蜜糖。

　　这幅图画来自于我大脑中的负责语言和动作的部位。那段记忆太过原始,让我无法确定它的准确性。我甚至不能肯定它真的发生过，但我还是为他的邪恶而感到恶心，它煎熬着我。光线随着被推开的门而照射进来，照亮了他尖锐的脸颊之下那黑色的三角区域，他慢慢地扭动头部，眼球在眼眶里缓慢地翻转，转向站在门口的我的外婆。

我原不相信人性本恶——人性的确是软弱而且容易犯错，就像我们善于创造但也善于毁灭一样——但是当我看到他缓缓转过来的面孔时我就知道了什么叫作邪恶。他苍老的胸膛里有一个气泡正在升起，某种东西在不停地膨胀，随时都有可能从他张开的口中喷射出来，玷污整个世界。

那是什么？

我被卡住了。在这个或许是记忆或许是幻想的境域里，我无法停住也无法前行。从他口中喷出的任何东西都让我恐惧，尽管我知道它并不会伤害到我。它可以充斥整个世界却不留一丝痕迹，因为它已经混迹于地毯的潮湿和消毒剂的气味之中了：兰姆·纽津仿佛在讥笑着我们每个人；就连墙壁也散发着他险恶的用心。墙纸的图案烦琐得让人眩晕，而我的手里还握着纽津那笔直的、尽管苍老但依旧可爱的沉默的东西，它在我的掌中挺立，骄傲地流着眼泪。

门被完全推开，而他的嘴也彻底地张开了，从里面冒出的那个气泡里只含有一个名字：

艾达。

是她的名字。

她对自己看到的情景满意吗？她感到高兴吗？当艾达目睹我的手上沾满兰姆·纽津的液体时她是怎样一种表情，我试图回忆，或者说试图创造出这段回忆，但我只能想到一片空白，和她那张空白的面孔。她的脸上顶多只写了三个字,那就是:无所谓。

错误就在那一刻铸成了。艾达站在走廊的灯光下,客厅里那充满土腥味的空气从她的身边吹过。这一刻我们意识到整件事从头到尾都是艾达的错。

包括她疯狂的儿子和糊涂的女儿,包括糊涂的女儿的没完没了的糊涂的怀孕,包括她所有的孙儿孙女都无一例外的堕落。在这一刻我们要质问艾达究竟犯下了哪些过错——多少总该有些理由——才导致人间多了这么多的亡灵。

但我不怪她。我不知道为什么。

我欠黎安一个清楚的解释——在宽石区的外婆家里究竟发生了什么又没发生什么。因为有因就有果。这我们都知道。我们知道真实的事件会产生真实的后果。从这个意义上来说,虚拟的事件是不能与其相提并论的。有的事件接近于真相,不然我们要怎么称呼那些在我们脑海里自动重现的事件呢?我们都能分辨真人的肉体和虚拟的肉体之间的差别,当你碰触到前者的时候,后果会真的随之发生(只不过不是如你预期的那般)。

无论黎安遭遇了什么事情,都不可能是在艾达的客厅里发生的——不管我头脑中的画面如何告诉我。纽津不可能愚蠢到如此地步。侵犯真正发生的地点是仓库,在黎安深爱的那辆车子和它的引擎的零件中间。在那里纽津对我哥哥的伤害不只是上述这一种。我肯定他有性虐待的心理而且有多种手段。我必须澄清这个问题,因为我大脑中的某个部位,在我身上某个不知名且被上帝遗忘的部位,把爱和欲望混为了一谈,但其实两者不是一回事,它们甚至毫无关联。据我所知,当纽津渴望着我哥哥的时候,他

225

丝毫不爱他。

我只知道这么多。

我也可以说黎安也是渴望着他的,或者至少是渴望着某样东西。

"那么你呢?"纽津这样问我,我哭着开着我的车沿着夜灯照耀下的都柏林游荡。"那么你呢?"

至于我——我记得自己不大喜欢那间仓库,所以很少进去。偶尔当我在开夜车的时候,或者是停下来的时候,回想众多的事情,我常常怀疑那种事情是否也曾发生在我自己的身上。

答案是什么呢?我认为是否定的。

如果这样的经历曾发生在我的人生里的话,我想,或许可以解释某些事情。但如果是发生在我哥哥的生命里,那却是至关重要的。因为有了这件事一切后果就都找到了根源,这是诸事的症结所在。在某种意义上,它解释了太多的东西。有些事情我可以肯定。

例如,我知道我哥哥受到了兰伯特·纽津的性侵犯,至少很有可能是受到了兰伯特·纽津的性侵犯。

但也有些事情是我不能肯定的,例如,兰伯特·纽津有没有碰过我,布伦顿舅舅是否是因他而疯狂的,我的母亲是否也是因他而变得呆滞,而我的萝丝姨妈和我妹妹凯蒂是否幸免于他的魔爪之下;简而言之,关于兰伯特·纽津存在着太多的未解之谜;他是谁,艾达和他又是怎么认识的,他都做过什么,又没做过什么。

我知道他可以成为我们所有人遭遇的罪魁祸首,但我还知道一个更惊人的事实——那就是他不是唯一对我们负有责任的人。毁掉我们的是因他而滋生的环境。那个迫使我们在他的屋檐下苟且偷生的人才是真正的凶手。

　　时光倒流，我又回到了圣迪波纳学校，那时的我口里常染上墨汁。黎安已经不再和我睡一张床了。我也开始穿着内裤睡觉。每天晚上我都是刚刚躺下就又爬起来套上丝袜，再躺下，然后第二次爬起来穿上校服上衣；我必须随时准备妥当以防万一。我又第三次爬起来把校服裙搭在椅背上，再把鞋子放在椅子下面，所有东西都指向门口，这样一来我就不用在早上离开房间到别的地方去穿衣服了。第四次我又爬起来把饰带折叠起来放在右脚的鞋里，让一端垂在地板上。最后一次爬起来的时候我把校服裙也穿上了，然后才终于睡着了。

　　在学校里，我一身疲倦的味道。我制服裙上的裙褶已经被压得没了形状。我无法摆脱被单留在身上的那种感觉——当我在床上翻滚的时候，它们如鬼魅一般揉搓着我的裙子。黎安住在房间的另一边，凯蒂就睡在我身边。此刻，班妮蒂克特修女正在指导我们如何祈祷：

　　　　当我入睡的时候，
　　　　求主保管我的灵魂，
　　　　若我在醒来之前死去，
　　　　求主带我的灵魂同去。

第三十三章

如果圣母玛利亚是以肉身升天的,那她到哪里去上厕所呢?

"你说什么?"爸爸看着我。

"我是说如果圣母玛利亚是以肉身升天的,那她到哪里去上厕所呢?"在我看到父亲挥手之前,他已经打中了我。

这发生在我们从艾达家回来之后不久,当时我对宗教的兴趣正处于巅峰时期。

我之所以会特别记得这件事是因为尽管父亲经常打我们,但从来不曾专门针对过某一个子女。有时候他会一次揍三个孩子,却放第四个一马,有时也会跺着脚高举着手掌冲向我们,吓得我们四处尖叫躲避。当然,他对男孩子的态度有所不同,但是总的来说,父亲之所以打我们并不是出于他的主观意愿,而是被我们逼的。这就是为什么当凯蒂四处抱怨遭受暴力对待的时候,我并不同情她的原因。

然而,当爸爸的那只手砰的一声击中我的时候,我一边耳朵的听力顿时消失了,在麻木的寂静过后,是伴随耳鸣而来的痛楚。

这个问题问得也算是值得了——因为我由此看到了父亲是天

主教徒的唯一证据。

妈妈当然也是天主教徒，每个人家的妈妈都是，但是在长达十四年的时间里，每个星期天的早上，我都坐在教堂的木头长椅上，不是在父亲的身边就是在他背后，可我从没看到他的嘴唇动过一下。我既没听他出声祷告过，也没见过他低头冥想，或者做过任何被认为是一个人应当在教堂里做的事情，他坐在教堂里就如同坐在巴士上。每到圣餐礼的时候，他就会站在长凳的出口，注视着我们从他的身边依次走过，如同看着从圈里放出来的羊似的，我不知道他是不是每次都跟在我们队伍的末尾。我父亲是以一家之主的身份去参加敬拜的，至于他的个人信仰是什么，我真不知道该如何回答，因为我无法从他的身上找到任何根据。

在参加黎安的遗体迁移仪式时，我回忆起了父亲。那天，恩奈斯特身穿神父罩袍站在神坛前，胸前的刺绣却源自秘鲁的玛雅文明，我觉得他看起来很不错。

海格迪家幸存下来的子女按照长幼顺序依次坐在前排。恩奈斯特吩咐我们和他一同祷告，我把继承自父亲的粗陋的双手合十，再把它们贴近和父亲一样的嘴唇，然后我模仿他的声音说："哦，主啊。"却唯独缺少信心——父亲的信心。父亲生前就不虔诚，我想他也不惧怕地狱之火——因此当他在我的母亲（此时正排在我们队伍的最末尾）的身体里制造出了十二个孩子和七次流产的时候，他只是在单纯地做爱。完全无视神父的许可或者反对。在他而言这些不过是他的需要，或者说是他的欲望——都是他理应享有的权利。

他当然是爱我母亲的。一个让人难以接受的事实那就是我的父亲爱我的母亲，我的母亲也同样爱他。但是他还没有爱她到肯放过她的程度。他做不到不碰她。我料想父亲和性爱的关系就像他的儿女和酒精的关系——都是明知故犯的行为，不是为了享受，而是为了逃避。

这是我能为此时正躺在过道中央那口棺材里的孩子的行为所能找到的最说得通的解释。躺在盒子里的黎安，又恢复了孩童的身份，他的身高还不到棺材的四分之三，岁月正从他的身边溜走，生前的时光仿佛已经被新陈代谢掉了，他又回到了九岁的那一年，站在外婆家后院的栏杆前，对着小河撒尿，直到连生命的最后一滴也都排出去了。

"嘘！"

海格迪家的这些子女们个个都带着宿醉，包括盒子里躺着的那一个。那是一种非常宁静而又珍贵的体验，是知觉的放大，痛并温暖着。当然谁也没有黎安醉得厉害，他醉到毁掉了他自己。他喝到了不能再喝的程度，把自己都排挤到了肉体之外。看来他要睡上好一阵了。

在队伍的尽头，母亲的温柔和痛苦显而易见。碧雅站在她身边，充当了一家之主的身份，就像当年的父亲那样。紧挨着她的是莫西，他大声地回应着神父的布道。我们余下的这些人要么在小声呢喃要么干脆保持静默。我的一边是凯蒂，她正弓着身子一副虔诚的模样（对谁虔诚倒是值得玩味）。我的另一边是伊达，她呆呆地坐着，看上去心如止水。

我愿意为了相信而去相信。我想从空气中汲取到一点坚定，让它在我的心里如同以太[①]一样地扩张——关乎上帝、未来乃至

[①] 以太，古希腊哲学家亚里士多德所设想的一种物质，是一种曾被假想的电磁波的传播媒质，但后来被证实并不存在。

无上的崇高。我低着头,想要相信爱会改变一切,或者说如果爱还不够的话,那么生儿育女多少应该会弥补缺失。我从至高者想到芸芸众生,在某个瞬间体会到了身为人母的弱小和意义。

海格迪家的人所受过的苦难还不够多,因为信仰是需要磨难去炼就的,而我只找到了鲜血、指甲和一丁点儿的愤怒。我只能依靠这有限的愤怒。

我在看着黎安的同时试图去相信爱。

还真不容易。

我和黎安住在艾达家的那一年,我八岁,他九岁,就是在那时上帝的爱给我留下了记忆。我记得很清楚。班妮蒂克特修女告诉我们要把耶稣"放在我们心里",我照她说的做了,没有问题。现在当我再度检视自己内心的时候发现那里依然还有一种感觉存在,一种炽热和挣扎。我闭着眼睛向上看,感觉我额头的中央仿佛开了一扇窗户。在我心里有难以言表的挣扎,额前却是一片纯净和虚空,好像该说的话早已经都说完了。

在这一刻。

信仰。我知道它是怎么形成的。我只是缺少填充的材料而已,我需要的仅仅是一些词语。

在父亲照着我的头给了我一击之后,就转身走开了,什么话都没说。他可能也被自己的行为吓到了。至少我是被吓到了。但事实上那时的我就不相信有天堂,至今也依然不信。至于地狱,我倒是可以告诉你那里很安静。

第三十四章

在宽石区的家里,艾达正坐在客厅的沙发上。她手里拿了一件针线活,某种简单的手工,可能是在纳边或者织补。屋里还有一个八岁的女孩,就是我。

我记得她背影的线条和她双手放在膝上的样子,还有她穿针引线时一挑一抬的动作。她所坐的沙发是深红色的,上面摆着一排靠垫,但艾达并没有靠在上面。沙发的两端各放了一个有吊穗的土耳其圆枕,可能是剧院里某出宫廷戏的道具;一个边缘有皱褶的红色天鹅绒圆形靠垫,还有几个小小的圆木形的靠枕,外表是用紫色和棕色的金属织线织成的条纹图案,活像从戏院的布景树上剥下来的树皮。

艾达坐在这些垫子的前面,弯腰忙着手中的工作,老花眼让她不得不偶尔把头不自觉地向后仰,但是在我眼中她并不显老。她满足于这种忙碌;她所呈现出来的是最真实的自我。我走过去在她身边坐下,她也朝我点点头——每缝完一处,她就凭感觉伸过手来用手指的关节抚摸我的面颊。

"嗨,孩子。"

这就是我的记忆。

在那段记忆中没有人进来也没有人出去。查理不知在何处，纽津也无关紧要，黎安和凯蒂或许正在饭厅的桌子上做作业，只有我和艾达坐在她神圣的前厅里。临街一边的窗帘是红色天鹅绒的，墙上挂着签名照片，其中有吉米·奥迪，还有阿黛尔姐妹，一幅标着"奥赛罗"的图画上是一个脚尖点着地的棕色皮肤的男子。他们都是某处上演过的剧目中的人物。在这里，远离舞台，和艾达在一起才是我最向往的地方，她曾经为表演而努力过却没有成功，最终只能按部就班地过平凡人的生活。艾达大多数时候都很和蔼，偶尔才会流露出一丝严厉——但我们从未见识过她真正发火的模样。此刻她正在全神贯注地做着针线活。过去已经成为历史，未来怎样她也不在乎。她以自己的速度，向属于她的坟墓靠近。

我盯着她手中的布料看入了迷，过了好一会儿才离开。

第三十五章

　　交房租的记录是从一九三九年开始的——这让我一度猜想，在那之前房子是否属于查理，但在某一次赌马之后输给了纽津。虽然这种可能性很小，但由此而引发的各种联想却久久地萦绕在我脑海之中，我仿佛看到查理和纽津一同站在雷欧帕德赛马场的观众席上，后者像乌鸦一样站在他背后，燕尾服的衣尾被风扬起。

　　"给你吧。"查理漫不经心地把最后一片纸交给了这个比他更爱他妻子的男人，至少要比他爱得更热烈。

　　"就差那么一点点。"

　　然而纽津长得并不像乌鸦，而是一个平凡男人的样子，这点我还有印象，但我记得最清楚的还是他耳朵上长的那个粉红色的肉球，以及他每逢周五坐在客厅里的那张单人沙发上的姿态。

　　自从黎安死后，我就养成了每周六带上女儿们去看望母亲的习惯，有一次我装作不经意地问她，在搬到宽石区之前住在哪里；除了外婆的那栋房子之外，她还住过别的地方吗？

"什么?"她看我的眼神好像是在看陌生人一般。

"你小的时候,妈妈。小的时候你住在哪里?"

"也在那附近,我想我们一直就住在那周围。"她回答着,答案让她有些沮丧。

过去没有给母亲留下什么美好的记忆。往事所带给她的痛苦远大于童年所带给我的影响。我竟然以为只有我才是受害者?我可怜的母亲生养了十二个子女。她无法拒绝繁殖,只能一个接一个地生下去,直到第十二个。也许还有我不知道的孩子;也许她就是喜欢生儿育女;也许她所经历的事情太多了,不是说放下就可以放下的。

那些书信都是写在蓝色的便签纸上的,带有巴西顿邦德[①]标志的水印。一共大概有十五封左右,每封的落款不是 L·纽津,就是兰伯特·纽津,内容却一封比一封枯燥。信里内容的不连贯让我察觉到了一种类似于愤怒或者是欲望的情绪。换了我处在同样的情况下可能也会佯装镇定,因为我是那种性格的人,然而艾达和纽津之间的客气却很值得玩味。

亲爱的斯碧蓝太太:

抱歉我无法对您自上个复活节以来所欠下的款项给予折扣。你对大厅里的墙围所做的工程事先没有经过我的批准,因此不能用来"抵销"欠款。我期待在您下次房租到期的时候收到全额的还款。

---

① 巴西顿邦德,一种纸张的品牌。

此致

　　　　　　　　　　　　兰伯特·纽津

亲爱的斯碧蓝太太：

　关于后院仓库的问题，请相信我是真心实意地为您的利益考虑，更何况从后面的小径就可以直接进入。

　此致

　　　　　　　　　　　　兰伯特·纽津

亲爱的斯碧蓝太太：

　我想您很清楚我的意思。和更重要的事情相比，圣诞节不是什么特殊的日子。修理水箱的工人会在星期二登门，我自会付给他薪水。

　请转达我对您的丈夫，斯碧蓝先生的问候。

　　　　　　　　　　　　　　您的

　　　　　　　　　　　　兰伯特·纽津

亲爱的斯碧蓝太太：

　关于那七先令六便士的借款，虽然您的丈夫在五号之后才能有钱，但我还是会按日上门收租。

　　　　　　　　　　　　　　您的

　　　　　　　　　　　　L·纽津

亲爱的斯碧蓝太太：

　我无法允许您对出租房的所作所为。您把房间分租给麦克伍埃太太的行为违反了我们之间的协议，我有权提高房租或者将该栋房屋改租给他人，但您知道，如非迫不得已我不会这样做，但我可以行使这种权利，希望我们能就此做出让双方都满意的安排。

您的
兰伯特·纽津

亲爱的斯碧蓝太太：
  这是缝纫间屋顶费用的收据。

你的
L.N

亲爱的斯碧蓝太太：
  我的儿子告诉我您刚刚受到了一点惊吓，请接受我对您的问候，并祝您早日恢复健康。星期五我不会派奈特过去，如果您不允许的话，我将亲自登门。

你忠诚的
兰伯特·纽津

尽管最终是纽津先过世的。
  我看得出这种你来我往中充满了突如其来的恩怨和不易察觉的残忍。也许是我想多了——也许所有的房东都是这么和租客讲话的，但我总是感觉里面存在着一种操纵和被操纵的关系，例如，身为房主的纽津每次在使用完后院的车库之后，都故意绕到房子的正门去敲门。这让那一次次的下午茶蒙上了一种强迫的意味。

他是进攻的一方而她只能退守，艾达不得不展现出她最迷人的一面——也可以说是她最性感的一面——女人在被逼入绝境的时候都会使出这一招来。三十八年来，她的人生就被纽津一周一次的收租一点一滴地吞噬了。三十八年来她不得不使用女性的魅力去敷衍他，而他则坐在那儿心安理得地享受着、强夺着，因为他觉得这是她欠他的。

他爱她。我对自己说，你真是个傻瓜。他是因为爱她啊！

不过说到爱，纽津还只是小儿科，他并没有足够的激情可以四处散播。房子是他的，女主人或多或少也可以算作是他的，而且他还可以对她的子女任意妄为。然而后者所能带来的满足感是有限的，因为在那个年代，孩子无足轻重。我们这三个海格迪家的孩子尤其无关紧要。

当一个小男孩闯入纽津的视线时他所看到的不过是个报复的机会和发泄的方式——这一点我毫不怀疑；只不过是一个男人为了得到他想要的某种东西而做的一种无聊的交换。

不难想象，一个苦闷的男人遇上了一个美丽的男孩会发生怎样的际遇。

第三十六章

某天夜里，我决定放弃对方向盘的控制，任由它自己选择方向，但结果车子向北驶去，经由都柏林附近的豪斯海德高地和斯沃斯路，直奔特兰港。

在开过了精神病院之后我继续朝海边走，最后停在一小片空地的边上。在这片废墟之下，埋葬着我舅舅的数学头脑。据恩奈斯特说，一个他认识的当地神父告诉他这里长眠着五千多个人。对此我毫不惊讶，因为就连那墙壁上的每一块砖都渗透出恐怖的气氛。周围的空气像高压电线一样吱吱作响。

我站了一会儿，感觉毛骨悚然。

一轮明月高悬在空中。远处白色的浪花静静地涌来。波涛在我脚下拍打着岩石，被气流的交汇和远方的风暴所搅扰着。今夜无风。

我站在那儿心想再没有比这里更糟糕的地方了。世界上最差劲的地点莫过于此。

但这只是我的看法，也许实际情况并没有那么坏。如果说我最疯狂的时候也不过如此的话，那么也实在算不上是疯狂的极致。我还不至于殃及我的孩子们，不过也许我该略微改变一下我的生活方式——把车卖掉，改为步行。

汤姆在厨房的餐桌上给我留了言——这一周的房地产增刊。外婆家的那条街上正好有一栋房子出售。当然并不是她住过的那栋，至少这次不是。最近大家都在忙于买房子和搬家，说不定什么时候她的房子也会挂牌出售。我可以有计划地攻占艾达的房子，先把她家附近的房子买下来，翻修之后再卖掉，然后再买再卖，直到她家出售的那一天到来——肯定不会太久的——迟早我会站在艾达的前厅里，任意地撕下壁纸，然后和我的高级建筑师讨论如何把这房子开膛破肚。待那天到来的时候，我要穿上一套张扬的套装，踩着高得吓人的高跟鞋，一边噼里啪啦地从光秃秃的地板上踩过去，一边吩咐建筑师把黄色的天棚和发霉的墙壁统统都拆掉；让门厅和前厅合并为一体，但必须保留厨房里的贝尔法斯特式水槽，因为从这里可以望见后院，那是我幻想开始的地方。我会和建筑师一同赞叹那精致的顶棚、玫瑰浮雕和漂亮的壁炉，多少东西曾在那里燃烧：信件、赌注登记员的记录、猪油、艾达木梳上的落发——扑哧一声被火苗吞噬。我会让人把整栋房子用强效的化学品清洁一新，我需要的不是一个弱不禁风的女人带着拖把前来打扫，而是一队身穿制服的小伙子背着器材手持高压喷枪来做一个彻底的清洗。

还有仓库——我要把它改造成一个工作室，有天窗和雪白的四壁，我还要在老旧的水泥地上铺上宽大的地板，要橡木的。

"你觉得用橡木怎么样？"我会问建筑师。

翻修一新之后我要把房子先出租一段时间，而且会善待我的租客们。等我觉得折腾够了并且心满意足了之后，等我把这个地方揍得屁滚尿流之后，会用古典的木头香皂和牡丹的芳香来熏染它,最后再以双倍的价格把它卖出去。

你看这样做过不过瘾,黎安?

他正站在那里,就在海边上,眺望着浪花。

这样做够不够?

他看上去好像电影里跑龙套的,因为现实中的他绝对不可能是这副打扮:棕色的松松垮垮的西装,年轻的黑色卷发和一顶渔夫帽,还有凝望着夜色的爱尔兰冰蓝的双眼。他并不是一个人。就在离他不远的高处还站着另外一个男人,海岬上也伫立着一个男孩——事实上,每一个高处和海岬上都有一个人和他一样在看海。

这画面很像是吉尼斯啤酒的广告片,只不过是静止的。

一架准备降落的大型客机从我们头上飞过——今天的第一班航班,正携着北极的冰霜抵达。从纽约途经纽芬兰和格陵兰,最后抵达特兰港。已经是早上六点钟了,该是回家的时候了。

我回到车上才发现钥匙一直冰冷地悬挂在钥匙孔里。阳春三月,距离黎安的故去已经快五个月了。齐雅拉所怀的孩子,和黎安擦肩而过,如今已经满月了。而我自己的最后一个孩子,就是我幻想和汤姆孕育的那一个,早就等得不耐烦了。我转动钥匙发动了车子。

黎安扭头看着我离去。他不知道我是谁,也不认得这片大海,更不晓得宽石区是怎样一个地方。他除了自己的死亡之外其他都无暇顾及。死亡让他变得如同成熟的李子一样丰满。连他的眼神都是充实的。死亡是件严肃的工作。他想要把它做好。他把头从令人眩晕的车灯上转开,把视线定格在了大海。

我回到主干道上,但是车子却不肯回家。我只好改道去机场,没过多久,我人已经坐在飞机上了。

第三十七章

自杀者的葬礼总是很叫座。人们果然蜂拥而至,堵在门口,以便率先抢占后排的座位,或是逡巡在教堂的周围:他们自以为非来不可,唯恐被死了的人抛下似的。

我真希望他们都待在家里。

我站在教堂的门廊下等着运家属的车子从母亲家过来。汤姆正在沿着一条长凳追赶着爱米丽。丽贝卡站在我身边抓住我的手不肯放开。面对众多亲友和陌生人,我很庆幸有孩子可以分散我的注意力,那些人只盯着我的脸看却又不和我打招呼,也许还在等什么。我忙着看管孩子,指挥爱米丽带妹妹一起去找爸爸,汤姆必须抢在大队人马到来之前先带她们去看那放在过道尽头的棺材。

一个女人穿过人群向我走来。我好像在哪里见过她——倘若我能想起来是在哪里的话,我也许就会知道她的名字和她走过来的目的了。她显然刚刚哭过,这令我感到不安。我心想,看到死人谁都会忍不住掉几滴眼泪的。

她个子很高但肤色苍白,一头黑发,单凭这些我就该想起她是谁了，她似乎因为伤心过度而显得脆弱。她是在环顾了四周之后才发现我的——我就是她要找的人。她礼貌却又笨拙地推开众人向我走来。她简直瘦得皮包骨，上身穿着一件蘑菇色的大衣，下面是一条米色的泽西式的裙子。

我终于想起来了，她就是黎安那次带到我家的女孩，当时我正在装修房子，女儿们的卧室还没铺上地板，就在这一片狼藉之中，黎安带着这个对什么事情都没有主见的女孩出现在了我的门口。她甚至连自己想吃什么都决定不了。

我不知道黎安和她同居了多长时间，或者在她的单人床上睡了多少次，我更不知道他和这种活得落魄的女孩在一起都会做些什么。我更无论如何也想不起来她叫什么名字了。但我记得后来当他们要离开我家去美尤郡的时候，我已经对她产生了一些好感——我喜欢她那双修长但爱紧张的手和她透着蓝色血管的肌肤，还有她梳着假髻的发型。我还记得自己曾经期望他能从她那里获得一些安定。

彩色玻璃所折射出的光影从她的身上和眉间掠过，当年痛楚的神情依然若隐若现，只是她已经不复是妙龄少女了。光影随着她的走近而消失。她直视着我，脸上写满了她要对我倾诉的故事。想要说的话已经从她的神情里呼之欲出。这不能怪她。

可我还是记不起她的名字。

"凯蒂有没有招呼你？感谢你远道而来。"我说。

当我伸出自己的双手去挽住她的手时突然感觉自己很像个典型的爱尔兰人，先是对来客的长途跋涉表示谢意，然后再请她进去吊唁。

"你一会儿要回酒店去吗？你知道酒店的位置吗？要不要找

人送你过去?"

"我刚到,才过来。"她回答我。

"你听说了?"我问她,指的是他的自杀,她点点头,好像这不是她此行的重点。

"这是罗恩。"说着从她优雅的大腿后面扯出来一个小孩,我低下头,第一次见到了我哥哥的儿子。

他长着一个好奇的大脑袋和一个稍稍前倾的小身子,过了一秒钟我才意识到,这是因为他只有三岁的缘故。只有三岁——还没到四岁——他扬着他美丽的小脑袋打量着我,眨着和我哥哥一样的蓝眼睛,当他的母亲命令他向我问好的时候,他又缩回了母亲的背后。

他从后面偷偷探了一下头就又马上躲了起来,我意识到他是想和我玩捉迷藏的游戏。我应该弯下腰绕着他母亲的大腿找寻他。我乖乖地配合,对他说:"你好,罗恩,你是坐飞机来的吗?""嗨,罗恩,嗨,乖孩子。"我想找个法子把孩子引到我怀里来,好让我能亲亲他,闻闻他身上的气息。我怎样才能骗得孩子的许可让我可以把脸颊贴在他的后背上,并且抚摸他脊椎上每一块骨节,再把吻重重地印在他的手臂上呢?也许我得慢慢来,也许只要我耐心等待上述愿望都会实现。

"他长得真像他。"我对他的母亲说,我终于想起来她的名字叫作莎拉。这个名字一直在我的记忆中。

我们彼此交换的眼神里充满了纯粹的尊重。

"你要不要过来和我们一起坐?"我指着教堂的最前面一排对她说,尽管我知道现在可能不是公布这个消息的最佳时机。

"不,不了。很抱歉,我才刚刚来。"她对我说。

"没关系，你稍后还会再来吗？"

"我想会的。我想我应该来。"她说。

"是的，你应该来，你应该来。"

载着家属的车子停在了门外，但我却发现自己已经离不开这个孩子了。我蹲下对他微笑，他却又躲了起来。我伸出手臂，他却逃得更远了。他很清楚我对他有多么的渴望。我这个邪恶的成年人只好对他说："你知道吗，一会儿如果你和我们一起走，会吃到大桶大桶的冰激凌。"

这个提议他很喜欢。

大家都到了：我娇小而浑圆的母亲依靠在碧雅那优雅的臂弯里。旁边站着莫西，高大而又英俊，一副职业人士的模样；后面跟着的是他温柔的妻子和三个完美的孩子；伊达缓慢地迈着大步；再接下来是孪生兄弟埃佛和杰姆，两人时聚时散地一起走来。凯蒂，我的小妹妹，停下来牵住了我的手，无声却很有戏剧性的意味。在我转身即将离去之际，莎拉对我点头示意她不会消失，而且她清楚自己的身份，以及她此行的目的。

我来到教堂的大门口，被心中涌起的一种不知是爱还是伤感的情绪所淹没。我仿佛戴着哭泣女人的脸谱，一半用面纱遮着，另一半却不得不露出来的那种。只是我没有眼泪。无论我把脸扭向哪一边，都躲不过教堂中那些想要玩味我悲伤的观众。看啊！海格迪家的幸存者们正慢慢地向我们走来。除了家族的恩怨之外，我不知道别人还能从我们的身上看到哪些伤口。因为，就在此刻，我突然觉得作为这家庭的一员是最不堪忍受的生存方式。

汤姆转过身来，当他看到我的脸时，他停住了。他把我扶到他前面的座位上，让女儿们坐在我的身边。

"还好吗？"他问道，用他的手盖住了我的手，爱米丽也过来依偎着我——装作在欣赏（或者是想安慰我吧）我高档礼服上的布扣子，其实是为了抚摸我的胸。

"不要烦你母亲。"汤姆对她说。

是啊，在过去的几天里我已经被摸得够多了。我把腿跨在另一条腿上，心里想着守灵那夜我们的做爱。确切地说是他的做爱。我在等待着弥撒的开始。每个人都想要抢夺我身体的一部分。至于我想要的是什么或者说我身体想要的是什么连我自己都不清楚——上帝知道我早就不知道这类问题的答案了。我那被摸过的、用过的、爱过的孤独的躯体坐在教堂的长凳上。

不，我知道自己想要的是什么。我想要那个曾在妈妈的厨房里抱过我的男人站出来。我想听他再对我说一次，告诉我一切都会好起来。因为他不仅用爱宽慰了我，更让我感到——非常安全，但当我回过头去的时候却没有看到任何人。

我还想要罗恩。我迫切地需要他，不仅仅是用我的嘴唇和手心去感受他，更要用我的整个面颊。我的肌肤也想要贴近他。我想要抱着他，让他金色的头发在我的下巴上婆娑。我还想用我的眼睫毛去摩擦他的小脸。

我带着这些越来越强烈的渴望度过了接下来的诸般程序：先是弥撒，然后听那个又老又笨的神父和恩奈斯特分别站在神坛前做简短的讲话。

恩奈斯特提到黎安对物质的东西从来不感兴趣，而且很幽默。

他还说："我的弟弟很有正义感。"不过他没有提到在酒精的催化下，黎安的这种正义感会驱使他去踢公交车。总的来说他讲得不算差。然而就在他斟词酌句的同时，在我身后，那即将被公布于众的惊人秘密带着浓重的伦敦南部口音在教堂的后面尖声叫道:"喂!喂!"

所有的程序逐项完成。最后,我们跟在棺材的后面走出了教堂。呼吸了一口新鲜空气的我对汤姆说:"你记得那个女孩子吗?他最后一次来我们家的时候带来的那个,要不就是倒数第二次。"

"什么女孩?"

"就是我们装修的那回,那个什么都不吃,表情很奇怪的女孩子?"

"我不记得了。"他说。

"他对她还很凶。"

"啊,那个女孩啊。"

"她怀孕了,当时她已经怀孕了。"

"他的孩子?"

"这一点毫无疑问,简直就是黎安的翻版。"我说。

海格迪家的人都堆积在门口,和五百多只手依次握手,其中一半都是我既不认得也不在乎的人。我只是在等待莎拉出来,好把她领到一边去商量该怎么处理这件事。

"我对你的损失深表痛心。"

"谢谢。"

"我很抱歉。"

"你们一定很难过。"

所有人都在为你深爱之人的离去而表示遗憾,因为最后剩下的总是你讨厌的那些人。

"我和他是同学。"一个男人对我说,他这句话刚一出口,我眼前这个中年陌生人立刻就变回了当年那个和我一起喝伏特加的

247

帅气的大哥哥维罗。他模样一点没变,这让我很迷惑,因为自打认出他的一刻开始,我就再也看不到他的真实相貌了。

"哦,维罗。"我叫着,像个傻傻的小女生。爱固然珍贵,但是除此之外世界上还有很多其他人值得我们在意,只是我们想不起来罢了。

埋葬死人是件让人头疼的工作。

一直等到所有人都回到了酒店,我还在犹豫要不要宣布那个消息。碧雅虽然是我们海格迪家的总管,但我并不想先向她报告。我更不想来自埃佛的讽刺挖苦,或者伊达的自作聪明,或者莫西作为管理精英的意见。我需要一个孩子来做这件事,至少是一个如孩子般纯真的成年人。

"过来,杰姆。"我选择了家里最小的孩子也是最受疼爱的我的小弟弟去做传达的工作。我看着他一个一个地通知,最后轮到我的妈妈。碧雅试图劝她坐下,但被她拒绝了。妈妈站起来解开了衬衫最上面的纽扣,然后眼神疯狂地扯下外套,一边脱一边想把它甩在身后,但是有一只袖子卡住了。她找到了莎拉和孩子,碧雅跟在后面帮她把衣服脱了下来。母亲是急匆匆地,几乎跑过去的,先是握住孩子的肩膀,接着捧起他可爱的小脸。她看着莎拉,眼里有一种可怕的专注,莎拉向前迈了一步,非常礼貌地握住了她的手。然而接下来,妈妈却仿佛什么事情都没发生过似的,转身走开了。

很难说这个男孩在海格迪家的众人身上激起了什么样的反响。

"罗恩?罗恩。"他们嘀咕着。

我们表现得仿佛从来没有见过小孩一般。罗恩也继承了海格迪家的蓝眼睛,我们开心地议论着,好像不知道这是一个诅咒似的。他们都忍不住伸手去抱他，却被孩子一一羞涩地躲开了。想要逃避的他所选择的避风港，居然是莫西，后者把他放在自己的大腿上用力地颠着，像在坐摇滚木马那样，装作要把他甩在地上的样子。莫西，这面黎安眼中的黑色镜子，宠溺着这个孩子，而这个孩子也喜欢上了他。莫西自己的孩子们也聚在周围，我第一次发现他们是多么的幸福——难怪他们个个性情乖巧，因为他们的父母虽然严厉却不失公平和温柔；所以他们都是很满足的孩子。

在过了这么多年之后才真正了解自己的哥哥，这实在是件不可思议的事情，这几乎比黎安儿子的出现还要令我意外。看着两百多个我几乎不认识的人，在都柏林郊区的酒店宴会厅里享用开胃汤或者水果沙拉，接着是三文鱼或者牛肉的时候，这个男孩的突然出现真是让人惊喜得不知所措。

每个人都把盘子吃得底朝天，包括最后的苹果蛋挞和冰激凌。我们都很努力地吃，把大块的黄油涂抹在低劣的白面包上，甚至还要求给茶续杯。我一反常态地对食物产生了浓厚的兴趣。我的视线从盘子上转移到罗恩的身上然后再转回来，然后一叉子叉住了一块土豆饼。

在我偶尔把目光从罗恩身上强行移开的间隙，我也注意到了其他的细节。埃佛和黎安的朋友维罗谈话的时间有过长的嫌疑。他们和神父交换了一个眼神，后者拿起自己的外套又看了一眼就出门去了。恩奈斯特也捕捉到了这最后一眼并且留了意。坐在恩奈斯特右边的伊达，双手紧紧地抓着他的小臂，一边对着他的侧脸滔滔不绝地讲话，一脸疲惫和惶恐的表情，让我联想起人在做忏悔时的样子。凯蒂接过别人递给她的麦克风，站了起来，莫西用自己的餐刀敲响了酒杯来招呼众人的注意。凯蒂把麦克风放在

桌上,仰起头唱起歌来,声音是那么甜美,那正是黎安最喜欢的歌:

> 让我们暂且停止享乐,
> 而去历数一下诸多的泪水,
> 当我们分担穷人的痛苦的时候,
> 有一首歌在我们的耳边
> 良久萦绕,
> 啊,愿艰难时世永不再来!

果真是这傻傻的旋律。我努力控制着自己眼眶里的水雾,泪水来得如此突然和猛烈。

> 这曲调是苦难之人的叹息,
> 愿艰难时世,艰难时世,
> 永不再来;
> 多日以来你都在
> 我的小木屋四周徘徊,
> 啊,愿艰难时世永不再来。

各人不同的声音轻轻地形成了和声,奇迹般地烘托了她的独唱:那个我所讨厌的小妹妹,用她纯真的眼睛凝视着天花板,一个音符一个音符地温柔地吟唱着。

> 我们追求着幸福和美好,
> 音乐也轻盈而又欢快,

但门外却有虚弱的人瘫痪在地上，

他们虽然静默，

但眼神却在倾诉，

啊，愿艰难时世永不再来！

在座各位的眼眶无不湿润。莫西膝上的罗恩开始变得不安，因为他看到自己的妈妈在抹眼睛。

"闭嘴。"突然间他大喊。接着用他那动听的英格兰口音以更大的声音说："闭嘴！"每个人都笑了。这是我参加过的最开心的葬礼。

我推开椅子走出去打算找支烟抽。

我已经多年不抽烟了。自爸爸死后，我们都相继以各自的方式戒了烟，无奈之下我只好逮住一个邻居向他提出了这个亲密得有些不妥的要求。

"能不能给我支烟？你不介意吧？"

"随便，随便。"

我走到大厅里坐下，吸着烟。这烟的味道和我抽的第一根烟的味道很像，我第一次抽烟是在一九七四年，是坐在通向花园的过道里的黎安的床垫上抽的。

第三十八章

在得知兰伯特·纽津的死讯的那一天,艾达去宝丽咖啡屋喝了杯咖啡——也没点什么特别的东西,不过是一杯牛奶咖啡而已,外加一块奶油蛋糕。当女服务生把茶点端上来的时候,她摘下了手套,当年她正是凭借同样的风姿吸引了纽津的注意。如今他已经死了。她一边慢慢地品味着咖啡一边把蛋糕切成小块,然后一点一点地吃掉,直到吃光为止。

艾达惦记着房租的事情——尽管这种担心是没有必要的,她多年以前已经就缴纳房租的事情咨询了别人。从今往后会有另外一个人前来收缴房租,一个她不在乎的人,无论是谁来,房租的数额都不会变,她住的也还是那栋房子,生活也还是和从前一样。然而即便如此她还是觉得某种束缚被解开了,连那房子的一砖一瓦都好像被平静的灰色海浪托举了起来,准备好要扬帆起航了。

一切都结束了,无论他们之间曾发生过怎样的故事如今都结束了。

老诺里枚。

他还有一个名字叫诺里枚橘子——谐音圣经中的那句古语,

意思是"不要碰我"。

为什么不行？为什么不能碰他？

"他那个人可真有意思，不是吗？"她从前常常这么评价兰姆·纽津，然后又转移到别的话题上去，例如她在肉铺又花掉了多少钱，以及圣诞节的重要性。"他心肠真好。"她也曾常常这样说他，隐含的深意是如果有一天他的死讯传来的话，她立刻就会去宝丽咖啡屋美美地享用一块蛋糕。

当时艾达已经年过七十，但像她这种女人一点都不显老，因为她总是在忙忙碌碌，让人认为她至少还有二十年好活（事实上她并没有那么长寿），艾达从没把自己当作是个老人。七十岁的她还会躺在床上，像所有人一样，回味着医生那温暖和柔软的双手，而她自己的双手，在褪下了黑色皮手套的遮盖之后，却是消瘦而又不安分的：手背上纵横交错的青筋和关节，看上去很像船上的缆绳一般。当你所有的器官开始想要从你的身体里逃脱出来好能去实现自我价值的时候，医生的治疗还有什么意义呢？不过艾达很爱护自己的双手，甚至有点引以为傲——它们是多么的灵巧。至于她身体的其他部分，她则懒得去理睬它们。很久以前她就已经不再照镜子了，因为后者无法再为她提供任何有用的信息了——再也不能了。

然而她的手，依旧还能慢慢地拿起茶匙，将咖啡里的方糖搅开，她的双手一直对她服侍有加。它们既会缝补也会拆洗，也曾像蚂蚁那样，凭其微薄之力改变了生命的面相。

当她去舔舐茶匙顶端的糖浆时，查理突然出现在了她的面前，弯着腰拿着一个纸袋对她说："给我苹果畅快我心。"如同当初在仙女屋赛马场时一样，往事恍如隔世。

听他引用《圣经·旧约》当中的那句话，她忽然觉得他听起来很像个新教徒。她第一千次地在想她的丈夫究竟是怎样一个人。

如果说艾达曾经发表过什么人生感悟的话，也并非什么惊世之谈。她认为人的本性是不会随时间发生改变的，迟早会暴露出来的。这一观点让她成功地解释了政客的堕落、夫妻的出轨，以及不肖之子痛改前非的原因等等。如今她也要用它来解释查理·斯碧蓝的一生和他的真实本性，后者随着时光的推移而变得愈发清晰也愈发重要。如果说是时间让人逐渐暴露了本性的话，那么她眼前的查理·斯碧蓝绝对算得上是个好人——除了爱逃避、爱后悔、爱拈花惹草，并且不擅把握人生的机遇之外，他的秉性在其死后变得一清二楚。

然而好人是个很难界定的概念。

艾达想用手指肚粘住点心的碎末放进嘴里去，但是没成功，只好又将它们掸落在地上。她想念她的丈夫，以及所有她曾经认识但均已过世的男人们。他们每个人都遗留下了某种特质；鲜明却又难以捕捉。如果说艾达有任何信仰的话，那就是这种生命的延续，有人将其称之为灵魂。

这正是兰伯特·纽津所缺失的，至少她在他身上没有找到。像纽津这种男人除了偶尔会对女人迸发出激情之外，其余的时候都是虚无缥缈的。从狂热的青春到颤抖的中年再到黯淡的暮年，这些都只是在她眼前一闪而过，记忆里余下的只是一些模糊的闲言碎语和漫不经心的眼神，以及还没来得及流露就已经被掩埋的情感。

这个愚蠢的男人有什么值得隐藏的呢？

随着纽津一天天地变老，他的嘴巴也变得愈发的贪婪，更加贪恋她的饼干，包括他的舌头和喉咙在内的所有的味觉器官都是他身上最活跃最敏感的部位。有时候,艾达甚至认为他渴望她的饼干胜过他对房租的需求,他是那么的迷恋甜味的东西,像个十足的孩子。也许这就是他想要隐藏的秘密——他怕被人发现他终生都只有五岁的心智,甚至是两岁。

哦,诺里枚。

她在想,他的母亲应该为此负有不可推卸的责任。愿上帝怜悯他的灵魂(前提是如果上帝能找到他的灵魂的话)。

她忘记了先把口中的蛋糕咽下去再喝咖啡,这让她很生自己的气。因为艾达讨厌东西混杂在嘴里的感觉。她也讨厌把家里的任何东西混放在一起。这种习惯越来越多地左右着她的生活,她一旦发现旧柜子里的衣服上沾染上了别的什么味道,就会把它们拿出来再洗一遍或者干脆扔掉。她越来越经常地把茶巾和浴巾用洗衣机分开来洗,有时候甚至不把前者放进洗衣机里去,而是放在炉子上用开水煮。

用过了茶点的艾达一边准备回家一边在想最后杀死纽津的那个动脉瘤,不知道它是否带给了他痛苦——但是那个没有神经的肿块怎么可能会产生疼痛呢?当然除非疼痛发生在脑部,也许这正是最痛苦的死法。

她走出饭店,格拉弗顿大街上车马喧嚣,街灯闪耀,当巴士从她身边呼啸而过的时候,她仿佛又回到了童年。

在母亲去世的那一天,还是个小女孩的艾达拎起箱子,走出了家门。有些事情看似不可能发生却是真实的故事。上帝赐予了她双腿,让她可以一步一步地离开那里,更赐给了她一双灵巧的手,让她可以靠它们活下去,她没有回头。

第三十九章

　　伦敦盖特威克机场里有一间酒店可以供你躲一辈子。你可以一直住到有人发现你为止,但没有人会发现你——你怎么可能会被发现呢?因为你可以轻易地靠吃走廊里托盘上剩下的面包为生,在水池里洗你的内衣,趁保洁员忙于打扫的时候从一个房间躲到另一个房间去。

　　那里甚至还有SPA,这是我在入住的时候发现的。我在南登机区的商店里给自己买了一些衣服,还买了袜子和内裤,还特意买了一个手提袋来装这些东西——挺不错的一个,是那种很简约很古朴的皮革拎包。回到酒店,当我拿着装有钥匙卡的钱包走过前台的时候,我才意识到自己不知道要怎样离开这里。

　　这家酒店里有三间饭馆,至少电梯里的广告是这么说的,但我不需要光顾其中的任何一家。我可以点恺撒沙拉直接送到房间里去——在哪儿都能吃到恺撒沙拉。我还可以在房间里散步——只要房间足够大,你就可以散步。我可以从床边走到窗前,经过角落里的电视机,再走到书桌前,桌前有一面壁镜正好对着床。走到这儿我可以停下来翻看服务指南里的信息,还可以观赏一下熨裤板和它上面的柜子，那里面有一个可以伸缩的架子是给你放行李箱用的，前提是你有行李箱的话——大多数入住机场酒店的客人都没有行李，他们的行李都在旅程中自动被中转了。住在机场的酒店里并不意味着你已经抵达了终点，相反，它意味着前面的旅程还长得很。

一架波音747的发动机在哈萨克斯坦上空失灵了，机上所有人员都被卸载在了酒店的大堂里。这是他们在错误的地点度过的第二晚；每个人的样子都很狼狈——迫切地想要穿上新熨过的裤子——没有一个不是蓬头垢面的模样。虽然他们更向往温暖的浴缸但如果只有淋浴也勉强可以接受了，然而现在还不是时候，因为即便洗了澡也没有干净的衣服可以更换。他们只能探索一下房间里的壁橱和床头灯，然后在床上坐下，或者躺下，把被子拉开钻进去，但不一会儿又会从床上爬起来摇摇晃晃地走到被人遗忘的冰箱前，盘算着里面的东西是否物有所值，哪怕只有一样也好。

机场的酒店不能算是英格兰的一部分，而是一座空中楼阁，是人生之外的时间。

冰箱里放着生力啤酒、歌顿金酒、可口可乐、舒味思汤尼水，但我需要功能更加明确的东西——上述那些东西的功用都太模糊了。最终我选择了价格奇贵的矿泉水，并一口气喝到塑料瓶子发出被挤压的声音。我应该出去买它一升水回来。我还应该去SPA做个部分脱毛的美容。因为我的下半辈子还等着我去规划呢。我总不能拖着毛茸茸的双腿去做计划。我在想有没有办法可以进入出发区里的娇韵诗化妆品店，那儿有一位身穿白衣的小姐可以给顾客在里间做正规的美容。尽管我每次做了脱毛之后都活像只被剃秃了的动物，但我还是渴望能有一位穿着耀眼白衣的小姐用她的纤纤玉手为我推拿按摩，把我的脸皮再粘回去，不然很有脱落的危险。

在去都柏林机场的路上我感到非常平静，头脑冷静并且目的明确。我考虑过要去看望罗恩，也许还会沿着布莱顿的海滩再走最后一次。直到飞机的起落架触地的那一刻我才真正确定了自己此行的重点。那就是睡觉，我需要睡觉。于是我跟随着"酒店"的指示牌来到了一张平稳的床前，屋里有一个塞得满满的小冰箱和一个破破烂烂的电视遥控器。

然后我就睡着了。

醒来的时候我发现自己还穿着衣服，于是我脱了衣服钻进了清凉而又紧绷的被子里。

"我本想要追上你。"梦里的男人对我说。"但是你生活的年代不对。"那个男人就是麦克·维斯。他冲破了层层时空的束缚，又游过几十年的时间长河才找到了我。当我们面对面相对的时候，我问他："你好吗？"他回答说："我很好，我非常好。"

我再度醒来，分不清外面的天色是上午还是下午。我按下松软的遥控器按钮从电视新闻里获知了时间，已经是晚上六点半了。我睡了八个小时。我翻身刚想继续睡，突然间想起该给女儿们打个电话。接听的是汤姆。

"亲爱的，嗨，你在哪里？"他的声音非常沉稳。

"你能让丽贝卡接电话吗？"他随之而来的沉默让我意识到，他完全有权利拒绝我。

"嗨。"丽贝卡听起来比实际年纪更小。

"嗨，宝贝。"

"你在哪里？"

"你还好吗?我很快就会回家。"

"哦,好的。"她听起来很高兴。她心里没有任何负担,本该如此。

"把你妹妹叫来。"

话筒的另一端传来爱米丽的呼吸声。

"嗨。"我叫她。

她只是呼吸不讲话。电话总是让爱米丽很困惑。("你不在这里,但是声音却在。"有一次她对我说。)这一次她终于明白了这玩意的功用。几乎。

"妈妈?"

"什么事?宝贝?"

"我要告诉你一个字,那个字就是'爱'。"她说。

"那是一个很美的字。"我最后说道。

"再见!"还没等我有所反应,她就替我挂掉了电话。

爱米丽。我不知道这个孩子究竟是出色还是怪异——她常常搞不清状况,偶尔明白一次的话就会让你备感惊喜。我想我并不担心她,接着我才想起我还在盖特威克机场,是我从女儿身边逃走的,是我扔下了她们。

我无法忘记我的女儿们,她们时刻都和我在一起。我喜欢躺在床上抚摸丽贝卡披在枕头上的柔软的发丝,有时候她喜欢蜷曲在我身边;爱米丽那如同猫一样的目光从房间的另一处投过来。她们都是如此美丽的孩子。无论我的手触及什么,都会联想起她们如丝绸一般光滑的秀发,她们是我在这个世界上所赢得的最伟大最和平的胜利。

她们的全名是丽贝卡·玛丽和爱米丽·萝丝。她们出现在我的梦里。她们充满耐心，暂且把头转过去一会儿容许我做我自己。

我再度醒来，冲了一个澡，换上新买的内裤，把旧的扔进垃圾桶。我要把过去的人生留在这里，然后永远地离开这间酒店。

从酒店里走出来，我惊讶地发现自己仍然还在机场里，梦境依然在继续。我走过了这么远的路却还停留在原地。

帕尔玛

巴塞罗那

蒙巴萨

斯普利特

出港航班的信息板上那些我未曾到过的地方都在像路人一样对我招手，看得我晕头涨脑。

弗尔文杜拉

维尔纽斯

普拉

科克

如此混乱的地名。我周围的人群都明智地不去理睬这些信息而是专心地购物。我跟着他们踏上透明电梯到达另一层，走进专为青少年而设的饰品店想为女儿们挑选一些小的饰物，要亮晶晶的带花朵图案的那种。我看着收银台前排起的长队，心想他们是即将回家还是即将离开他们所爱的人。除此之外别无他种可能。我们这些人就像是另类的难民，不是从亲人身边逃走就是奔向那些亲人，在覆盖全世界的如幽灵般的空中管道里来回游走。这就是我站在盖特威克机场内的饰品店里排队结账时所想的事情。我手里拿了两双凉鞋，一双是丝制兰花图案的给爱米丽，牡丹花的那一双给丽贝卡。我想着凭借血缘关系联系在一起的世界，就如同一个线球，自己缠绕自己而成。如果我一直追问下去的话也许我会弄清楚我真正想要知道的答案。

我究竟是在远离还是在回归。

回到酒店的欲望非常强烈，但我还是强迫自己在出发大厅里坐了一会儿，考虑也许我应该在登机柜台那里选择一个目的地，但我知道我哪里都不要去，我只想回家。

尼斯

吉尔巴岛

爱丁堡

都柏林

吉尔巴岛在什么地方？

这一次飞机会正常地着陆。我总感觉上一次我降落在都柏林的时候飞机没有停好。当时凯蒂正在我身边哭泣，黎安则坐在那边责备着我，我们降落的位置也不是我们平时熟悉的地点。也许这些统统都是我幻想出来的，我感觉过去的五个月好像一直是在飞机上度过的。

我突然想起给凯蒂打个电话。

"你还好吗？"我问她。

"什么？"

"你还好吗？"有一秒钟我还以为她知道我指的是什么。

"是的，我很好。你呢？"

"我也一样。"

然后我们就变换了话题。

我知道自己必须做什么——尽管现在说出真相为时已晚，但

261

我还是要说。我要找到恩奈斯特然后告诉他黎安在外婆家都发生了什么事,并让他把这个陈旧的新闻告诉家里的其他人(但是不要告诉妈妈!)因为我自己做不到,我没有精力去和人争论。我不想面对碧雅的不悦,伊达的森冷,或者听埃佛脱口而出:"怎么什么好事都被你们赶上了?"上帝啊,我恨我的家人,这些我从没想过要爱,却还是深爱着的人啊!

试图逃避这些人是多么无力的尝试。该死的盖特威克机场。我应该去巴塞罗那才对,去寻找一个预兆。我应该走在巴黎的街头,等待有人发现我;也许某个男人会向我走来对我说:"你就是我一直在找的女人。"然后,几个星期之后,我看着一群孩子在巴黎的卢森堡花园里玩耍,然后突然大声尖叫:"不!不!不可能。"

但是我不想改变那造成今日这样局面的命运。我不需要另一种人生。我只想活这一回,仅此而已。我想要在早晨醒来在夜晚睡去。我想要和我的丈夫再次做爱,因为他每次试图解开我的衣服,我都会感到自己正在被爱修复——我们都在被爱修复。但愿我能记起所有那些时刻,但愿我能记起每一个难忘的时刻,就像你记得自己曾到过的每个地方那样——有的精彩,有的神秘,有的炫目,有的静谧。但愿我能回想起丽贝卡的出生,以及爱米丽说的第一句话。记得有一次,在某个午后,汤姆坐在床尾,阳光透过白色的窗帘照射进来,他看上去就和我当初认识他的时候一模一样,无论那个当初究竟是多久以前。

在排队等着买票的时候我不得不把眼睛闭上。我站在那里紧闭着双眼,攥着驾驶证的手努力地挤压着胃里的空虚——未来又一次来骚扰我。一个新生命,眼睛大得好像李子。

一个男孩。

嗨，汤姆，让我们再生一个孩子吧，就再要一个。名字我已经想好了。放心吧，他会给我们带来快乐的，很多的快乐。

是的。

再孕育一个生命固然是令人兴奋的事情，但这却不是当我闭着眼睛站在盖特威克机场排队时心里最渴望的东西。我是个单身女人，没有行李，没有锐器，也没有替任何人携带任何东西。我只想停止恐惧，就这么简单。当我走到购票柜台前的时候心里充满了恐惧，我想要一张今天离开的机票，但如果价格太离谱的话，请给我一张明天最早的机票。我不知道自己是否有勇气登上扶梯踏上飞机。

盖特威克机场不适合那些恐惧飞行的人，但我显然是其中的一员。当你乘坐那些飞行物飘浮在高空之上的时候，下面有足够的高度可供你坠落。但是话又说回来，我已经持续坠落了好几个月了。这些日子以来我一直在朝着我的人生坠落，终于我就快要着陆了。

图书在版编目 (CIP) 数据

聚会 /（爱尔兰）安·恩莱特著；夏欣茁译 .— 北京：北京燕山出版社，2016.10
ISBN 978-7-5402-4231-2

Ⅰ.①聚… Ⅱ.①安…②夏… Ⅲ.①长篇小说－爱尔兰－现代 Ⅳ.① I562.45

中国版本图书馆 CIP 数据核字 (2016) 第 212723 号

THE GATHERING by ANNE ENRIGHT
Copyright: © ANNE ENRIGHT 2007
This edition arranged with ROGERS, COLERIDGE & WHITE LTD (RCW)
through Big Apple Agency, Inc., Labuan, Malaysia.
Simplified Chinese edition copyright:2017 Beijing Uni-wisdom Media Culture Co. Ltd
All rights reserved.

聚会

［爱尔兰］安·恩莱特 著
夏欣茁 译
策　　划 / 赵东明
责任编辑 / 尚燕彬　金新芳
装帧设计 / 小　贾　张　佳

北京燕山出版社出版发行
北京市西城区陶然亭路 53 号　邮编 100054
全国新华书店经销
北京市松源印刷有限公司印刷

开本 850×1168　1/32　印张 8.5　字数 186,000
2017 年 1 月第 1 版　2017 年 1 月第 1 次印刷

定价：38.00 元

版权所有　盗版必究